ISSN 1226-7341

우리어문연구 14집

한국어문학의 탐구

우리어문학회 편

국학자료원

목 차

놀람 자동사의 내용 연구

김응모

1. 머리글

1.1. 연구의 목적과 방법

이 연구는 낱말밭(Wortfeld)[1] 이론에 근거하여 현대 국어 중 놀람 자동사가 지니고 있는 개개의 낱말(word)[2]들이 하나의 낱말밭 속에서 차

---

1) Leo Weisgerber(1964:70)는 "ein sprachliches Feld ist ein Ausschnitt aus der muttersprachlichen Zwisschenwelt, der durch die Ganzheit einer in organischer Gliederung zusammenwirkenden Gruppe von Sprachzeichen aufgebaut wird."라고 하였다.

신익성(1974:57)은 "개개의 언어 요소는 더욱 큰 단계 안에서 지양되고, 이 관계로부터 비로소 의미 혹은 내재적인 규정을 얻는다는 견해는 현대 언어학의 체계 개념이다. 낱말밭은 언어 내용 연구의 방법론적 중심 개념이고 동시에 언어적 세계상을 알아내기 위한 열쇠이다. 우리는 낱말밭 안에서 언어 내용의 각인(刻印)과 한계를 위해서 결정적인 모국어의 전체를 파악한다"고 하였다.

2) E.A.Nida(1979:32)는 "To determine the linguistic meaning of any form contrast

지하고 있는 위치가치(Stellenwert)[3]를 우리 언어공동체의 세계관 (Weltansicht)과 관련하여 고찰해 보려고 시도된 것이다. 본고는 개별 낱말들이 하나의 밭(Feld)에서 어떠한 분절구조를 형성하고 있는가를 해명하는 데 주안점을 두었다.

언어의 내용 연구는 문헌학적 조작방법이 밭 연구에 있어 유일하게 믿을 만한 방법이다(허 발,1985:173). 이 연구에서는 이희승(1985) 「국어대사전」에서 어휘를 발췌하고, 신기철·신용철(1982) 「새우리말큰사전」과 김광해(1993) 「유의어·반의어사전」에서 어휘를 점검 보충하였다.[4]

논의의 방법은 어휘의 내용(Inhalt)에 따라 원어휘소(Archilexem)[5]를

---

 must be found, for there is no meaning apart from significant defference. If all the universe were blue, there would be no bluness, since there would be nothing to contrast with blue. The same is true for the meaning of word. They have meaning only in term of systematic contrast with other words which share certain features with them but contrast with them in respect to other features."라고 하였다.

3) 홍승우(1988:93)는 "일정한 구성 요소의 수로 이루어진 한 낱말 영역 내에서 그 구성 요소가 차지하는 위치를 말한다. 한 낱말의 내용은 그 낱말의 고유가치(Eigenwert)와 위치가치(Stellenwert)에서 생긴다. 이때에 때로는 해, 달처럼 고유가치가 우세할 때도 있고, 위치가치가 결정적일 때가 있다"고 하였다.

4) 허 발(1997:396-398)에서 언어를 "에네르게이아로 이해한다는 것은 언어를 그 모든 형식에 있어서 전적으로 창조적인 활동으로 여긴다는 것을 뜻한다. 일반적인 의미에서의 언어도, 말하기로서의 언어도 다 에네르게이아이다..... 언어는 결코 에르곤은 아니다. 왜냐하면 어르곤(산물)은 다만 "추상적인" 언어, 즉 말하는 것에서 파생되어서 하나의 문법서와 하나의 사전 속에서 객관화된 언어이기 때문이다".라고 하였다.

5) Horst Geckeler(1973:23-30)는 "원어휘소는 한 낱말 전체(또는 상위분절) 내용에 상응하는 것으로서, 밭(Feld) 속에서 기능하는 모든 어휘소에 대하여 내용적 기초를 제공하는 공통분모(Nenner)이다. 일정한 밭의 어휘소는 개별 언어에 있어서 어휘적 단위로서 현실적으로 실현될 수도 있고, 존재하지 않을 수도 있다. 어휘소는 낱말밭 속에서 기능하는 단위이다"라고 하였다. 따라서, 한 낱말은 원어휘소로 집약되고, 낱말밭 구성 요소가 어휘소(Lexem)이며, 이것이 다시 의의소성(Sem)으로 분석되는 것이다. 원어휘소는 원의미소(Archisememe)

중심으로 하여 부분밭(Teilfeld)으로 분류하고, 먼저 큰밭(Gro β feld)[6]의 공통 특성을 논의한 후 여기에서 분절되어 나온 작은 밭(Feld)의 공통 특성을 부가하였다. 그리고, 개별 낱말의 변별적 특성(Unterscheidende Züge)을 추가함으로써 논의의 중복을 줄였다.

우리는 놀람 자동사의 분절구조(Artikulation, Gliederung)[7]을 고찰함으로써 놀람 자동사의 의미 요소가 우리 민족의 정신적 중간세계(die geistige Zwischenwelt)[8]에서 어떻게 분절되어 있는가를 밝히게 되며, 자동사의 어휘체계를 수립하는 데 기여하게 된다.

의 어휘적 실현이다.

E.A.Nida(1979:187)는 "Generic meanings are nomally listed at the begining of a set, either as constituting a separate domain or as fulfilling the funtion of a title for a domain. Such generic terms may be called archilexems in hierachical classification"이라고 하였다.

6) 이익환(1986:66)은 "color : red, black, yellow 등에서 color는 보쌀석인 난어이며, red는 부분장이다. 부분장들은 그 단계에서는 하나의 독립된 장 역할을 하고, 그 장은 다시 자신이 거느리는 부분장들을 갖게 된다. 이렇게 하여 낱말밭은 계층적 성격을 띠게 된다"고 하였다.

7) Jost Trier(1973:7)는 "언어의 기본적인 본질은 분절이므로(Das durch die ganze Sprascheherrachende Prinzip ist Artikulation) 분절의 결과인 최종의 구성 요소는 본질과 작용에서, 그리고, 그 언어 전체에서의 분절성에 의하여, 그 위치가치에 의하여 규정되어 있다. 개개의 낱말들은 전체 영역에서 차지하는 수와 위치에 의하여 상호 그것들의 의미를 규정하며, 개개 낱말의 이해는 전체 영역과 그것의 특별한 구조가 마음에 나타나는 것에 달렸다"고 하였다.

8) 허 발(1979:91)은 정신적 중간세계를 "음성형식이 여러 가지로 나타나는 「물건」과 「일」에 마주치는 것은 정신적인 중간층을 통해서이다. 이때에 음성형식이 언어(모국어)에 속해 있다는 것은 틀림없다. 「물건」과 「일」은 외계(자연, 물질문명)에 그 위치가 주어지게 될 것이다. 그러나, 두 영역은 직접적으로 마주칠 수 없다. 언제나 정신적 중간세계가 포함되어야 하며, 한편으로는 음성형식, 다른 한편으로는 「물건」과 「일」이라는 양자의 결합을 가능케 하는 사고상(Gedankengebilde)이 본질적인 것으로 들어온다"고 하고, 정신적 중간세계를 다음과 같이 도시하였다.

1.2. 性格의 定義

오랫동안 성격이 무엇인지에 대해 수많은 관념들이 있었다. 그러나, 완전한 형식적 정의란 하나도 없었다. 인간의 본성, 심신의 관계, 유전과 환경의 역할 등에 대한 뜨거운 논쟁은 수세기 동안 계속되고 있다. 어떤 사람들에게는 성격에 대한 단서들이 별에 적혀 있으므로, 출생시의 별자리를 알아보면 그 사람의 성격을 점칠 수 있는 것이었다. 다른 사람들에게는 그 단서들이 신체의 구조, 심지어는 두상(頭像)에서 발견될 수 있는 것이었다. 그러한 관념들은 오늘날 대체로 무시되고 있이만, 그러다가도 주기적으로 유행이 되곤 했다.

성격 분야는 1930년대 중반까지는 분명한 모습을 갖추지 못했다. 성격 연구가 공식적으로 시작된 데는 Gorden Allport와 Henry A. Murray의 덕이 크다. 이들은 심리학과 정진의학의 다양한 원천들로부터 개념과 방법들을 끌어 모았다. 똑같이 중요한 것이 Freud 혁명이었다. Sigmund Freud는 우리에게 인간의 동기를 보는 신선한 방식들을 제공하였으며, 성격 분야의 내용에 가장 큰 공헌을 한 인물로 남아 있다.

우리 가운데 성격의 실재를 의문시하는 사람은 거의 없다. 우리 대부분은 성격이 존재하며 우리가 서로를 이해하는 데 도움이 된다고 확신하고 있다. 그런데도, 그 신념을 정밀한 객관적 정의로 바꾸려고 시도할 때는 곤란에 부딪친다. 이것은 부분적으로는 사람이 본래 복잡한 탓이고, 또 성격에 대한 상이한 접근과 견해가 너무 많다는 사실 때문이기도 하다. 성격에는 너무나 많은 측면이 있기 때문에, 어느 것들이 핵심

Lautformen	geistige Zwischenwelt	Auβenwelt
	Gedankengebilde	Erscheinungsfulle
Baum ——>	Baum <———	<——— Dung
Tisch ——>	Tisch <———	<——— Sachen

이 되는 지 결정하기가 힘들다.

일반인들이 내리는 정의들에서 공통되는 한 가지 점은 어느 누가 다른 사람에게 긍정적 반응을 불러일으킬 때 그가 성격을 "가졌다"고 하는 것이다. 성격이라는 단어 자체는 희랍어와 라틴어의 어원을 가진 오래 된 말이고, 희랍의 배우들이 쓰던 가면인 persona라는 말에서 나온 것같다. 이에 따라 personality는 종종 바깥의 모습을 지칭하는 데 사용된다. 그러나 의미가 너무 많다. Allport는 어원학, 신학, 철학, 법학, 사회학, 심리학 등의 분야들에서 50가지의 상이한 의미들을 끌어냈다. 독자들이 짐작하겠듯이, 50번째의 정의는 Allport 자신의 것이다. 이 정의들은 다수가 서로 겹치지만 범위가 다양하다.

1. 남을 속이는 가장이나 흉내.
2. 외면적 매력.
3. 사회적 자극으로서의 가치.
4. 어느 빌단 단계에서 한 사람의 정체 조직.
5. 보통 통일 혹은 통합 원칙을 꼭대기에 둔, 성향들의 수준 혹은 층들.
6. 환경에 대한 개인의 특징적 적응을 내타내는 체계나 습관들의 통합.
7. 사람들이 말하거나, 기억하거나, 생각하거나, 사랑하는 것과 같은 일들을 행하는 방식.
8. 환경에 대한 개인의 독특한 적응을 결정하는 심리적 체계들의 개인 내의 역동적 조직.
9. 한 개인의 traits의 패턴.
10. 상황들에 대한 일관된 반응양식들을 설명해 주는 사람들의 특징들.
11. 사람들의 심리적 행동(사고, 감정, 행동)에 있어서 시간적으로 연속성이 있으며, 그 순간의 사회적 및 생물적 압력들만의 결과로 쉽게 이해될 수 없는 공통성 및 차이들을 결정하는 특징 및 경향들의 안정된 집합.(洪琡基 譯, 1992:6-7).

놀람 자동사의 상위 분절구조는 다음과 같다

[그림1] 놀람 자동사의 상위 분절구조

<table>
<tr>
<td rowspan="26">뜻밖의
강한
자극성
경악성</td>
<td colspan="2">놀라다. 해신하다. 경심하다</td>
</tr>
<tr><td><순간적인 경악성></td><td>경악하다. 깜짝하다. 끔쩍하다</td></tr>
<tr><td><몹시 경악성></td><td>경쇄하다. 끽경하다. 대경하다. 대경차악하다</td></tr>
<tr><td><뜻밖의 경악성></td><td>질겁하다. 질색하다. 경겁하다. 공도하다</td></tr>
<tr><td><혼비백산성></td><td>혼나다. 혼줄나다. 해백하다. 상혼낙담하다</td></tr>
<tr><td><당황성></td><td>경황하다. 창황하다. 혼비백산하다. 덴겁하다</td></tr>
<tr><td><세상이 경악성></td><td>경천동지하다</td></tr>
<tr><td><친상의 부음성></td><td>경달하다</td></tr>
<tr><td><의아성></td><td>의경하다. 경아하다. 경이하다. 대경소괴하다</td></tr>
<tr><td><가슴이 두근거리는 상황성></td><td>두근거리다. 울렁거리다</td></tr>
<tr><td><헐떡이는 상황성></td><td>헐떡거리다. 헐레벌떡하다.</td></tr>
<tr><td><간담이 서늘한 상태성></td><td>떨걱하다</td></tr>
<tr><td><숨막히듯 비명성></td><td>기겁하다. 기급하다. 기함하다. 꺅하다</td></tr>
<tr><td><의식 상실성></td><td>기절하다.</td></tr>
<tr><td><떠는 동작성></td><td>소스라치다. 진해하다</td></tr>
<tr><td><아연실색성></td><td>실색하다. 대경실색하다. 아연실색하다</td></tr>
<tr><td><선뜩한 상태성></td><td>산득거리다. 선득거리다. 서득선득하다</td></tr>
<tr><td><눈이 휘둥그래지는 상황성></td><td>휘둥그래지다. 눈이둥그래지다</td></tr>
<tr><td><펄쩍뛰는 행위성></td><td>펄쩍뛰다. 펄펄뛰다</td></tr>
<tr><td><움츠리는 동작성></td><td>자지러지다. 잔지러지다</td></tr>
<tr><td><하던 일 중단성></td><td>옴찔하다. 움찔하다. 움찔움찔하다</td></tr>
<tr><td><놀라 기립성></td><td>경기하다. 악립하다.</td></tr>
<tr><td><놀라 도주성></td><td>경분하다. 경겁도주하다. 경일하다</td></tr>
<tr><td><놀라 밖으로 질주성></td><td>와닥닥하다. 화닥닥거리다.</td></tr>
</table>

2. 놀람 자동사의 내용

이 부분밭은 놀람 자동사를 연구의 대상으로 하였으므로 <외부의 자극성→경악성>이 공통으로 추가된다.

(1) 놀라다   (2) 해신(駭神)하다[9]
(3) 경심(驚心)하다

위의 (1)은 "갑자기 뜻밖에 강한 자극을 받고 순간적인 홍분을 일으켜 설레다"의 개념이니, 외부로부터 의외의 강한 자극에 의하여 순간적인 홍분이 야기됨이 분절성이 되어 <순간 뜻밖의 강한 자극성→순간적인 홍분 야기성>이 추가되고, 또 "갑자기 무서운 느낌을 일으키다"의 개념도 가지고 있어 <갑자기 무서운 정감 생성성>을 가지고 <공포>의 밭에서도 분절하며, "훌륭하거나 신기한 것을 보고 몹시 감동하다"의 개념일 경우는 <훌륭하고 신기한 것 목격성→몹시 감동성>을 가지고 정감의 밭에서도 분절한다. 이 낱말은 이 부분밭의 원어휘소에 해당한다. 그리고, (2)는 "마음을 놀라게 하다"의 개념이니, 놀라는 객체가 마음이므로 <심적으로 경악성>이 추가되고, (3)은 "마음속으로 매우 놀라다"의 개념이므로 <심적으로 매우 경악성>이 추가되므로, (2)와는 놀람

---

9) 高永根(1974:9)은 "자립성이 있는 체언의 어근에 '-하다'가 붙어서 동사가 될 때는 목적격 조사를 매개로하여 분리될 수 있으므로 자립성을 발휘하여 완전한 용언의 직능을 수행할 수 있다".고 하였다.
沈在箕(1983:355)는 "외래동사의 국어화 과정에서 '-하-'는 유일한 국어 동사화 기능이다. '-하-'는 파생접사로서의 기능을 가진다"고 하였고, S.Martin (1954:17)은 " '-하-'를 명사 후행동사(postnominal verbs)라고 하고, 동사성 명사 (verbal noun) 곧 동작성 성행요소와 어울려 쓰인다"고 하였다. 그리고 G. J. Ramstedt(1939:66-67)는 " '-하-'는 동사로서 다른 여러 종류의 동사를 형성하기 위하여 결합한다".고 하였다.

의 정도에서 계단대립(Geaduelle Opposition)[10]을 이루고 있다.

(4) 경악(驚愕)하다   (5) 완악(惋愕)하다
(6) 깜짝하다   (7) 끔쩍하다
(8) 깜짝거리다[11]   (9) 깜짝깜짝하다[12]
(10) 끔쩍거리다   (11) 끔쩍끔쩍하다

위의 (4-5)는 "깜짝 놀라다"의 개념을 공유하고 있어 <순간적인 경악성>이 공통으로 추가되고, (6-7)은 "갑자기 놀라다"의 개념을 공유하고 있어 <갑자기 경악성>이 공통으로 추가되나, 이들은 음성모음과 양성모음의 교체로 어감(語感)[13]의 차이에서 오는 뉘앙스에 의하여 서로 분절

---

10) Horst Geckeler.(1973:25)는 "Graduelle Opposition sind solche Glieder durch verschiedene Grade oder Abstufungen derselben Eigenschaft gekennzeichnet sind...."라고 하였다.
   허 발(1977:54)은 이태리어의 온도 형용사의 계단대립을 다음과 같이 보여주고 있다.

gelato ┐   ┌ bollente(끓는듯한)
 (언)   │   ├ scottante(타는듯한)
        ├ freddo - fresco - tiepido - caldo ┤ rovente(작열하는듯한)
dhiacciat┘ (찬)   (서늘한) (훈훈한) (따뜻한) └ candente(작열하고 있는)
 (언)

   허 발(1977:51)은 낱말의 계단대립을 다음과 같이 예시하고 있다.

frz ── gele ── froid ── frais ── tiede ── chaud ── brulaut
       (언)   (찬)   (서늘한) (훈훈한) (따뜻한) (타는듯한)

11) 沈在箕(1983:401)는 "先行素가 지시하는 동작에 反復性을 추가하여 서술적 기능을 완결시킨다. 이것은 [-대-]와 交互選擇的으로 쓰일 수 있다(기웃거리. 달랑거리. 출렁거리). 이 동사화소는 통사적 기능에 변환을 불러오지 않고 선행 어근의 서술적 기능을 본래의 의미에 맞추어 완결시켜 주는 서술기능 완결소들이다".라고 하였다.

12) 서정수(1975:61)는 " '-하-'는 의태어 곧 부사어를 선행요소로 한 경우에는 동사적으로 쓰이게 한다. '독서하다'의 '하다'는 동사적 형식을 갖추기 위한 형식요소로 볼 수 있다. 실지 동작 내용은 '독서'에 내포되어 있다"고 하였다.

되므로 (6)은 <1회성+약한 정도>이 더 추가되고, (7)은 <1회성+강한 정도>가 더 추가되어 서로 분절한다. 그리고, (8-11)은 "자꾸 갑자기 놀라다"의 개념을 공유하고 있어, 연속적으로 놀람이 분절성이 되어 <계속 갑자기 경악성>이 공통으로 추가되나, 이들은 접사와 모음의 교체로 어감의 차이에서 오는 뉘앙스에 의하여 서로 분절되므로 (8)은 <연속성+약한 정도>, (9)는 <단속성+약한 정도>, (10)은 <연속성+강한 정도>, (11)은 <단속성+강한 정도>가 각각 더 추가되어 서로 분절한다. 앞에서 논의한 단순히 놀라는 자동사의 분절구조를 그림으로 그려보면 다음과 같은 수형도(tree diagram)14)가 된다.

---

13) 金敏洙(1972:142)는 "국어의 어감 표현은 母音相對의 차이(指小意素), 子音加勢의 차이(加勢意素). 음절의 길이, 疊形, 말음변환이다. 상징어는 거의 음의 반복으로 된 첩어들이다. 즉 音相의 對蹉(antipodes)에 따라 어감의 차이를 가장 인상 깊게 하는 의미의 전이(semantic shift)이다".라고 하고, 나음과 같은 표로 보여 주고 있다.

母音音素	덧意素
ㅏ ㅐ ㅗ(ㅚ) ㅑ ㅑ	小 少 明 急 輕 淸 銳 陽 薄 强
ㅓ ㅔ ㅜ(ㅟ) ㅡ ㅣ	大 多 暗 緩 重 濁 鈍 陰 厚 弱

子音音素	덧意素	語感의 크기
ㅂ ㄷ ㅈ ㄱ ㅅ ㅇ	順平·普通	예사 어감
ㅃ ㄸ ㅉ ㄲ ㅆ ㅎ	銳利·輕小	센 어감
ㅍ ㅌ ㅊ ㅋ	硬濁·鈍重	더센 어감

단 語感 부분은 필자가 첨가한 것이다.
14) 언어의 분석을 수형도에 의하여 명시적으로 표시하는 것은 오늘날 언어학에서 많이 활용되고 있다. 이는 19세기 중엽 A.Schleider가 생물학의 본보기에 따라, 인구어의 분화 과정을 수형도로 표시한 데서 유래한다. 특정적 성분의 도식화 방법에는 수형도(tree giagram) 방식, 공간분할(space) 방식, 묶음(matrix) 방식 등이 있는데, 이 연구에서는 변별의 경제성과 그리기 쉬운 잇점을 고려하여 수형도 방식을 취한 것이다. 성분의 도식화 방법에는 E.A.Nida(1979:40)참조.

[그림 2] 놀람의 분절구조

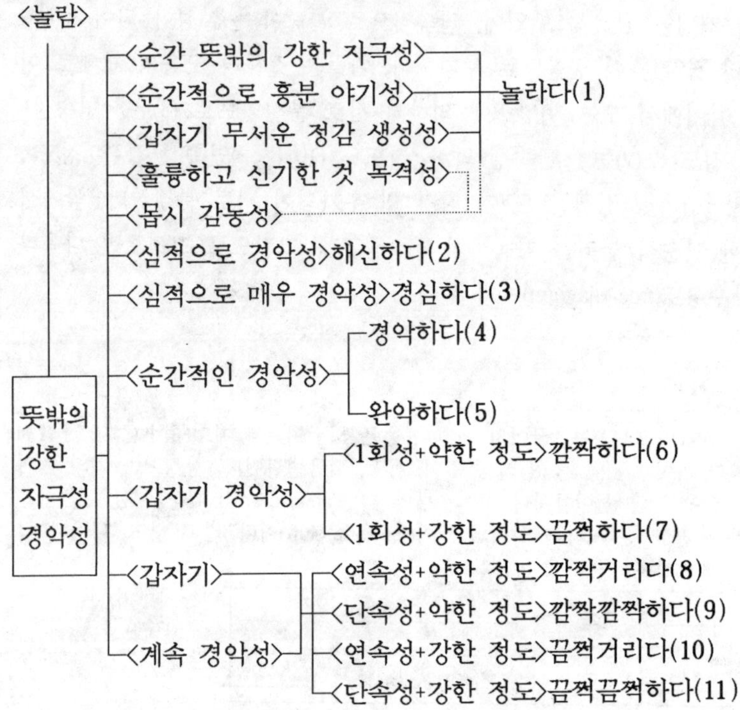

(12) 경쇄(驚殺)하다　　　　(13) 경해(驚駭)하다
(14) 끽경(喫驚)하다　　　　(15) 해악(駭愕)하다
(16) 대경(大驚)하다　　　　(17) 대경차악(大驚且愕)하다

위의 (12-15)는 "갑자기 몹시 놀라다"의 개념을 공유하고 있어 <갑자기 몹시 경악성>이 공통으로 추가되는 유의어(類義語)[15]이므로 한 동

---

15) Palmer,F.R.(1976:95)는 "유의성은 의미의 동질성을 뜻한다. 감정적 의미

아리에 묶었다. 그리고, (16)은 "크게 놀라다"의 개념이니 <크게 경악성>이 추가되고, (17)은 "몹시 크게 놀라다"의 개념이므로 <몹시 크게 경악성>이 추가되어 분절하므로 (16)과는 놀람의 정도에서 계단대립을 이루고 있다.

    (18) 해참(駭慚)하다   (19) 경완(驚惋)하다
    (20) 경탄(驚歎)하다   (21) 경복(驚服)하다
    (22) 혼소(魂銷)하다

위의 낱말들은 어떠하게 놀라 어떻게 되는 내용을 함유하고 있어 <몹시 경악성→어떤 결과 초래성>이 공통으로 추가된다. 따라서, (18)은 "몹시 놀라고 부끄럽다"의 개념이니, 부끄러움이 문제가 되어 <몹시 경악성→수치성>이 추가되고, 또 "해괴하여 몹시 부끄럽다"의 개념도 가지고 있어 <해괴한 상태성→몹시 수모성>이 더 추가되며, (19)는 "놀라고 단식하다"의 개념이므로, 의외의 사건에 놀람과 동시에 그 사건의 내용이 개탄스러움이 분절성이 되어 <의외의 일에 경악성→탄식성>이 추가된다. 그리고, (20)은 "몹시 놀라 탄식하다"의 개념이니, (19)의 내용과 유사하나 그 정도가 크므로 <몹시 경악성→탄식성>이 추가되고, (21)은 "놀라서 감동하여 복종하다"의 개념이므로, 어떠한 일에 경탄하고 감동이되어 저절로 복종하는 내용이므로 <어떤 상황에 경탄성→감동성→복종성>이 추가된다. (22)는 "몹시 놀라 정신을 못 차리다"의 개념일

(emotive meaning) 또는 평가적 의미(evaluative meaning)에서 다르나 인지적 의미(cognitive meaning)은 동일하다".고 하였다.
남기심 외2인(1985:156)은 "어떠한 맥락 속에서나 똑같은 개념적 의미, 감정적 어조, 정서적 가치를 지니고 쓰이는 동의어들은 존재하기 힘들다. 고로 유의어라 부르는 것이 편리하다. 우리말에는 고유어와 한자어의 대립으로 되는 유의어의 유형이 크게 발달되어 있으며, 또한 외래어와의 대립 유형이 있다".고 하였다.

경우는 몹시 놀란 결과 정신을 못 차림이 분절성이 되어 <몹시 경악성
→정신 혼미성>이 추가되고, 또 "넋이 스러지다"의 개념일 경우는 <의
식 상실성>이 추가되며, "생기가 없어지다"의 개념일 경우는 <생기 쇠
진성>이 추가되는 다의어(多義語)16)이다.

    (23) 펄쩍하다   (24) 잘겁하다
    (25) 즐겁하다   (26) 질겁하다

    위의 낱말들은 "의아한 일이나 끔직한 일로 몹시 놀라고 질겁하다"
의 개념을 공유하고 있어 <의아한 일 · 끔직한 일로 몹시 경악성→질겁
하는 행위성>이 공통으로 추가된다. 그런데, (23)은 "갑자기 정신을 차
리다"의 개념도 가지고 있어 <갑자기 정신 집중성>이 더 추가되고, 또
"가볍고도 힘있게 뛰거나 솟아오르다"의 개념일 경우는 <경쾌성 · 역동
성→도약성 · 상승 이동성>을 가지고 상승이동 자동사의 밭에서도 분절
하며, "문이나 뚜껑 따위를 갑자기 열어 젖치다"의 개념일 경우는 <문 ·
뚜껑을 갑자기 여는 행위성>을 가지고 타동사의 밭에서도 분절하는 다
의어이다.

    (27) 질기(窒氣)하다   (28) 질색(窒塞)하다
    (29) 경겁(驚怯)하다   (30) 경포(驚怖)하다
    (31) 질급(窒急)하다   (32) 색동(色動)하다

---

16) 李益煥(1986:95)은 "다의어(polysemy)는 하나의 어휘가 둘 이상의 의미적 장
   (semantic field)에 참여하거나 혹은 하나의 場 내에서 같은 어휘가 더 포괄적
   인 장에 속하고, 또 그 장 내의 더 독특한 부분장(sub-field)에도 속하는 경우
   가 될 때 나타난다".고 하였다.
   金敏洙(1983:50)는 "多義性과 관련된 것은 의미적 유연성이다. 이것은 어떤
   단어의 의미에서 다른 의미가 파생될 경우, 그 原義와 轉義의 사이에 파생
   의 연유가 되는 어떤 聯想關係가 있어서 생긴다. 그런데, 原義가 사라지지
   않고 계속 쓰이면 그 단어의 두 의미는 유연적 다의성이 된다".고 하였다.

위의 (27-28)은 "놀라거나 싫어서 숨이 통하지 않고 기운이 막히다"의 개념을 공유하고 있어, 질색의 원인이 놀람과 혐오에 있으므로 <경악성 · 혐오성→질색성>이 공통으로 추가되는 유의어이므로 한 동아리에 묶었고, (29)는 "놀라서 겁을 내다"의 개념이므로, 놀란 결과 겁을 먹는 내용이니 <경악성→공포성>이 추가되며, (30)은 "놀라고 두려워하다"의 개념이니, 놀라기도 하고 두렵기도 한 내용이므로 <경악성+공포성>이 추가된다. 그리고, (31)은 "별안간 몹시 놀라거나 겁이 나서 숨이 막히다"의 개념이니, 숨이 막히는 원인이 놀람과 겁을 먹는데 있으므로 <별안간 몹시 경악성 · 공포성→순간 질식성>이 추가되고, (32)는 "놀라거나 성이 나서 얼굴 빛이 변하다"의 개념이므로, 안색이 변하는 원인이 경악과 분노에 있으므로 <경악성 · 분노성→안색 변화성>이 추가되어 분절한다. 앞에서 논의한 몹시 놀라는 분절구조는 [그림 3]과 같다.

(33) 해백(駭魄)하다   (34) 상혼(喪魂)하다
(35) 상혼낙담(喪魂落膽)하다   (36) 혼나다
(37) 혼구멍나다   (38) 혼쭐나다
(39) 혼뜨다   (40) 어진혼나가다
(41) 어진혼빠지다

위의 낱말들은 "몹시 놀라 혼이 빠지다"의 내용을 함유하고 있어 <몹시 경악성→혼비백산성>이 공통으로 부가된다. 따라서, (33)은 "혼이 빠지도록 놀라다"의 개념이니, 놀란 정도가 혼이 빠질 정도이므로 <경악성→혼이 빠질 정도성>이 추가되고, (34)는 "매우 놀라거나 혼이 나서 얼이 빠지다"의 개념이므로, 매우 놀람과 혼난 상황이 분절성이 되어 <매우 경악성 · 질책 당한 상태성→혼비백산성>이 추가되며, (35)는

[그림 3] 몹시 놀라는 분절구조

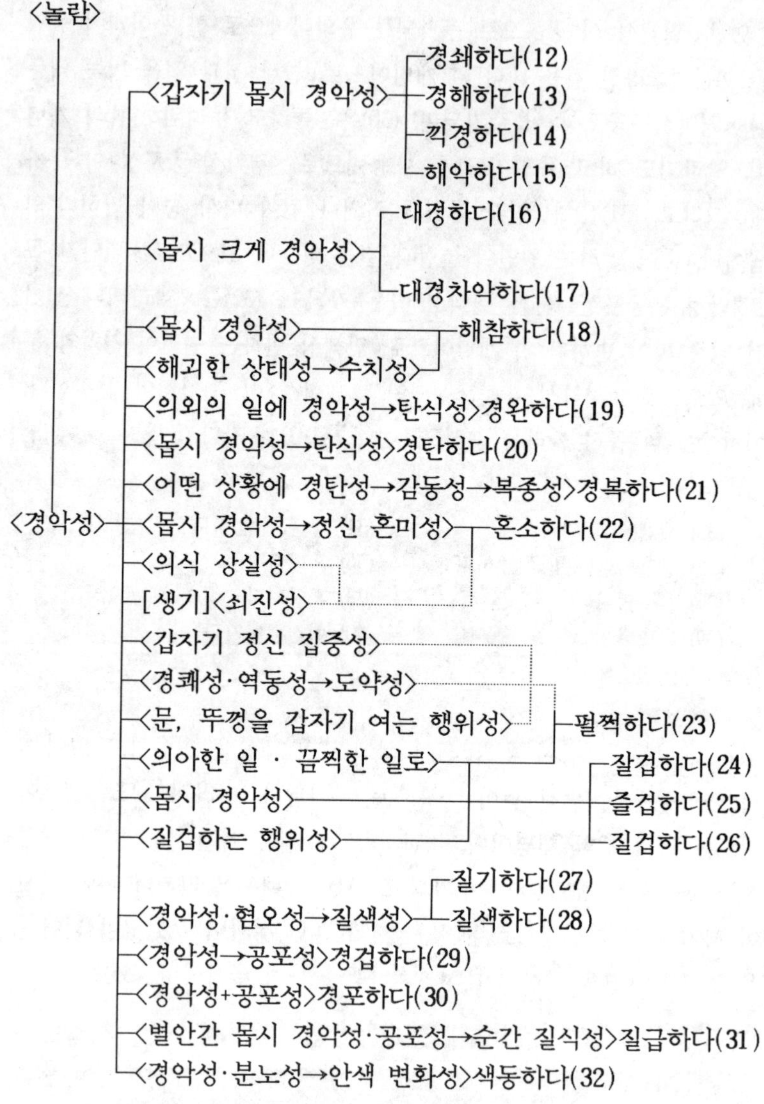

"혼이 나갈 만큼 몹시 놀라 간이 떨어지는 듯한 느낌을 받다"의 개념이
니 <경악성·간이 떨어지는 듯한 정감성→혼비백산성>이 추가된다.

　그리고, (36-39)는 "매우 놀라거나 힘들거나 무서워서 혼이 나갈 지경
에 이르다"의 개념을 공유하고 있어, 혼이 나갈 지경에 이름이 놀람, 역
경, 경악에 있으므로 <매우 경악성·호된 시련성·공포성→혼이 빠질
지경에 당도성>이 공통으로 추가되나, (37-39)는 속된 표현이므로 <속된
표현성>이 각각 더 추가된다. (40-41)은 "몹시 놀라거나 시끄러워서 정
신을 잃다"의 개념을 공유하고 있어 <몹시 경악성·소란성→정신 상실
성>이 공통으로 추가되어 분절한다.

　　　(42) 건혼나다(乾魂-)　　　　　(43) 허경(虛驚)하다

　위의 (42)는 "놀라지 아니 할 일에 괜히 혼이 나다"의 개념이니, 놀랄
이유가 없는데도 놀람이 분절성이 되므로 <공연한 일에 경악성→혼나
는 상태성>이 추가되고, (43)은 "실상이 없는 일에 놀라다"의 개념이므
로, 허상을 보고 놀라는 것이므로 <허상에 경악성>이 추가되어 분절한
다.

　몹시 놀라서 혼비백산하는 자동사의 분절구조는 [그림 4]와 같다.

　　　(44) 얼먹다　　　　　　　　　　(45) 착악(錯愕)하다
　　　(46) 경황(驚惶)하다　　　　　　(47) 경황망조(驚惶罔措)하다
　　　(48) 당황(唐惶)하다　　　　　　(49) 창황(悄怳)하다
　　　(50) 주장(周章)하다　　　　　　(51) 우두망찰하다
　　　(52) 덴겁하다

[그림 4] 혼비백산의 분절구조

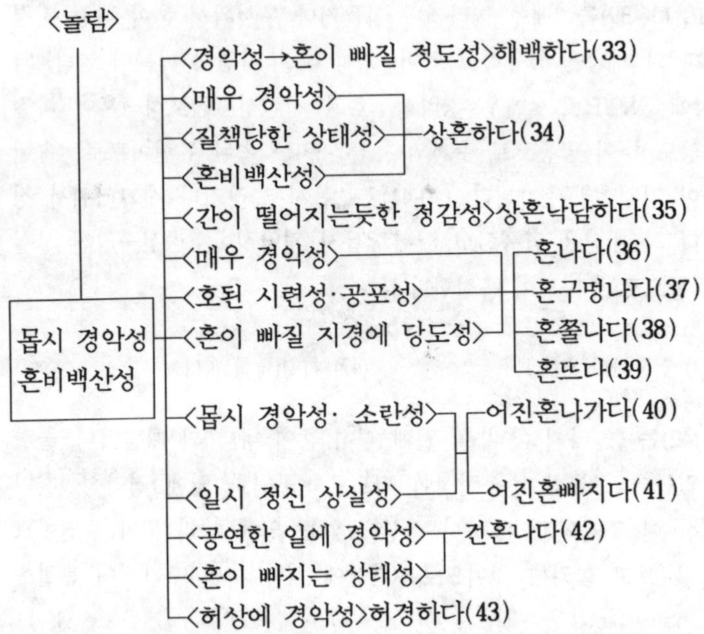

위의 낱말들은 놀라서 당황하여 어리둥절하는 내용을 함유하고 있어 〈경악성→당황성〉이 공통으로 부가된다. 따라서, (44)는 "놀라서 어리둥 절해지다"의 개념이므로 〈경악성→어리둥절한 상태성〉이 추가되고, (45-46)은 "놀라서 당황하다"의 개념을 공유하고 있어 〈경악성→당황성〉 이 공통으로 추가되는 유의어이므로 한 동아리에 묶었다. 그리고, (47) 은 "놀라서 당황하여 어찌 할 줄을 모르다"의 개념이니 〈경악성→당황 성→방황성〉이 추가되므로, (45-46)과는 계단대립을 이루고 있고, (48-49) 는 "놀라서 정신이 얼떨떨하여 어찌 할 바를 모르다"의 개념을 공유하 고 있어 〈경악성→정신 혼미성→방황성〉이 공통으로 추가되며, (50)은

"놀라서 어찌 할 줄을 모르고 허둥지둥하다"의 개념이니 <경악성→당황성→허둥대는 행위성>이 추가되고, 또 "두루 돌아다니다"의 개념도 가지고 있어 <두루 돌아다니는 행위성>을 가지고 이동동사의 밭에서도 분절한다. 그리고, (51)은 "갑자기 닥친 일에 정신이 얼떨떨하여 할 바를 모르다"의 개념이니 <갑자기 일에 당면성→정신 혼미성→방황성>이 추가되고 (52)는 "뜻밖의 일을 당하여 놀라서 허둥지둥하다"의 개념이므로, 허둥대는 원인이 뜻밖의 일에 당면한 내용이이므로 <의외의 일에 당면성→경악성→허둥지둥하는 행위성>이 추가되어 분절한다.

(53) 혼비백산(魂飛魄散)하다　　　(54) 혼불부신(魂不附身)하다
(55) 혼불부체(魂不附體)하다　　　(56) 경심동혼(驚心動魂)하다

위의 낱말들은 "몹시 놀라 혼백이 흩어지어 어쩔 줄을 모르다"의 내용을 함유하고 있어 <몹시 경악성→혼비백산성→허둥지둥 방황성>이 공통으로 추가된다. 따라서, (53-55)는 "몹시 놀라 혼백이 흩어지어 어쩔 줄을 모르다"의 개념을 공유하고 있어 위의 공통 특성과 같고, (56)은 "마음을 놀라게 하고 혼을 움직인다는 뜻으로 매우 놀라고 두려워함을 비유한 말"의 개념이므로 <심적으로 경악성·혼비백산성→공포성+비유적 표현성>이 추가되어 분절한다. 앞에서 논의한 몹시 놀라서 당황하여 어리둥절하는 분절구조는 다음과 같다.

[그림 5] 놀라 당황하는 분절구조

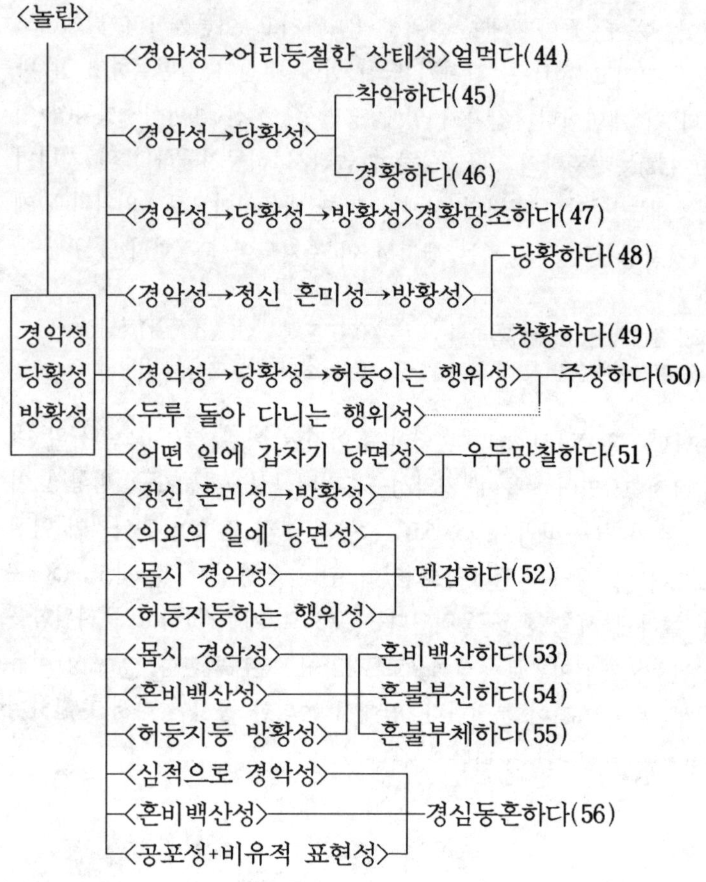

(57) 경인(驚人)하다

(58) 경천동지(驚天動地)하다

(59) 경달(驚怛)하다

(60) 참악(慘愕)하다

위의 (57)은 "사람을 놀라게 하다"의 개념이니, 의도적으로 사람을 놀라게 하는 행위가 분절성이 되어 <의도적으로 사람을 경악케 하는 행위성>이 추가되나 행위의 목적은 무표로 되어 있고, (58)은 "하늘을 놀라게 하고 땅을 뒤흔든다는 뜻으로 세상을 몹시 놀라게 하다"의 개념이므로 <천지가 경악성+비유적 표현성→세상을 몹시 놀라게 하는 행위성>이 추가된다. 그리고, (59)는 "당상(當喪)17)을 하거나 손위의 중복(重服)을 당한 부고를 받고서 깜짝 놀라다"의 개념이니, 놀람의 원인이 부모나 손위분의 상사의 부고이므로 <부모·손윗 사람의 부음성→몹시 경악성>이 추가되고, (60)은 "참혹한 형상에 대하여 놀라다"의 개념이므로, 참혹한 형상이 대형사고이거나 딱한 처지 일 것으로 이해되어 <참혹한 현상 목격성→경악성>이 추가되어 분절한다.

(61) 의경(疑驚)하다   (62) 경아(驚訝)하다
(63) 경이(驚異)하다   (64) 대경소괴(大驚小怪)하다

위의 낱말들은 "놀라고 의아하게 여기다"의 내용을 함유하고 있어 <경악성→의아성>이 공통으로 부가된다. 따라서, (61)은 "의심하여 놀라다"의 개념이니, 의심함이 분절성이 되어 <의심성→경악성>이 추가되고, (62)는 "놀라고 의아하게 여기다"의 개념이니 <경악성+의아성>이 추가된다. 그리고, (63)은 "놀라서 이상하게 생각하다"의 개념이니 <경악성→이상하게 생각성>이 추가되고, (64)는 "몹시 놀라서 좀 이상하게 여기다"의 개념이므로 <몹시 경악성→좀 이상하게 생각성>이 추가되어 분절한다. 앞에서 논의한 남을 놀라게 하거나 친상을 당하여 놀라거나 놀라 의아해하는 분절구조는 다음과 같다.

---

17) '당상(當喪)'은 當故, 遭艱, 遭故라고도 하며, 그 의미는 아버지나 어머니의 상사를 당하다의 뜻이다.

[그림 6] 어떤 일에 놀라는 분절구조

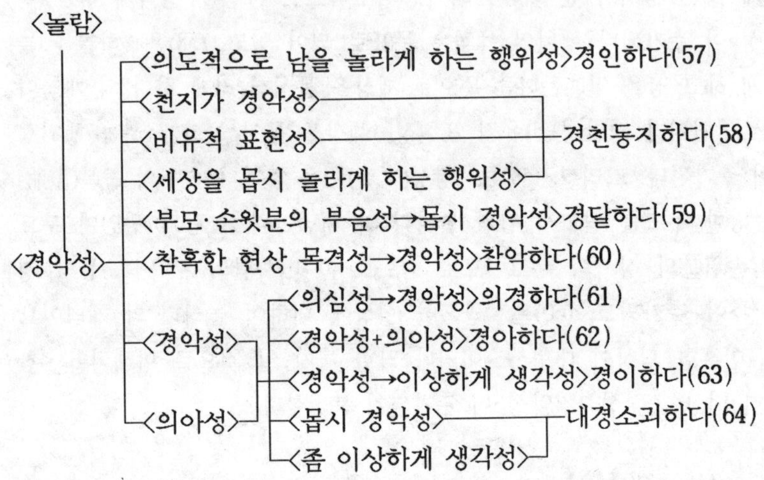

다음 (65-95)까지는 "놀라서 가슴이 두근거리다"의 개념을 공유하고 있어 〈경악성→[가슴]-두근거리는 상태성〉이 공통으로 추가된다.

(65) 신경(心驚)하다　　　　(66) 도근거리다[18]

(67) 도근도근하다　　　　(68) 두근거리다

---

18) 신현숙(1986:81)은 [-거리다]를 다음과 같이 의미 분석하고 있다.

① 화자의 흉내말인 어근을 동적인 표현으로 바꾸기 위하여 [-거리다]를 선택하고 있다.

② 어근이 지시하는 흉내말을 연속되는 움직임으로 바꾸기 위하여 선택한다. 움직임이 2회이상 계속될 때 선택한다.

③ 움직임의 양끝을 인지하지 못하고 완성되지 않은 움직임처럼 인지한다.

④ 동적인 표현과 밀접하게 관련되므로 정적인 어근과 잘 어울리지 않는다.

⑤ 움직임, 소리, 느낌, 생김새의 모양이 다르게 나타나는 어근은 제한을 받는 정도가 높다.

⑥ 완성된 움직임이라고 화자가 인지되면 선택하지 않는다.

(69) 두근두근하다   (70) 똑딱거리다
(71) 똑딱똑딱하다   (72) 뚝딱거리다
(73) 뚝딱뚝딱하다

위의 (65)는 "놀라서 가슴이 두근거리다"의 개념이니, 놀란 결과 가슴
이 두근거리는 상태이므로 <경악성→[가슴]-두근거리는 상태성>이 추가
되고, (66-69)는 "몹시 놀라거나 불안하거나 겁이 나서 가슴이 자꾸 뛰
놀다"의 개념을 공유하고 있어 <경악성·불안성·공포성>→[가슴]-<뛰
노는 상태성>이 공통으로 추가되나, 이들은 접사와 모음의 교체로 어감
의 차이에서 오는 뉘앙스에 의하여 서로 분절되므로, (66)은 <연속성+
약한 정도>, (67)은 <단속성+약한 정도>, (68)은 <연속성+강한 정도>,
(69)는 <단속성+강한 정도>가 각각 더 추가되어 서로 분절한다. 그리고,
(70-73)은 "갑자기 놀라거나 겁이 났을 때 가슴이 두근거려 뛰다"의 개
념을 공유하고 있어 < 갑자기 경악성·공포 야기성>→[가슴]-<두근두근
박동성>이 공동으로 추가되나, 이들도 집사와 모음의 교체로 이감의 차
이에서 오는 뉘앙스에 의하여 서로 분절되므로 (70)은 <연속성+약한 정
도>, (71)은 <단속성+약한 정도>, (72)는 <연속성+강한 정도>, (73)은
<단속성+강한 정도>가 각각 더 추가되어 분절한다.

(74) 우둔거리다   (75) 우둔우둔하다
(76) 올랑거리다   (77) 올랑올랑하다
(78) 우렁거리다   (79) 울렁울렁하다

위의 (74-75)는 "몹시 놀라거나 겁이 나서 가슴이 자꾸 두근거리다"의
개념을 공유하고 있어 <몹시 경악성·공포 생성성>→[가슴]-<두근거리
는 상태성>이 공통으로 추가되나, 이들은 접사의 교채로 어감의 차이에
서 오는 뉘앙스에 의하여 서로 분절하므로 (74)는 <연속성>이 더 추가

되고, (75)는 <단속성>이 더 추가되어 분절한다. 그리고, (76-79)는 "놀란 일이나 두려운 일이 있어서 가슴이 자꾸 두근거리다"의 개념을 공유하고 있어 <경악감·공포감 체험성>→[가슴]-<두근거리는 상태성>이 공통으로 추가되나, 이들은 접사와 모음의 교체로 어감의 차이에서 오는 뉘앙스에 의하여 서로 분절되므로 (76)은 <연속성+약한 정도>, (77)은 <단속성+약한 정도>, (78)은 <연속성+강한 정도>, (79)는 <단속성+강한 정도>가 각각 더 추가되어 서로 분절한다. 그리고, (76-79)은 "물결이 연달아 흔들리다"의 개념도 공유하고 있어 [물결]-<계속 동요성>을 가지고 동작동사의 밭에서도 분절하고, 다만, (78-79)는 "뱃속이 메슥메슥하여 토한 것 같아지다"의 개념을 더 가지고 있어 [뱃속]-<메슥거리는 상태성→구토성>이 더 추가되어 분절한다.

위에 논의한 놀라서 가슴이 두근거리는 분절구조는 [그림 7]과 같다.

(80) 할딱거리다	(81) 할딱할딱하다[19]
(82) 헐떡거리다	(83) 헐떡헐떡하다
(84) 헐레발딱거리다	(85) 헐레발딱하다
(86) 할레발딱헐레발딱거리다	(87) 헐레발딱헐레발딱하다
(88) 헐레벌떡하다	(89) 헐레벌떡거리다
(90) 헐레벌떡헐레벌떡하다	

---

19) 신현숙(1986:87)은 '-하다'의 의미 특성을 다음과 같이 기술하고 있다.
　① 화자가 정적인 것으로 인지한 현상을 표현하거나 정적인 것으로 추리한 현상을 표현하기 위하여 선택하는 형식이다.
　② 어근이 지시하는 움직임을 단속(斷續)적인 움직임으로 바꾸어 표현하기 위하여 선택된다. 따라서 2회 이상 움직임을 지시하면서도 연속된 것으로 인지되지 않는다.
　③ 움직임의 출발점과 도착점을 모두 인지할 수 있는 완성된 움직임을 표현하기 위하여 선택된다. 따라서 완성상을 나타내는 형식이다.

[그림 7] 놀라 가슴이 두근거리는 분절구조

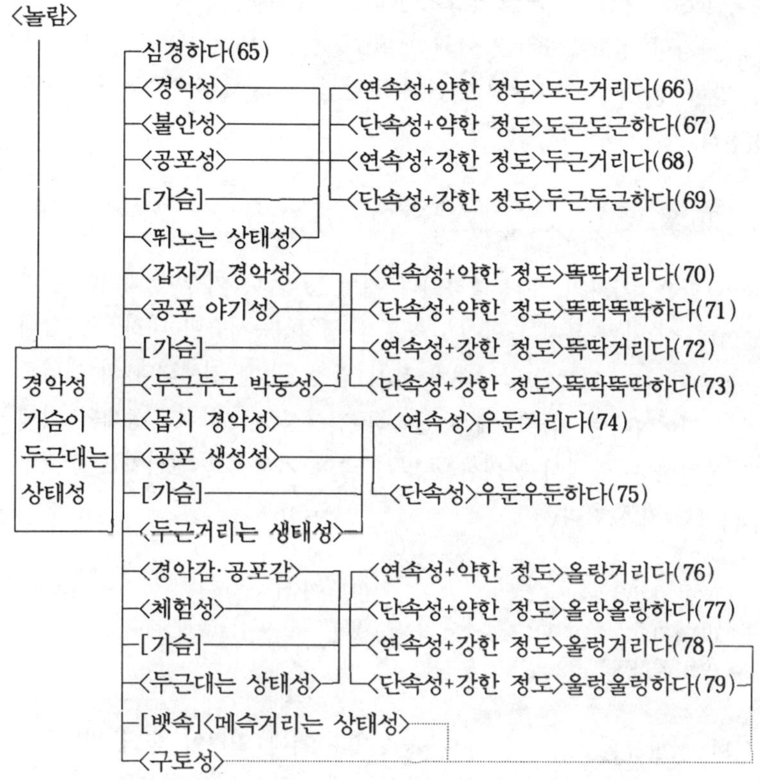

위의 낱말들은 "급히 걷거나 놀라거나 또는 서둘러서 숨이 가빠 헐떡이다"의 개념을 공유하고 있어 〈속보성·경악성·서두르는 행위성→가쁘게 호흡성+헐떡이는 동작성〉이 공통으로 추가된다. 이들은 접사와 모음의 교체로 어감의 차이에서 오는 뉘앙스에 의하여 서로 분절되므로 (80)은 〈연속성+매우 약한 정도〉, (81)은 〈단속성+매우 약한 정도〉, (82)는

<연속성+약한 정도>, (83)은 <단속성+약한 정도>, (84)는 <연속성+중간 정도>, (85)는 <1회성+중간 정도>, (86)은 <연속성+강한 정도>, (87)은 <단속성+강한 정도>, (88)은 <1회성+매우 강한 정도>, (89)는 <연속성+매우 강한 정도>, (90)은 <단속성+매우 강한 정도>가 각각 더 추가되어 분절한다.

      (91) 떨걱하다

이 낱말은 "갑자기 몹시 놀라거나 겁이 났을 때 가슴이 내려앉다"의 개념이니 <갑자기 몹시 경악성 · 공포감 생성성→사슴이 내려앉는 상태성>이 추가되고, 또 "어떤 사태가 몹시 갑작스럽게 진행되다"의 개념도 가지고 있어 [어떤 사태]-<매우 신속히 진행성>을 가지고 상태의 밭에서도 분절한다. 앞에서 논의한 놀라서 숨이 가빠지고 헐떡이는 분절구조는 [그림 8]과 같다.

(92) 기겁하다   (93) 기급(氣急)하다
(94) 기함(氣陷)하다   (95) 기함치다(氣陷-)
(96) 꺅하다

위의 낱말들은 "갑자기 몹시 놀라거나 겁에 질리어 숨이 막히듯한 소리를 지르다"의 개념을 함유하고 있어 <갑자기 몹시 경악성 · 겁에 질린 상황성→숨막히듯 비명성>이 공통으로 부가된다. 따라서, (92-93)은 "갑자기 몹시 놀라거나 겁에 질리어 숨이 막히는 듯한 소리를 지르다"의 개념을 공유하고 있어 위의 공통 특성과 같고, (94-95)는 "별안간 몹시 아프거나 놀라서 소리를 지르며 기겁하다"의 개념을 공유하고 있어 <별안간 매우 통증성 · 경악성→숨막히듯 비명성>이 공통으로 추가

[그림 8] 놀라 헐떡이는 분절구조

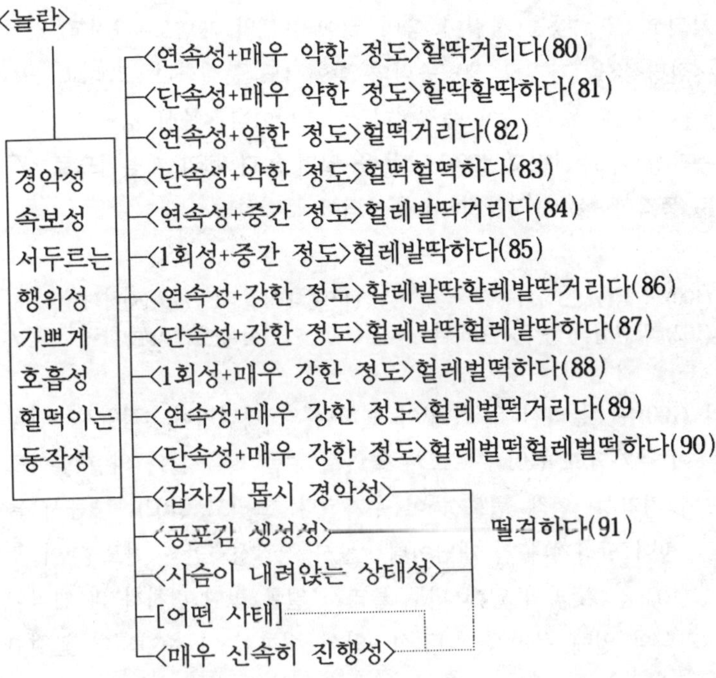

된다. 그리고, (96)은 "위급할 때 놀라서 부르짖다"의 개념이니 〈위급한 상황에 직면성→경악성→비명성〉이 추가되고, 또 "먹은 음식이 목까지 차다"의 개념도 가지고 있어 [먹은 음식]-〈목까지 가득찬 상태성〉을 가지고 상태의 밭에서도 분절한다.

(97) 기절(氣絶)하다　　(98) 소스라치다
(99) 진해(震駭)하다

위의 (97)은 "공포·놀람·비애로 한때 정신을 잃고 숨이 막히다"의 개념이니 <공포성·경악성·비통성→일시적으로 의식 상실성→기절성>이 추가되고, 또 "앓는 사람이 숨이 끊어지다"의 개념도 가지고 있어 [환자]-<절명성>을 가지고 생명종식의 밭에서도 분절한다. 그리고, (98)은 "깜짝 놀라 몸을 떨듯이 움직이다"의 개념이니 <몹시 경악성→몸을 떠는 동작성>이 추가되고, (99)는 "몸을 떨며 놀라다"의 개념이므로 <몸을 떠는 동작성→몹시 경악성>이 추가되어 분절한다.

(100) 실색(失色)하다[20]   (101) 대경실색(大驚失色)하다
(102) 악연실색(愕然失色)하다   (103) 아연실색(啞然失色)하다

위의 (100)은 "놀라서 얼굴 빛이 변하다"의 개념이니 <경악성→안색 변화성>이 추가되고, (101)은 "크게 놀라서 얼굴 빛을 잃다"의 개념이므로 <크게 경악성→안색 변화성>이 추가된다. 그리고, (102)는 "몹시 놀라 얼굴 빛이 달라지다"의 개념이니 <몹시 경악성→안색 변모성>이 추가되고, (103)은 "뜻밖의 일에 너무 놀라서 얼굴 빛이 변하다"의 개념이므로 <의외의 일에 봉착성→대경성→안색 변화성>이 추가되어 분절한다.

(104) 차경차희(且驚且喜)하다   (105) 일희일경(一喜一驚)하다

위의 낱말들은 "한편 놀라면서 한편으로 기뻐하다"의 개념을 공유하

---

20) 朴鐘榮(1994:234)는 표정에 대하여 "우리는 정서적 표현을 근거로 어떤 사람이 화가 났다거나 슬프다거나 또는 행복하다고 판단하게 된다. 표현적 행동들은 정서적 반응의 중요한 특징일 뿐만 아니라 다른 사람의 행동에 미치는 사회적 자극의 구실을 하기도 한다. 표현적 행동들은 사회적 행동을 규제함에 있어서 중요한 역할을 한다"고 하였다.

고 있어, 놀람의 원인이 일이 잘되었거나 의외의 좋은 성과에 경탄하는 것으로 이해되어 <일면 경탄성+일면 환희성>이 공통으로 추가되어 분절한다. 이들은 음절의 도치뿐 의미에 다름이 없어 유의어로 처리하여 한 동아리에 묶었다. 앞에서 논의한 내용의 분절구조는 다음과 같다.

[그림 9] 크게 놀람의 분절구조

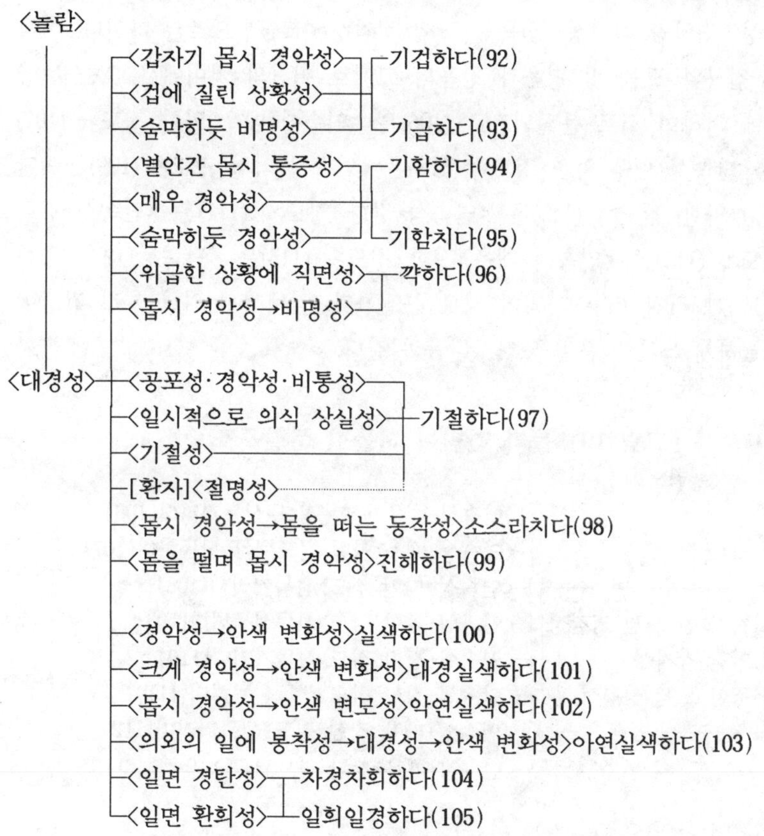

(106) 산득거리다	(107) 산득산득하다
(108) 선득거리다	(109) 선득선득하다
(110) 산뜩거리다	(111) 산뜩산뜩하다
(112) 선뜩거리다	(113) 선뜩선뜩하다

위의 낱말들은 "갑자기 몸에 찬 느낌이나, 마음에 놀라는 그낌을 받아 서늘한 느낌을 받다"의 개념을 공유하고 있어 <갑자기 찬 느낌 정감성·경악감 감지성→선뜩한 느낌 정감성>이 공통으로 추가된다. 이들은 접사와 모음 및 평음과 경음의 교체로 어감의 차이에서 오는 뉘앙스에 의하여 서로 분절되므로 (106)은 <연속성+매우 약한 정도>, (107)은 <단속성+매우 약한 정도>, (108)은 <연속성+약한 정도>, (109)는 <단속성+약한 정도>, (110)은 <연속성+강한 정도>, (111)은 <단속성+강한 정도>, (112)는 <연속성+매우 강한 정도>, (113)은 <단속성+매우 강한 정도>가 각각 더 추가되어 서로 분절한다. 앞에서 논의한 놀라 간담이 서늘하게 느끼는 분절구조는 다음과 같다.

[그림 10] 놀라 간담이 서늘한 분절구조

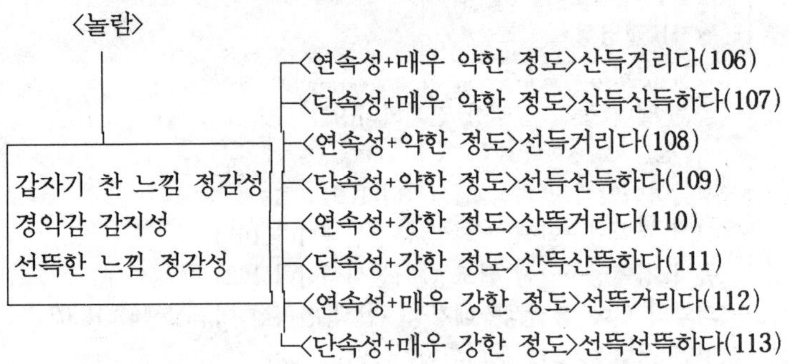

(114) 경동(輕驚)하다	(115) 진경(震驚)하다

위의 (114)는 "뜻밖의 일에 놀라서 움직이다"의 개념이니 <의외의 일에 경악성→[신체]-<이동성>이 추가되고, (115)는 "몸을 떨며 놀라다"의 개념이므로 [신체]-<전율성→몹시 경악성>이 추가되어 분절한다.

(116) 눈이동그래지다21) (117) 회동그라지다
(118) 눈이둥그래지다 (119) 휘둥그래지다
(120) 휘둥그러지다 (121) 가로서다

위의 (116-120)은 "매우 놀라거나 의아스러워서 눈이 커다랗게 떠지다"의 개념을 공유하고 있어 <매우 경악성·의아성→[눈]-휘둥그래진 상태성>이 공통으로 추가된다. 이들은 음운첨가와 모음의 교체로 어감의 차이에서 오는 뉘앙스에 의하여 서로 분절되므로 (116-117)은 <약한 정도>, (118-119)는 <강한 정도>, (120)은 <매우 강한 정도>가 각각 더 추가되어 분절한다. 그리고, (121)은 "놀라거나 성이 났을 때 눈동자가 한쪽 옆으로 쏠리다"의 개념이니 <경악성·분노성→[눈동사]-한쪽으로 쏠리는 상태성>이 추가되고, 또 "가로 방향으로 나란히 서다"의 개념도 가지고 있어 <횡렬 종대도 성열성>을 사시고 이동동사의 밭에서도 분절하며, "중도에 빠져 나가다"의 개념일 경우는 <중도에서 이탈성>을 가지고 이동동사의 밭에서 분절한다.

(122) 진현(震眩)하다 (123) 무릎치다

---

21) 朴鍾榮(1994:234)은 얼굴 표정에 대하여 "우리는 다른 사람들의 정서를 꽤 자신 있게 읽을 수 있는 능력을 가지고 있다. 우리는 신체의 여러 부위에 의하여 감정을 전달하지만, 주로 얼굴 표정을 통하여 이를 전달한다. 특히 감정표현의 원천은 두 눈에 있다고 한다. 우리는 흔히 살기를 띤 눈이라거니, 사랑스러운 눈동자라느니, 분노로 핏발이 선 눈동자라느니, 또는 그녀의 눈빛은 즐거움으로 반짝였다는 등의 말을 듣는다"고 하였다.

위의 (122)는 "놀라서 눈이 아찔하다"의 개념이니 <경악성→[눈]-아찔한 상태성>이 추가되고, (123)은 "몹시 기쁜 일이나 놀랄만한 일이 있을 때에 무릎을 탁 치다"의 개념이므로, <몹시 환희성·놀라운 일 발생성→경탄성→무릎 치는 행위성>이 추가되어 분절한다.

    (124) 팔짝뛰다   (125) 펄쩍뛰다
    (126) 팔팔뛰다   (127) 펄펄뛰다

위의 낱말들은 "억울한 일이나 의외의 일을 당하였을 때에 깜짝 놀라거나 매우 강하게 부인하다"의 개념을 공유하고 있어 <억울한 일·의외의 일에 당면성→몹시 경악성·강력히 부인성>이 공통으로 추가되나, 이들은 모음의 교체로 어감의 차이에서 오는 뉘앙스에 의하여 서로 분절한다. 따라서, (124)는 <1회성+약한 정도>, (125)는 <1회성+강한 정도>, (126)은 <연속성+약한 정도>, (127)은 <연속성+강한 정도>가 각각 더 추가되어 서로 분절한다.

    (128) 대경대책(大驚大責)하다   (129) 자지러지다
    (130) 지지러지다   (131) 잔지러지다
    (132) 진지러지다

위의 (128)은 "크게 놀라서 몹시 꾸짖다"의 개념이니, 일을 크게 그릇치어 놀라서 꾸짖는 내용으로 이해되어 <과오 목격성→크게 경악성→몹시 질책성>이 추가되고, (129-130)은 "놀라서 몸이 주춤하면서 움츠러지다"의 개념을 공유하고 있어 <경악성→동작의 일시 정지성→[몸]-움츠리는 상태성>이 공통으로 추가되나, 이들은 모음교체에 따른 어감의 차이로 뉘앙스에 의하여 서로 분절되므로, (129)는 <약한 정도>가 더 추가되고, (130)은 <중간 정도>가 더 추가된다. 그리고 또 "생물이 중간에 병이 나서 잘 자라지 못하다"의 개념도 공유하고 있어 [생물]-<중간에 발

병성→성장 부진성>도 공통으로 추가되나, (129)만은 "웃음 소리나 울음 소리, 치는 장단 등이 빨라서 잦아지다"의 개념도 가지고 있어 [웃음소리·울음 소리·치는 장단 소리]-<빠른 속도성→계속 증가성>이 더 추가되므로 그만큼 정보량(entropy)[22]이 크다. 그리고, (131-132)는 "몹시 놀라서 몸이 주춤하면서 움츠러지다"의 개념을 공유하고 있어 (129-130)과는 의미가 같으나 <몹시> 놀람만 다르므로 <몹시 경악성→동작의 일시 정지성→[몸]-움츠리는 상태성>이 공통으로 추가되나, 이들도 모음의 교체로 어감이 주는 뉘앙스에 의하여 서로 분절되므로 (131)은 <강한 정도>가 더 추가되고, (132)는 <매우 강한 정도>가 더 추가된다.

<table>
<tr><td>(133) 무춤하다</td><td>(134) 무춤거리다</td></tr>
<tr><td>(135) 무춤무춤하다</td><td>(136) 무르청하다</td></tr>
<tr><td>(137) 무르츰하다</td><td></td></tr>
</table>

위외 (133-135)는 "놀라거나 열적은 느낌이 들어, 하던 짓을 별안간 멈추다"의 개념을 공유하고 있어 <경악성·열적은 느낌 생성성→하던 행위 별안간 중지성>이 공통으로 추가된다. 이들은 접사의 교체로 어감이 주는 뉘앙스에 의하여 분절되므로 (133)은 <1회성>, (134)는 <연속성>, (134)는 <단속성>이 각각 추가되어 서로 분절한다. 그리고 (136-137)은 "놀랄 때 갑자기 뒤로 물러서려는 몸가짐을 하다"의 공유하고 있어 <경악성→갑자기 후진 이동성>이 공통으로 추가되어 분절한다.

<table>
<tr><td>(138) 옴찔하다</td><td>(139) 옴찔거리다</td></tr>
<tr><td>(140) 옴찔옴찔하다</td><td>(141) 움찔하다</td></tr>
<tr><td>(142) 움찔거리다</td><td>(143) 움찔움찔하다</td></tr>
</table>

---

22) 金芳漢 譯(1982:230)은 "한 코무니케이션 기호에 포함된 정보를 정보량(entropy)이라 한다. 대치의 가능성이 크면 클수록 그 기호가 전하는 정보량도 크다. 그러나 정보의 예측 가능성은 적다".고 하였다.

위의 낱말들은 "깜짝 놀라 갑자기 몸을 뒤로 움츠리다"의 개념을 공유하고 있어 <몹시 경악성→갑자기 몸을 뒤로 움츠리는 행위성>이 공통으로 추가되나, 이들은 접사와 모음의 교체로 어감의 차이에서 오는 뉘앙스에 의하여 서로 분절되므로 (138)은 <1회성+약한 정도>, (139)는 <연속성+약한 정도>, (140)은 <단속성+약한 정도>, (141)은 <1회성+강한 정도>, (142)는 <연속성+강한 정도>, (143)은 <단속성+강한 정도>가 각각 더 추가되어 서로 분절한다.

    (144) 흠칫하다　　　　　　　(145) 흠칫거리다
    (146) 흠칫흠칫하다

위의 낱말들은 "놀라거나 겁이 나서 어깨나 목을 움츠리다"의 개념을 공유하고 있어 <경악성·공포성→[어깨·목]-움츠리는 행위성>이 공통으로 추가되나, 이들은 접사의 교체로 어감의 차이에서 오는 뉘앙스에 의하여 분절되므로 (144)는 <1회성>, (145)는 <연속성>, (146)은 <단속성>이 각각 더 추가되어 서로 분절한다.

    (147) 헉하다

이는 "몹시 놀라거나 겁에 질려 숨을 드리마셔 호흡을 중지하는 소리를 내다"의 개념이니 <몹시 경악성·겁에 질린 상태성→숨막히는 발성성>이 추가되고, 또 "갑자기 마음에 드는 일이 있을 때 탐욕이 나서 덤비다"의 개념도 가지고 있어 <매혹적인 일에 당면성→탐욕 생성성→덤비는 행위성>이 더 추가되는가 하면, "몹시 지쳐서 물러서거나 자빠지다"의 개념일 경우는 <몹시 지친 상태성→작업 포기성·부도성>이 더 추가되어 분절한다.

(148) 경기(驚起)하다   (149) 악립(愕立)하다
(150) 해둔(駭遁)하다   (151) 경분(驚奔)하다
(152) 경주(驚走)하다   (153) 경겁도주(驚怯逃走)하다
(154) 경일(驚逸)하다

위의 (148)은 "놀라서 일어나다"의 개념이니 <경악성→기립성>이 추가되고, 또 "놀래어 일으키다"의 개념도 가지고 있어 <놀래는 행위성→상대를 일으키는 행위성>을 가지고 타동사의 밭에서도 분절하며, (149)는 "깜짝 놀라 일어서다"의 개념이므로 <몹시 경악성→기립성>이 추가된다. 그리고, (150)은 "놀라서 달아나다"의 개념이니 <경악성→도주 은신성>이 추가되고, (151-152)는 "놀라서 도망치다"의 개념을 공유하고 있어 <경악성→도주성>이 공통으로 추가되며, (153)은 "놀라고 겁을 내어 도망치다"의 개념이므로 <경악성·공포성→도망성>이 추가된다. (154)는 "말 같은 짐승이 놀라서 뛰어 달아나다"의 개념이니 [짐승]-<경악성 →도주성>이 추가되어 분절한다.

(155) 와닥닥하다   (156) 와닥닥거리다
(157) 와닥닥와닥닥하다   (158) 화닥닥하다
(159) 화닥닥거리다   (160) 화닥닥화닥닥하다

위의 (155-157)은 "놀라서 갑자기 뛰어나오다"의 개념을 공유하고 있어 <경악성→갑자기 뛰어나오는 행위성>이 공통으로 추가되나, 이들은 접사의 교체와 음운 첨가로 어감의 차이에서 오는 뉘앙스에 의하여 분절되므로 (155)는 <1회성>, (156)은 <연속성>, (157)은 <단속성>이 각각 더 추가되어 서로 분절한다. 그리고, (158-160)은 "놀라거나 급박한 일로 갑자기 뛰어나가려고 급하게 뛰다"의 개념을 공유하고 있어 <경악성·초미지급의 일 발생성→갑자기 뛰어나가는 행위성>이 공통으로 추가되나, 이들도 접사의 교체와 음운첨가로 어감의 차이에서 오는 뉘앙스에

의하여 분절되므로 (158)은 <1회성>, (159)는 <연속성>, (160)은 <단속성>이 더 첨가되어 분절한다. 앞에서 논의한 놀라서 몸을 움직이는 내용의 분절구조는 [그림 11] [그림 12] [그림 13]과 같다.

[그림11] 놀라 몸을 움직이는 분절구조(1)

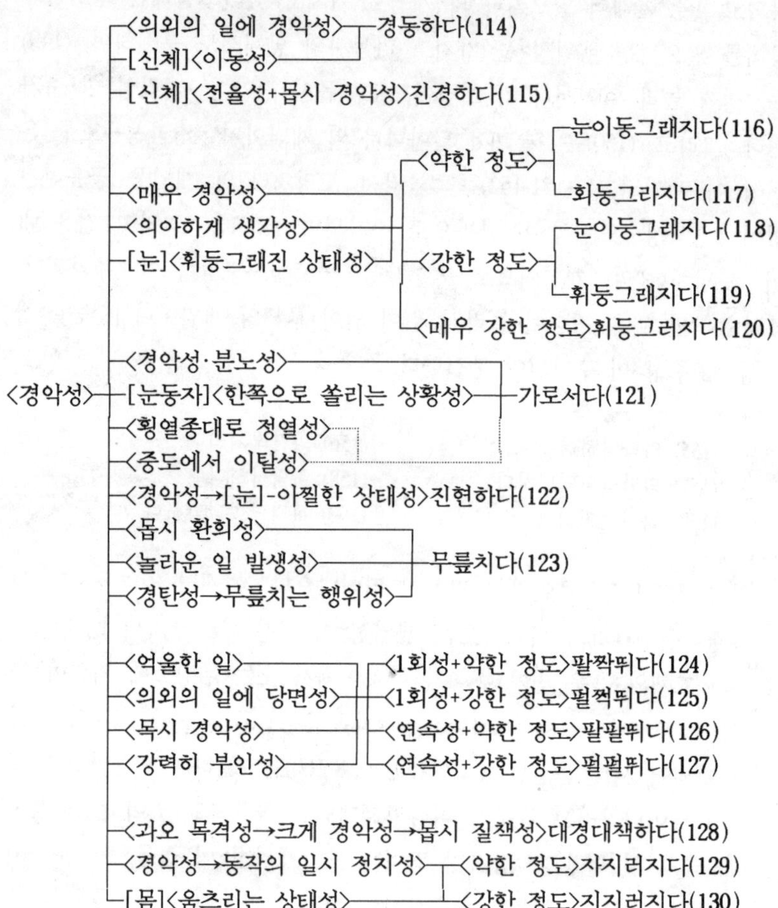

[그림12] 놀라 몸을 움직이는 분절구조(2)

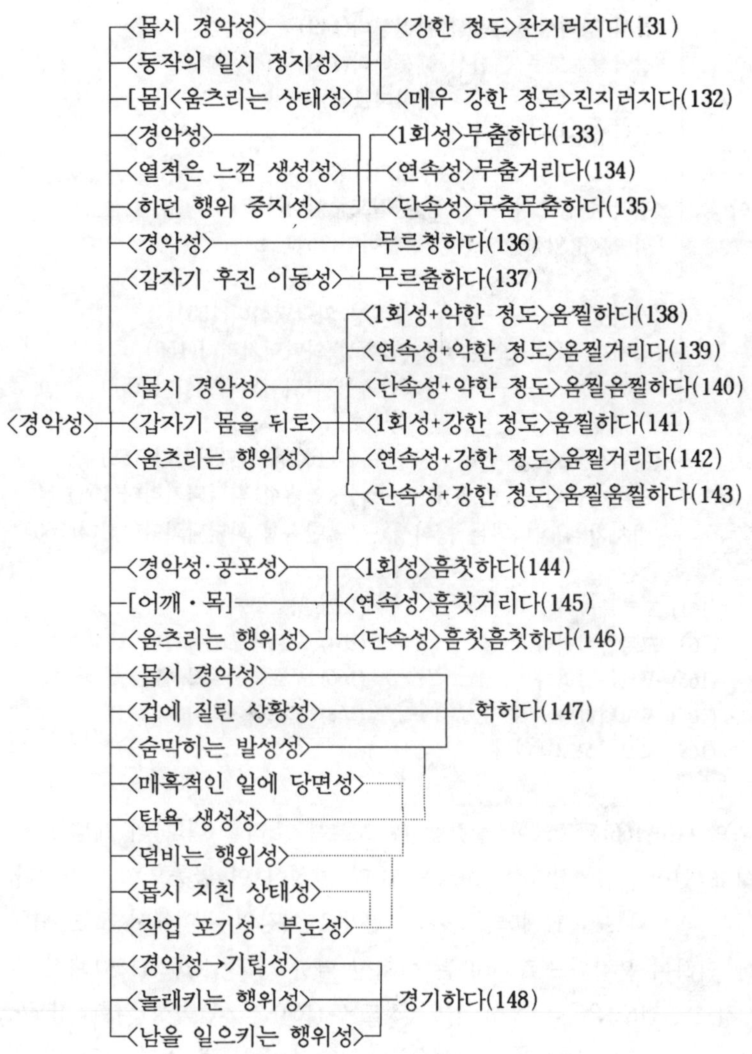

[그림13] 놀라 몸을 움직이는 분절구조(3)

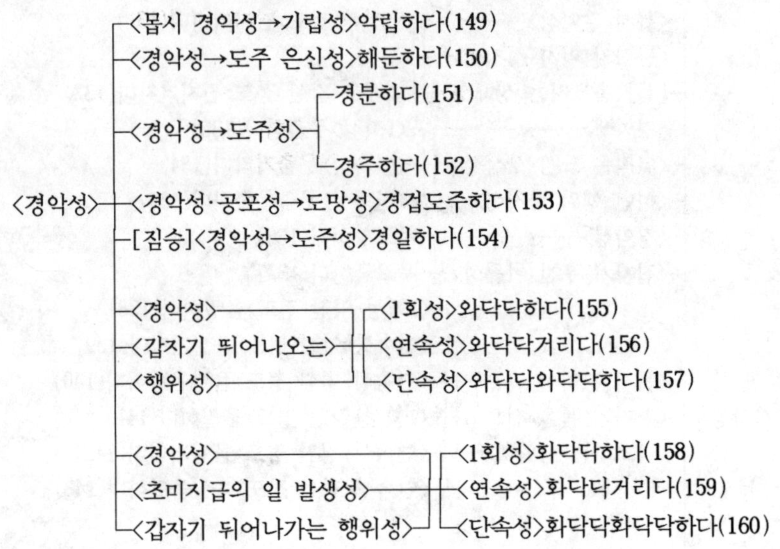

(161) 꼬르륵하다   (162) 꾸르륵하다
(163) 꼬르륵거리다   (164) 꼬르륵꼬르륵하다
(165) 꾸르륵거리다   (166) 꾸르륵꾸르륵하다
(167) 꼬꼬댁하다   (168) 꼬꼬댁거리다
(169) 꼬꼬댁꼬꼬댁하다

위의 (161-166)은 "닭이 놀랐을 때 꼬르륵 소리를 내다"의 개념을 공유하고 있어 [닭]-<경악성→꼬르륵 소리 발성성>이 공통으로 추가되나, 이들은 접사와 모음교체 및 음운의 첨가로 어감의 차이에서 오는 뉘앙스에 의하여 분절되므로 (161)은 <1회성+약한 정도>, (162)는 <1회성+강한 정도>, (163)은 <연속성+약한 정도>, (164)는 <단속성+약한 정도>, (165)는 <연속성+강한 정도>, (166)는 <단속성+강한 정도>가 각각 더 추

가되어 서로 분절한다. 그리고 또, "뱃속이 끓어오르거나 대통 속에 있는 담배진이 끓어 꼬르륵 소리를 내다"의 개념도 공유하고 있어 [뱃속·대통 속의 담배진]-<끓어오르는 상태성→꼬르륵 소리 발생성>을 가지고 상승 이동의 밭에서도 분절하고, "물이나 술 등이 작은 구멍으로 간신히 솟아오를 때 꼬르륵 소리를 내다"의 개념도 공유하고 있어 [물·술]-<작은 구멍 통과성→상승 이동성→꼬르륵 소리 발생성>을 가지고 상승 이동의 밭에서도 분절한다. 그리고 (167-169)는 "닭이 놀라거나 또는 암탉이 알을 낳은 뒤에 자꾸 꼬꼬댁거리다"의 개념을 공유하고 있어 [닭]-<경악성>·[암탉]-<산란 후 꼬꼬댁 소리 발성성>이 공통으로 추가되나, 이들도 접사의 교체와 음운의 첨가로 어감의 차이에서 오는 뉘앙스에 의하여 서로 분절되므로 (167)은 <1회성>, (168)은 <연속성>, (169)는 <단속성>이 각각 더 첨가되어 분절한다. 앞에서 논의한 (161-169)는 닭이 놀라는 내용이다. 이들의 분절구조는 [그림 14]와 같다.

3. 마무리

이제까지 놀람 자동사 169개의 어휘에 대한 개별적인 분절구조를 논의하였다. 이제 이것을 바탕으로하여 전체적인 분절성을 고찰하면 다음과 같다. 그 내용이 많이 분포된 순으로 논의하려 한다.

(1) 놀라 가슴이 두근거리는 내용이 15개(8.88%)로 가장 많고, 놀라 허둥거리는 내용과 놀라 몸을 움츠리는 내용이 각각 13개(7.69%)로 다음으로 많으며, 놀라 헐떡이는 내용이 12개(7.1%)로 세 번째로 많다.

[그림14] 닭이 놀라는 분절구조

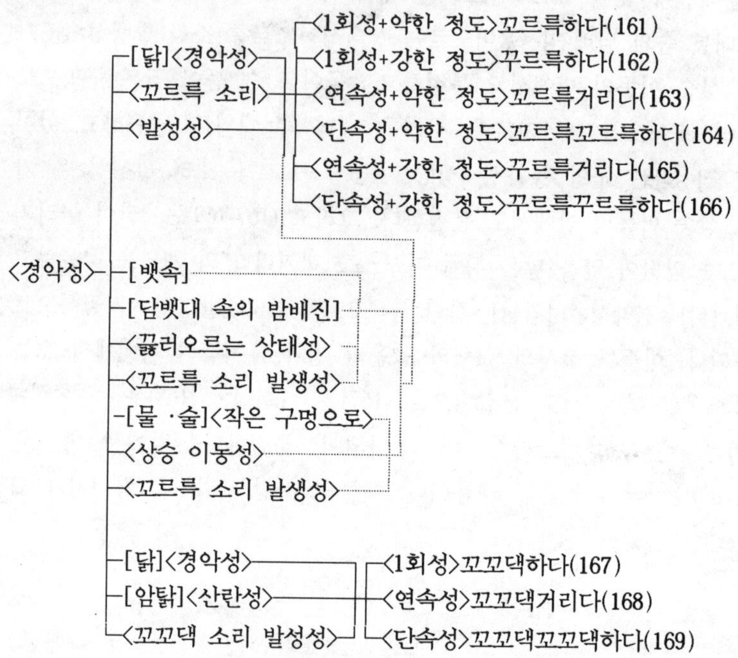

그리고, 놀라 혼비백산하는 내용이 11개(6.51%)이고, 닭이 놀라거나 알을 낳고 꼬꼬댁거리는 내용이 9개(5.33%)이며, 순간적으로 놀라는 내용과 놀라 간담이 서늘한 내용이 각각 8개(4.73%)이다. 몹시 놀라는 내용이 7개(4.14%)이고, 놀라 비명을 지르는 내용과 놀라 눈이 휘둥그래지는 내용이 각각 6개(3.55%)이며, 놀라 안색이 변하는 내용이 5개(2.95%)이다. 그리고, 놀라 질겁하는 내용, 놀라 의아하게 생각하는 내용, 놀라 물러서는 내용, 놀라서 도망치는 내용, 놀라서 펄쩍 뛰는 내용이 각각 4개(2.37%)이고, 심적으로 놀라는 내용, 놀라서 하던 일을 중단하는 내용, 놀라 뛰어나오는 내용, 놀라 뛰어나가는 내용이 각각 3개(1.78%)이며,

몹시 놀라고 한탄하는 내용, 놀라고 경탄하는 내용, 놀라고 싫어서 질색하는 내용, 놀라 몸을 떠는 내용, 한편으로 놀라고 한편으로 기뻐하는 내용, 남을 놀라게 하는 내용이 각각 2개(1.18%)이다. 놀라고 감동하여 복봉하는 내용, 끔직한 일을 보고 놀라는 내용, 놀라고 두려워하는 내용, 헛것을 보고 놀라는 내용, 세상을 놀라게 하는 내용, 부모나 손윗분의 부은에 놀라는 내용, 참혹한 현상을 보고 놀라는 내용, 놀라 기절하는 내용, 놀라 눈이 아찔한 내용, 경탄하여 무릎을 치는 내용, 놀라서 몹시 꾸짖는 내용, 놀라고 감동하는 내용이 각각 1개(1.18%)로 분포되어 있다.

위와 같은 분포로 보아 우리 언어공동체(Sprachgemeinschaft)[23)]는 놀란 결과 사슴이 두근거리는 내용과 허둥거리는 내용 및 몸을 움츠리는 내용에 깊은 관심을 보이고 있고, 놀라서 혼비백산하는 내용과 간담이 서늘한 내용 및 비명을 지르는 내용에고 큰 관삼이 표현되어 있다.

(2) 이동의 주체는 거의 모두가 사람이고, 약간의 동물이 포함되어 있다. 이들 가운데 사람이 놀란 결과 움직이는 주체를 알 수 있는 것은 101개(59.76%)이다. 이들 중 많이 분포된 순으로 살펴보려 한다.

몸이 36개(21.31%)로 가장 많고, 호흡이 16개(9.47%)로 다음으로 많으며, 가슴이 15개(8.88%)로 세 번째로 많다. 그리고, 닭이 9개(5.33%), 느낌이 8개(4.73%), 눈이 7개(4.14%), 안색이 4개(2.37%), 어깨나 목이 3개(1.76%), 자식, 무릎, 짐승이 각각 1개(0.59%)로 분포되어 있다. 이러한 결과로 보아 외부의 자극에 의해 놀라서 신체의 일부가 영향을 받아

---

23) Leo Weisgerber(1967:21)는 "der Inbegriff der Menschen, die in Wirkungszusammenhang der stehen".이라고 하였다. 언어 공동체를 결속시키는 것은 모국어의 세계상이다. 즉 모국어의 작용을 통해 언어공동체 전구성원들이 공통의 차원에 올라서고, 이러한 차원 위에서 그들의 정신적 만남이 가능하다. 물론 모국어의 세계상은 긴 세월의 흐름 속에서 언어공동체의 노력을 통해 형성된다.

움직인의 주체는 몸과 **호흡** 및 사슴이 가장 키게 영향을 받고 있고, 또 눈이나 안색에도 크게 영향을 주고 있다.

(3) 놀라는 원인은 모두 외부의 자극이다. 그런데 놀라는 원인을 알 수 있는 것 중 많이 분포된 순으로 고찰하여 보면 다음과 같다. 이상한 일에 당면한 상황이 9개(5.33%)이고, 뜻밖의 일이 7개(4.14%)이며, 매우 급박한 일이 6개(3.55%)이다. 그리고, 억울한 일이 4개(2.37%), 닭이 산란하는 일과 열적은 상황이 각각 3개(1.76%), 어떤 상황의 목격, 얄미운 일, 공연한 일, 남을 놀라게 하는 행위, 경사스러운 일이 각각 2개(1.18%), 신시한 일, 해괴한 일, 의아한 일, 끔직한 일, 남의 심한 질책, 부모나 윗사람의 부음, 참혹한 현산, 비통한 일, 다른 사람의 과오 목격이 각각 1개(0.59%)로 분포되어 있다.

(4) 놀란 결과로 일어나는 상태를 살펴보면 다음과 같다. 가슴의 두근거림이 15개(8.88%)로 가장 많고, 어리둥절한 상태와 몸을 움츠르는 상태가 각각 13개(7.69%)로 다음으로 많으며, 헐떡이는 호흡과 흥분 상태가 각각 12개(7.1%)로 세 번째로 많다. 그리고, 혼비백산하는 상태가 10개(5.92%)이고, 닭이 꼬꼬댁거리는 상태가 9개(5.33%)이며, 간담이 서늘한 상태가 8개(4.73%)이다. 깜짝 놀란 상태, 비명을 지르는 상태, 눈이 휘둥그래지는 상태, 화닥닥 움직이는 동작이 각각 6개(3.55%)이고, 질겁하는 상태, 의아하게 생각하는 상태, 도망치는 행위, 안색의 변함이 각각 5개(2.96%)이며, 펄쩍 뛰는 동작과 몸이 떨리는 상태가 각각 4개(2.37%)이다. 그리고, 일어서는 동작이 3개(1.78%)이고, 탐식하는 행위, 정신이 혼미해지는 상태, 두렵게 느끼는 상태, 하던 일을 중지하는 상태, 뒤로 물러서는 행위가 각각 2개(1.18%)이며, 무서움을 느끼는 상태, 복종하는 행위, 생기가 쇠진하는 상태, 징색하는 행위, 기절하는 상태, 눈이 아찔한 상태, 무릎을 치는 행위, 몹시 꾸짓는 행위, 흥분한 상태가 각각 1개(0.59%)로 분포되어 있다. 따라서, 놀란 결과로 영향을 받는 곳

은 신경계통과 얼굴의 표정 및 정신이 가장 많이 영향을 받고 있다.

　(5) 놀람 자동사의 내용 중 필자 나름대로 바람직하지 못한 부정적인 내용은 모두 54개(31.95%)이다. 이들의 구체적인 내용은 놀라 몸을 움츠리는 내용이 15개(7.69%)이고, 끔찍한 일에 놀라 길겁하는 내용이 7개(4.14%)이며, 놀라 도주하는 내용이 5개(2.96%)이다. 그리고, 혼나는 내용과 놀라 이상하게 생각하는 내용 및 억울하고 놀라 펄쩍뛰는 내용이 각각 4개(2.37%)이고, 놀라 몸을 떠는 내용이 3개(1.78%)이며, 놀라 탄식하는 내용, 놀라 정신이 혼미해지는 내용, 싫어서 질색하는 내용, 놀라고 두려워하는 내용, 공연한 일에 놀라는 내용, 남을 놀래키는 내용이 각각 2개(1.18%)이며, 놀라고 화가나서 안색이 변하는 내용, 남에게 질책을 당하는 내용, 세상을 놀라게 하는 내용, 부모나 윗사람의 부음에 놀라는 내용, 참혹한 현상을 보고 놀라는 내용, 놀라고 화가나서 눈을 흘기는 내용이 각각 1개(0.95%)로 분포되어 있다. 그리고, 바람직한 긍정적인 내용은 경탄히어 감동하는 내용과 경탐하여 무릎을 치는 내용 2개(1.18%)에 불과하다.

　(6) 우리 국어는 숫적으로 한자어가 많은 편이다. 훈민정음이 비록 어리석은 백성을 위한 문자로 창제되었다 하나, 그것을 실제로 배우고 쓴 계층이 실질적으로 사대부들이었음을 감안하면, 그 사대부들에 의하여 한자어가 한글로 적혀오는 과정에서 한자어는 국어 어휘체계 속에 점진적으로 확산되고 정착되어 왔다고 믿어진다. 따라서 한자어가 계속 증가되어 마침내 국한문 혼용이라는 기구한 문자생활을 하게 된, 이른바 개화기에 와서 오늘날과 같은 한자어 폭주현상을 겪게 된 것이다. 더구나 한문화를 바탕으로 하는 학문과 문화적 풍토는 고유어에 의한 조어 능력마저 감퇴되기에 이르러 오늘날 우리는 한자어를 쓰지 않고 노래말 한 줄은커녕 편지글 한 대목도 쓸 수 없는 기형적 언어생활을 하지 않을 수 없게 된 것이다. 석보상절뿐만 아니라, 선조대왕의 언문

교지나 숙종 때의 사대부의 편지글들이 고유어로 짜여졌으면서도 얼마나 아름답고 풍부한가를 보면 오늘날 우리들이 국어를 다듬기 위해서 해야 할 일이 무엇인가를 새삼 깨닫게 된다(김종택, 1992:88).

그런데, 놀람의 낱말밭에서는 우리 고유어가 100개(59.17%)로 과반수가 넘고 있으며, 한자어는 67개(39.64%)에 불과하며, 한자어와 고유어가 융합된 혼종어는 2개(1.18%)이다. 그리고 서구 외래어가 하나도 없는 것이 특이하다.

〔부산외국어대 한국어문학과 교수〕

참 고 문 헌

강호진(1989), "언어밭의 형식화 가능성 문제에 대하여"
　　　「언어내용연구」. 태종출판사.
高永根(1974), 「現代國語의 接尾辭에 대한 構造的 研究」. 百合出版社.
金璟姬(1995), 「性格」. 민음사.
金光海(1993), 「국어어휘론 개설」. 집문당.
金明勳·鄭永潤(1997), 「心理學槪論」. 博英社.
金敏洙(1972), 「新國語學」. 一潮閣.
―――(1983), 「國語意味論」. 一潮閣.
金芳漢(1983), 「一般言語學槪要」. 一潮閣.
김봉주(1988), 「개념학-의미론의 기초」. 한신문화사.
김시업 역(1994), 「심리학」. 문음사.
김유진 외2인 역(1994), 「심리학 개론」. 螢雪出版社.
金應模(1989), 「國語平行移動自動詞 낱말밭」. 翰信文化社.
―――(1993), 「國語移動自動詞 낱말밭(1)-平行移動篇」. 曙光學術資料社.
―――(1993), 「國語移動自動詞 낱말밭(2)-垂直移動篇」. 曙光學術資料社.
―――(1996), 「韓國語 身體關聯 自動詞 낱말밭」. 도서출판 박이정.
―――(1997a), 「韓國語 運動競技 動詞 낱말밭」. 도시출판 박이정.
―――(1997b), 「韓國語 球技競技 動詞 낱말밭」. 도서출판 박이정.
―――편저(1997), 「한국어학의 이해와 전망」. 도서출판 박이정.
―――(1998), 「韓國語 餘暇善用 自動詞 낱말밭」. 도서출판 박이정.
김종택(1992), 「어휘의미론」. 탑출판사.
김중술 저(1998), 「사랑의 의미」. 서울대학교출판부.
金鎭宇(1988), 「言語와 心理」. 翰信文化社.
金興洙(1989), 「현대국어 심리동사 구문 연구」. 탑출판사.
남기심 외2인(1985), 「언어학개론」. 탑출판사.
류병호(1994), 「술 텔레비전」. 도서출판 여민.
리득춘(1996), 「조선어 어휘사」. 도서출판 박이정.
朴炳采(1973), 「古代國語研究」. 高麗大 出版部.
박영순(1994), 「한국어 의미론」. 고려대 출판부.
朴鐘榮(1994), 「心理學槪論」. 大旺社.

裵禧任(1988), 「國語被動硏究」. 高麗大 民族文化硏究所.
서울대 심리학연구실 역(1991), 「집단심리」. 星苑社.
서정수(1975), 「동사 '하' 문법」. 형설출판사.
宋秉鶴(1974), "「하」에 관한 연구". 忠北大 大學院(박사).
신수종·이병찬(1984), 「곡어학개론」. 한신문화사.
신익성(1974): "Weisgerber의 언어이론-해석과 주석적 비판" 「한글」
　　　　　　153호. 한글학회.
신현숙(1986), 「의미분석의 방법과 실제」. 한신문화사.
沈在箕(1983), 「國語語彙論」. 集文堂.
우리말내용연구회 편(1994), 「우리말내용연구」. 창간호. 국학자료원.
──────── (1995), 「우리말내용연구」. 2호. 국학자료원.
윤진·최상진 역(1990), 「사회심리학」. 探求堂.
李庸周(1993), 「한국어의 의미와 문법(1)」. 三知院.
李益煥(1986), 「意味論槪論」. 翰信文化社.
李鉉洙(1989), 「性格 및 個人差 心理學」. 祐成文化社.
임지룡(1993), 「국어의미론」. 탑출판사.
──(1997), 「인지의미론」. 탑출판사.
田秀泰(1986), 「國語移動動詞硏究」. 翰信文化社.
정시호(1994), 「어휘장이론연구」. 경북대 출판부.
鄭元容(1996), 「隱喩와 換喩」. 新知書院.
최창렬(1988), 「우리말 語源硏究」. 一志社.
한인희(1976), "국어 어휘의 의미론적 연구-그림씨 어휘를 중심으로-"
　　　　　　「한글」157호. 한글학회.
허 발(1977), "Coseriu의 의미연구와 낱말밭". 「언어학」2.
　　　　　　한국언어학연구회.
──(1985a), 「낱낱밭이론」. 고려대 출판부.
──(1985b), 「언어내용의 핵심문제」. 고려대 출판부.
──(1996), 「언어내용론」. 고려대 출판부.
──(1997), 「현대 의미론의 이해」. 국학자료원.
洪大植 譯(1990), 「사회심리학」. 博英社.
──편역(1994), 「인간관계심리」. 養英閣.
洪琡基 譯(1992), 「性格心理學」. 博英社.
홍승우(1988), 「의미론입문」. 청록출판사.

金光海(1987), 「類意語·反意語 辭典」. 한샘.
신기철·신용철(1980), 「새우리말 큰사전」. 삼성출판사.
李家源·張三植(1973), 「詳解漢字大典」. 庚庚出版社.
이희승(1985), 「국어대사전」. 민중서관·
서울대 심리학연구실(1991), 「집단심리」. 星苑社.

Coseriu. E. 1973. Probleme der Strukturellen Semantik, Tübingen.
Geckeler, H. 1973. Strukurelle Semantik des Frazösischen.
                    Max Niemyer Verlag, Tübingen.
Kemoson, R. M. 1977. Semantic Theory. London Cambridge
                    Univ. Press.
Martin, S. 1954. Korean Morphophonemics. Baltimore. Linguistic
                    Society of America.
Nida, E. A. 1979. Componential Analysis of meaning(Approches to
                    Semantics). Moution.
Palmer, F. R. 1976. Semantics. London. Cambridge Uive Prees.
Ramstedt, G. I. 1939. A Korea Grammer. Helsink.
Trier, J. 1973. Der deutsche Wortschatz im Sinnbezirk des
                    Verstandes. Heidelberg.
Weisgerber, L. 1962. Grundzüge der inhaltbezogenen Grammatik.
                    Schwann. Düsseldorf.
─────────. 1964. Das Menchheitsgestz der Sprache. Quelle & Meyer
                    Verlag. Heidelberg.
─────────.1967. Sprachgemeinschaft als Gegenstand
                    Sprachwissenhaftlicher Forschung. Westdeucher
                    Verlag.
─────────.1971. Die Muttersprache in Aufbau unserer Kultur.
                    Pädagogischer Verlag. Schwann. Düsseldorf.

辛夕汀 詩의 文體 研究*

오택근

1. 論題의 提起

　辛夕汀(錫正 : 本名, 1907~1974)에 대하여 지금까지 언급된 연구의 흐름을 알아 보겠다. 이러한 작업은 필자가 시도하려는 論題의 端緖를 제공해 주기 때문이다.

　신석정의 초기시를 대상으로 하는 연구에서는 대개 자연주의, 목가적 정서와 '한국의 리얼리티에서 유리된 헛도는 시'1)라는 등의 표현이 주조를 이루었다면, 조국 광복 이후의 시편들 연구에서는 현실 참여적인 것으로 평가함으로써 그의 시 세계 인식에 시각의 차이가 보인다. 이러한 편차는 그의 주된 시어인 자연물의 명칭 때문으로, 자연을 어느 층

---

* 이 논문은 1999년도 안양대학교 학술연구비의 지원을 받아 연구되었음.
1) 김우창, '한국시와 형이상', 「궁핍한 시대의 시인」 (민음사, 1977.) 49쪽.

위의 의미로 이해하는가에 따라 나타나는 주관적 해석의 결과이다. 이처럼 신석정의 자연은 의미의 층위를 달리하면서도 그의 시를 이해하는 관건으로 중요한 실마리를 일관되게 제공하고 있는 표현물이다. 그런 의미에서 노장사상과의 관련 여부는 현재까지 연구의 주된 관심이 되고 있다.

신석정이 시를 처음 발표한 것은 1924년 4월 19일 조선일보에 <기우는 해>로 보인다. 그러나 그의 시가 비평의 본격적 대상이 된 것은 1930년이 넘어서이다. 1931년 10월 ≪詩文學≫誌 3호에 <선물>2)을 발표한 이래로 본다. 이 기간에 약 70편의 습작기 작품으로 비평의 대상에서 제외되고 있는데 그것은 시문학파적 의의가 감소될 우려가 있다고 유윤식은 보고3) 있다. 더 자세한 기록은 필자의 시인 신석정 연구의 '신석정 연보'4)를 참고하기 바란다.

김기림은 석정을 첫째 목가시인으로, 둘째 모더니즘 시인으로 평가하였다. 석정이 시세계를 개성적인 것으로 보고 있는데, 그가 이렇게 보는 이유를 '현대 문명에 대한 통절한 비판'5)에서 찾고 있다. 그러면서도

---

2) <선물>을 발표한 시기가 문헌상 몇 가지가 있다.
　① 1929년 1월 30일 「동아일보」에 발표된 기록이 최초의 것으로 보인다.
　② 신석정 자전적 수필집에는 1931년 6월에 ≪시문학≫3호로 언급되었다.
　　　신석정, '신석정 연보', 「슬픈 목가」(삼중당, 1975.) 247쪽.
　　　신석정, '신석정 연보', 「범우 에세이 *91* 촛불」(서울 : 범우사, 1979.) 138쪽.
　③ 「詩文學」 제 3호 (1931. 10월호.) 22~23쪽.
3) 유윤식, '시문학파 연구', (한양대 대학원, 1988.) 19쪽.
4) 필　자, 「시인 신석정 연구」(안양대 출판부, 1998.) 241~245쪽.
5) 김기림, '1933년 시단의 회고와 전망', 「조선일보」, 1933년 12월 10일. 이 글은 동년 12월 7일~13일자 「조선일보」에 연재된 부분 중 하나이다. 후에 「시론」(백양당, 1947.) 재수록되어 있는데, 여기에서 보면 뒤에서 인용된 '현대문명에 대한 통절한 비판'이 '현대문명에 대한 간접적 비판'으로 수정되어 있으며 석정을 '牧歌詩人'이라 언급했다. 이 견해는 김 아, '슬픈 목가에 바치는 글' ≪슬픈 목가≫(낭주문화사, 1947.).

‘견해에 따라서는’이란 단서를 붙이고 있는데, 이는 문명비판 이외의 다른 의미로도 해석할 수 있다는 시사로 보인다. 그리고 이때의 단서의 의미란 모더니즘으로서의 예찬이다.

> 석정은 幻想 속에서 形容詞와 名詞의 非倫理的 結合에 의하여 아름다운 象徵的인 「이미지」등을 빚어내고 있었다. 그들은 韻文的인 「리듬」을 버리고 아름다운 會話를 썼다.6)

이와 같이 외래 지향적 의미 부여와 달리 목가시인으로서의 시인 신석정이라는 평가는 해방 이전까지 신석정에 대한 일반적 평가의 규범으로 인정되어 왔다. 다만 대상적 인식은 자연으로 동일하게 보면서도 임화 등은 정지용, 김기림, 김영랑과 함께 신석정은 기교주의로 단정하고 ‘시의 내용과 사상을 방기한다’7)고 비판하였다. 이에 관하여 박용철은 언어 예술성의 확보를 내세우고 있다. 박용철의 단호한 시의식은 ‘질서 의시익 의지이며, 시를 하나의 존재’8)로 이해하려는 것이다. 따라서 석정시에 대한 견해는 개성적인 언어사용과 모더니즘적 회화, 감상의 배격 등이 신선한 충격을 주는 긍정적 평가로 양보되었다.

한편으로 석정시가 1939년에 ≪촛불≫시집이 출간된 이후에 김안서가 신석정에 보낸 서신을 살펴보면 1930년대 문단의 분위기를 감지할 수 있다.

> 所謂 公利的 意識 是能者들의 눈에 君의 詩가 詩歌로의 存在될 수 없는 한 個의 餘技로 보일 것이외다. 그들의 詩眼이란 거의 無에 갓갑다는 것 보다도 詩歌破壞라는 感이 잇습니다. …… 只今 우리 詩壇에

---

6) 김기림, ‘모더니즘의 역사적 위치’, 「인문평론」 창간호 (1939. 10.) 84쪽.

7) 임　화, ‘담천하의 시단 1년’, 「신동아」 5권 12호 (1935. 12.) 171쪽과 「문학의 이론」 (학예사, 1940.) 625쪽.

8) 박용철, ‘시문학 창간에 대하야’ 「박용철 전집 2권」 142~143쪽.

> 君의 詩風은 獨步외다. 그 유사한 시풍을 발견할 수 없는 신비롭은 세
> 계를 동양적으로의 깨끗한 聖地를 나는 한업시 尊重합니다.9)

이와 같이 공리적 의식은 카프계열의 교훈설을 말하고, 그 반대로 쾌
락설은 예술 지향의 순수문학 계열을 말하는 것으로 그 당대 문단 풍
토의 양분된 분위기가 보인다. 이런 시기에 김안서는 석정시의 동양적
'독보적 시풍'이라고 격려하는 서신을 보냈다.

석정의 첫시집 ≪촛불≫이 발간된 1939년부터 석정시에 관한 본격적
인 논의가 시작되었다. 자연의 의미에 관한 해석과 언어의 조탁으로 방
향이 가닥을 잡고 있었다. 정래동은 ≪촛불≫에 관해 독후감 형식을 빌
어 '일상어의 시화, 시인과 자연이 융합, 원시적 감촉'10)등의 성과를 지
적하였다.

그러나 해방 이전의 평단에서는 더 이상의 석정론을 찾아볼 수가 없
다. 결국 해방 이전에 있었던 석정론은 양적으로 충분한 것은 못되었다.
따라서 김기림의 견해에서 크게 벗어나지 못한 것도 이러한 이유로 볼
수 있다. 신석정의 시는 자연에 관심이 기울어져 있으며, 이때의 자연은
자연 이외의 의미를 지니지 못하는 것이라고 파악된다. 다만 김기림에
게서 문명비판의 이해를 발견할 수 있을 뿐이다.

조국의 광복과 6·25 사변 사이의 공간에서도 석정에 대한 관심은
마찬가지이다. 1947년에 제 2시집 ≪슬픈 목가≫를 발행하였지만 이에
관한 잇따른 평론은 발견되지 않고, 다만 장만영의 논평이 있을 따름이
다. 즉 '≪촛불≫은 차라리 목가요, ≪슬픈 목가≫는 잃어진 자연을 그
리워하는 애달픈 엘레지'11)로 평가하였다. 그러다가 1960년대에 접어들

---

9) 김안서가 1941년 3월 전북 부안에 있는 석정에게 보낸 편지, 「심상」 (1974.
1.) 102~103쪽. 최승범 정리 소개.
10) 정래동, '신석정 시집' 「촛불」 독후감, 「동아일보」, 1940년 3월 27일.
11) 장만영, '석정의 시', 「시문학」 제 2호. 1950년 6월호. 43쪽.

면서 석정시에 관한 연구는 활발하게 진행된다. 비로소 평론의 입장으로부터 본격적 연구의 대상으로 전환되었다. 그렇지만 석정시에 관한 전체적인 언급은 여전히 찾아보기 어려운 상태이다. 서정주, 정태용, 박두진 등의 견해가 이에 해당된다.

서정주는 '도덕적 자연주의'12)라고 말하면서, 노장사상과 도연명의 귀거래의식으로 석정의 시를 평가하였다. 정태용은 제 2시집 ≪슬픈 목가≫를 예로 들면서 신석정을 '인고와 기대를 가진 생활 시인'13)이라고 평가하는가 하면, 박두진은 ≪산의 서곡≫을 초기시에 비교하면서 '거칠고 어둡고 통곡스런 조국과 시대와 역사의 현실을 응시 고발한다.'14)고 말한다. 그리고 이건청도 '≪촛불≫의 시세계가 식민지 치하의 암울한 상황에서 찾아낸 이상향을 노래하고 있다면, ≪슬픈 목가≫는 훨씬 가열화된 시대상황 속에서 이상향을 노래한다.'15)고 역사주의적 입장에서 조망하였다.

이들 삼사의 견해는 논의의 대상으로 하고 있는 시집이 구별된다는 점에서 나름의 당위성을 인정할 수 있지만, 실제로는 석정시의 일면을 다른 시각에서 바라보고 있을 뿐이다. 서정주의 견해는 석정의 세계관을, 정태용은 석정의 시적 인식을, 박두진은 후기시의 표면적 특징을 중심으로 고찰하였다. 그러나 본격적 석정론이 되기 위해서는 이들 각각의 시각이 합치된 전체적 인식을 통해서만이 가능하다. 하지만 이들 각각 연구성과는 이후의 연구에서 규범적 역할을 담당한다.

정태용은 같은 글에서 첫시집 ≪촛불≫의 자연을 말하면서, 이는 중세기적인 무한과 깊고 가녀린 신비를 그리워했던 서구 낭만시가 이식

---

12) 서정주, '신석정과 그의 시', 「한국의 현대시」 (일지사, 1965.), 183~184쪽.
13) 정태용, '신석정론', 「현대문학」, 1967년 3월호, 263쪽.
14) 박두진, '신석정의 시', 「현대문학」, 1968년 1월호, 239쪽.
15) 이건청, 「한국 전원시 연구」 (문학세계사, 1986.) 70쪽.

된 것이라고 설명한다. 이러한 관점은 석정시의 자연물 중에 자주 등장하는 비둘기, 양, 들판 등의 서구적 자연 때문인데, 이러한 시각은 유태수의 견해에서도 아르카디아(Arcadia)와 연결하여 이해되고 있다.[16] 그러나 이들이 몽환적 자연을 이유로 일방적으로 서구적이라 말하는 데에는 다소 무리가 있다고 보여진다. 왜냐하면 석정시의 자연속에는 분명 한국적 전원의 소재적 채택이 드러나고 있음을 무시할 수 없기 때문이다.[17]

서정주의 도교적 자연주의라는 견해 역시 많은 논자들에게 이어지고 있다. 특히 조용란은 노장철학과 함께 당시의 영향관계를 시정신의 바탕으로 보고 있다.[18] 윤경수도 도연명에 심취된 석정론을 펼치고 있는데[19], 이들 견해는 신석정 개인의 생활과 그의 자전적 수필집인 「난초 잎에 어둠이 내리면」에 근거하는 경향이 두드러지게 나타나고 있다. 현실의 응시와 고발이라는 박두진의 견해도 연구사의 한 맥락을 이구고 있는데, 이들은 주로 후기시의 세 시집을 대상으로 삼고 있다. 채규판도 초기시에 대해서는 목가시로, 후기시에 관해서는 참여시[20]로 규명하였다. 이와 같이 1970년대와 80년대에 들어서면서도 이같은 맥락의 구분은 공존하지만, 석정시에 관한 대립된 인식이라고 보기는 어렵다. 대립이라기 보다는 오히려 부분적 시각이라는 점에서 극복의 방향을 제시해 주고 있는 것이다.

---

16) 유태수, '신석정에 있어서 전원의 의미', 「한국현대시사연구」 (일지사, 1983) 280~300쪽.

17) 이숭원, 「근대시의 내면구조」 (새문사, 1988.) 80쪽.

18) 조용란, '신석정 연구', (동국대대학원, 1977.) 32쪽.

19) 윤경수, '석정시의 전원생활-도연명과 노장의 영향', 「월간문학」 (1978. 1.) 230쪽.

20) 채규판, '김소월·김영랑·신석정의 시', 「한국현대비교 시인론」 (탐구당, 1983.) 109쪽.

한편 1980년대에 들어서면서부터는 신석정의 시가 지닌 분야별 연구에서 많은 성과가 이루어지게 된다. 전원과 자연이라는 매개를 통해 전달하려는 정서의 성격을 규명하기 위해 많은 노력이 기울여진다. 최승범은 목가세계의 의미를 모성애의 회귀로[21], 신용협은 전원을 낭만적 서정주의로[22], 필자는 신석정의 전반기 작품에서 '밤의 의미'는 상실의 극복, 평화 지향성, 자유 추구 등으로 한 시대를 반영한 저항시로[23], 김현승은 단지 현실의 부자유와 비애의 고뇌로부터 다소 위안을 얻기 위해서[24]라고 논의하였다. 단 김남석은 전원에 핀 문명의 저주라고 언급하고[25], 민병기는 농촌의 비참한 현실을 반어적으로 표현한 것이 전원이라고 설명한다.[26] 이 밖에도 자연시로[27], 비교 문화적 방법으로 접근

---

21) 최승범, '신석정의 <그 먼 나라를 알으십니까?>', 「한국 대표시 평설」 (정한모, 김재홍 편저), (문학세계사, 1983.) 136~143쪽.
22) 신용협, '신석정 시 연구', 충남대 인문과학 논문집 9권 2호, 127~151쪽.
23) 필 자, '신석정론', 「시문학」 116호, 117호 (1981. 3·4월호) 112~121, 91~104쪽.
24) 김현승, '신석정의 <그 먼 나라를 알으십니까?>; 「한국 현대시 해설」 (관동출판사, 1975.) 155~156쪽.
25) 김남석, '전원에 핀 문명의 저주', 「한국 시인론」 (서음출판사, 1977.) 175쪽.
26) 민병기, '신석정의 시사적 의미', 「국어 국문학」 95호, (1986.) 153~173쪽.
27) 이재철, '신석정론', 「한국 현대시 작품론」 (문장사, 1981.) 182쪽.
노재찬, '신석정과 자연', 「부산사대 논문집 제 6집」, (1979. 6.).
조병훈, '신석정의 시', 「한국 현대 시사」 (집문당, 1980.) 170쪽.
이정화, '신석정 초기시에 나타난 자연관 고찰', 「경기어문학」 (1980. 1.).
이기반, '신석정의 자연시에 나타난 서정성', 「일산 김영준 선생 화갑논총」 (1980. 4.).
박철석, '신석정론', 「한국현대시인론」 (학문사, 1981.) 169쪽.
문두근, '신석정 시에 나타난 자연의 의미', 건국대 대학원 (1982.).
조찬일, '신석정 자연시 연구', 한국 외국어대 교육대학원 (1984. 7.).
박호영, '신석정의 문학사상', 「한국 시문학의 비평적 탐구」 (삼지원, 1985.).
유태수, '신석정에 있어서 전원의 의미', 「한국 현대 시사 연구」 (일지사, 1987.).

54

하는 방법적 변용도[28) 나름대로의 특징있는 연구 성과를 이루고 있다.

문덕수는 신석정을 이미지즘, 즉 모더니즘의 한 계열로 보면서[29) 의식적인 시작으로 국어 순화에 힘썼다는 점을 들어 평가하고[30) 있으며, 김윤식은 난초라는 공통된 소재를 채택한 가람, 지용, 석정을 비교하는 방법을 채택하고 있다. 여기에서 김윤식은 신석정의 시가 다른 시인들과는 달리 대(竹)를 소재로 하고 있는 점을 들어 지적하면서, 이를 석정의 생활과 연결하고 석정의 정신사를 중심으로 살피고[31) 있다.

김해성은 석정시의 경어체가 지닌 역할을 작품 내의 조화로서 확인하고[32), 이기반은 산과 식물의 소재적 채택을 역사의식과 현실참여의 의미로 이해하는[33) 성과를 보이고 있다. 그러나 이러한 분야별 접근은 새로운 시각의 형성과 신석정 시의 특징을 세분하여 살폈다는 성과와 함께 전체적인 모습의 확인이라는 문제를 남겨 놓고 있다.

석정의 시세계를 종합적인 시점에서 살피려는 입장은 정한모[34), 오세영[35), 박철희[36), 김용직[37) 등의 성과에서 시도되고 있으나, 이들은 상징적 이미지, 신선한 이미지, 시각적 이미지 등을 근거로 모더니즘의 계열로 문덕수의 견해와 궤를 같이한다고 할 수 있다. 이러한 성과에 힘입어

---

28) 김상태, 'Thoreau와 석정의 대비적 고찰', 전북대 교양학부 논문집(1974. 1.).
29) 문덕수, 「한국 모더니즘 시 연구」 (시문학사, 1981.) 38쪽.
30) ────, 「오늘의 시작법」 (시문학사, 1987.) 29쪽.
31) 김윤식, '신석정론', 「시문학」 (1978. 7.) 124쪽.
32) 김해성, '전원목가적 사상과 경어체 연구', 「현대한국시인 연구」 (대학 문화사, 1985.) 272쪽.
33) 이기반, '신석정 시의 제재-후기시에서 본 산과 식물과 기타-', 「한국 언어문학」 17·18집, (1979. 12.) 87~88쪽.
34) 정한모, '네 사람의 작품 세계', 「심상」 (1974.) 29쪽.
35) 오세영, '한국 문학과 바다', 「현대시와 실천비평」 (이우출판사, 1983.) 81쪽.
36) 박철희, '현대시와 서구적 잔상', 「한국 시사 연구」 (일조각, 1974.) 209쪽.
37) 김용직, 「한국 현대 시사 연구」 (일지사, 1974.) 208쪽.
   ────, '어두운 시대와 시인의 십자가', 「시와 시론」 (학문사, 1986.) 143쪽.

많은 연구가 이루어져 왔고, 석사학위 논문은 물론 박사학위 논문으로도 단일한 연구의 대상이 되고 있다. 특히, 허형석은 "자연에서도 영원한 원정이 못되고, 참여론자의 입장에서도 그 가치 구현을 다 마치지 못한 석정시의 비극적 편력은 한국 서정시의 공통분모 창조라는 과제에 이바지 하였다."38)고 언급하였다. 그리고 필자는 신석정 시 연구에서 "시적 대화의 구조와 상징 체계"39) 등이 다른 점으로 지적되고 있다.

그러므로 이와 같은 선행연구들은 석정시가 자연시, 전원시, 목가시, 참여시, 저항시, 모더니즘시 등으로 다양하게 인식되고 있다. 그러나 문체 분야에 논의가 없어 초기 시집인 ≪촛불≫과 ≪슬픈 목가≫를 중심으로 이 논제를 管見하고자 한다.

2. 文體의 槪念과 要素

문학은 선택된 언어의 집합체다. 이것은 독립적이며, 통일된 문장으로 조직된다. 그래서 문학은 언어예술이라고 정의한다. 작가들은 문장을 조직할 때 의도적으로 개성과 독창성이 요구되게 작성한다. 이것을 대개 문체라고 부른다. 문체란 영어와 프랑스 말의 style, 독일어로 stil에 해당하는 것이다. 이 말을 미학상으로 번역할 때 樣式이라 번역하는 것이 더 적절하다. 이 양식은 문화에만 한정하여 사용한다. 자연에는 양식이 해당되지 않는다. 문화는 사람에 의해 만들어 지는 것이다.

문체의 개념에는 다음과 같은 의견들이 있다. 문체란 작가의 마음먹는 바 목적에 알맞는 형식으로 작품이 만들어 지는 것이다. 여기서 '목

---

38) 허형석, '신석정 연구', 경희대 대학원 (1988. 2.) 153쪽.

　　허소라, '신석정 연구', 「한국어·어문학」 (형설출판사, 1976.) 49쪽.

39) 필 자, '신석정 시 연구', 한양대 대학원 (1989. 6.) 105쪽.

적에 알맞는' 뜻은 미적 이상에 알맞는 것을 말한다. 이와 같은 맥락에서 아리스토텔레스는 적당한 말(adeguate language)이라고 언급하였고, 영국의 스위프트(Swift)는 문체란 적당한 말을 적당한 자리에 놓는 것(the right word in the right place)이라고 말하였다. 그리고 프린스톤대 영문학 교수인 디이어도르·헌트(Theodore W. Hunt)는 style을 두 가지 의미로 해석하였다. 하나는 말의 사용 곧 措辭(diction)이고, 다른 하나는 말을 조직하여 통일된 뜻을 나타내는 것, 즉 문장(sentence)이다. 뷰퐁(M.de Buffon)의 아카데미 입회 강연에서 말한 style은 앞에서 말한 뒷것의 의미였다.

우리 나라에서 이 문체에 관하여 말한 이로 위당 정인보가 있다. 그는 글자에 선악의 질이 없고, 선악은 배치의 當否에 있다고 말함은 문장 체재의 중요성을 말한 듯하다. 그리고 이인모는 문체란 "작가의 미적 이상에 적합하며 개성이 잘 반영된 일정한 구조의 문장이다."[40]라고 뜻매김은 위의 여러 의견에 접근된 개념으로 판단된다.

사실 문학의 총체적 상황에서 문체를 말할 때 작가와 작품 사이에서 발생한 것으로 '표현론'이라 말하며 그 평가의 기준은 '독창성과 개성'이다. 그래서 작가의 위대성은 자기 스타일 창조에 있다고 말함이 타당하다. 따라서 한 작가의 유일한 꿈은 확고한 스타일을 보유함에 있다. 이런 것들은 반드시 문장을 통해서 문학 작품이 조직된다고 본다. 그래서 작가는 자신의 문장을 개성있게 만들도록 노력한다. 이런 입장에서 문체란 창작행위이며 이 과정 속에는 작가의 인품이나 성격이 담겨 있음을 파악할 필요가 있기 때문에 문장은 사람이라고 뷰퐁은 말한 듯하다.

이런 문체를 결정해 주는 기본 요소로 1)어휘의 선택, 2)운율적인 방

---

40) 이인모, 「문체론」 (선명문화사, 1974.) 48~53쪽.

식, 3)어조(tone), 4)화자와 청자와의 거리, 5)문장 구조의 유형, 6)아이러니의 양상, 7)추상어와 구상어 등이 있다. 이 가운데 1)에서 4)까지만 본장에서 취급하고 나머지는 다음 기회때 연구하기로 하겠다.

3. 辛夕汀 詩의 文體 類型

(1) 어휘의 선택과 구두법

어휘란 낱말의 수효로 어떤 사람이나 그 부분에서 쓰는 말의 전체를 말한다. 이를테면, 문학 작품 종별로 수집한 것은 희곡어휘, 소설어휘 등이 될 것이며, 작가 개인인 이광수 작품에 보이는 이광수어휘, 한 시대나 사회에 따라서 신라시대어휘, 이조시대어휘라 일컬을 수도 있다. 그래서 세익스피어는 일만오천 내지 이만사천, 밀톤어휘는 칠천에서 팔천, 호오머어휘는 구천, 그리고 성경어휘는 일만사백으로 문체론에서 말하고 있다. 이런 어휘를 조사하면 그 작가의 지식을 알 수 있으며 그 사회의 문화의 발전상을 측정할 수 있다. 그리고 작가에 따라 애용어휘, 감각어휘(시각형·청각형), 체언과 용언어휘, 관형어와 부사어휘, 우리말과 한자어휘 등이 연구되고 있는 듯하다.

필자는 본고에서 석정시의 애용어휘를 고찰하고자 한다. 먼저 '어머니' 어휘에 관계되는 시를 보면

어머니
산새는 저 숲에서 살지요?
해 저문 하늘에 날어가는 새는
저숲을 어떻게 찾어 간답니까?
구름도 고요한 하늘의
푸른 길을 밟고 헤매이는데……

58

어머니 夕陽에 내 홀로 강가에서
모래성 쌓고 놀을 때
은행나무 밑에서 어머니가 나를 부르듯이
안개끼어 자욱한 강건너 숲에서는
스며드는 달빛에 빈 보금자리가
늦게 오는 산새를 기다릴까요?

어머니
먼 하늘 붉은 놀에 비낀 숲길에는
돌아가는 사람들의
꿈같은 그림자 어지럽고
흰모래 언덕에 속삭이는 물결도
소몰이 피리에 귀 기우려 고요한데
저녁바람은 그 무슨 이야기를 하는지
언덕의 풀잎이 고개를 끄덕입니다
내가 어머니 무릎에 잠이 들 때
저 바람이 숲을 찾어가서
작은 산새의 한없이 깊은
그 꿈을 깨우면 어떻게할까요?
　　　　　－<그 꿈을 깨우면 어떻게할까요?> 전문

　이 시는 ≪동광≫ 제 26호(1931. 10.)에 발표되었다. 이 시에 '어머니'
어휘가 5번 쓰였다. 이 시에서 화자는 상대적으로 약화된 위치를 설정
하려고 애쓴다는 점에서 퇴행적인 성향을 찾아볼 수 있다. 하지만 이런
퇴행적 성향은 방법론적 의지의 하나일 뿐이다. 퇴행한다는 사실 자체
에 머무는 것은 아니다. 동심지향의 심리는 세계를 축소시킴으로써 외
부세계와의 대결에서 패배하지 않으려는 의도적 심리기간으로 파악할
수 있는데, 이를 좀 더 긍적적인 입장에서 해석한다면 일종의 자궁회귀
본능과 연결시킬 수 있을 것이다. 다시 말해 석정시에서의 동심지향적
모티프는 자아의 세계인식을 축소시킴으로써 상대적으로 축소된 세계

내에서 자신의 영역을 확보하려는 의지를 보이는 것이다. 이러한 시인의 심리구조 혹은 무의식은 시에 있어서 꿈이라는 구체적인 현상을 시의 소재로 채택함으로써 동심지향적 경향을 확인할 수 있다. 인용시에서 볼 수 있듯이, 어머니의 '무릎'은 어린이가 편하게 쉴 수 있는 아늑한 휴식처로 제공되고 있다. 고요한 '숲'속에서 아무 근심없이 자고 있을 작은 산새들을 바람이 깨우지 말기를 염원함으로써 화자의 입장을 투사시키고 있다. 그래서 어머니 무릎에 잠이 들어 언제까지고 꿈만 꾸고 싶은 것이 동심의 본질 중에 하나라 할 때 석정시의 동심지향적 성향은 주제와 관련, 적절한 시점을 선택하고 있다고 볼 수 있다. 그러므로 세계인식을 축소시키고 그렇게 함으로써 자신만의 독자적 영역을 확보하려는 의지는 석정시의 본질을 파악하는데 한 요소이기도 하다.

그리고 이 시에서 현대시와 다르게 눈에 띄는 점이 보인다. 그것은 서술종결형어미이다. 우선 제목부터 그렇다. "어떻게 할까요?, 살지요?, 간납니까?, 기다릴까요?, 끄덕입니다" 능이다. 이런 용어의 어휘는 존칭의 의미로 경어문체 형성에 근간이 되었다. 이는 시의 내용적 분위기에서 어머니와 아들간의 대화 장면이 이를 뒷받침해 준다.

이런 유형이 같은 초기 시집에서 자주 보인다. 다음 인용시를 참고하기로 한다.

> 어머니
> 당신은 그 먼 나라를 알으십니까?
>
> 깊은 森林帶를 끼고 돌면
> 고요한 湖水에 힌물새 날고
> 좁은 들길에 野薔薇 열매 붉어
>
> 멀리 노루새끼 마음 놓고 뛰어 다니는
> 아무도 살지않는 그 먼 나라를 알으십니까?

그 나라에 가실때마다 부디 잊지마서요
나와 가치 그 나라에 가서 비둘기를 키웁시다

어머니
당신은 그 먼 나라를 알으십니까?

山비탈 너즈시 타고 나려오면
양지밭에 흰염소 한가히 풀뜯고
길솟는 옥수수밭에 해는 저물어 저물어
먼 바다 물소리 구슬피 들려오는
아무도 살지않는 그 먼 나라를 알으십니까?

어머니 부디 잊지 마서요
그때 우리는 어린羊을 몰고 돌아옵니다

어머니
당신은 그 먼 나라를 알으십니까?

五月 하늘에 비둘기 멀리 날고
오늘처럼 촐촐히 비가 나리면
꿩소리도 유난히 한가롭게 들리리다
서리가마귀 높이 날어 산국화 더욱 곱고
노란 은행잎 한들 한들 푸른 하늘에 날리는
가을이면 어머니! 그 나라에서

양지밭 果樹園에 꿀벌이 잉잉거릴 때
나와함께 고 새빩안 林檎을 또옥똑 따지않으렵니까?
　　　　　　　　－<그 먼 나라를 알으십니까> 전문

　　인용 시 속에서 청자인 '어머니'에게 말을 건네며 이상향의 모습과
성격을 화제로 삼은 것이 뚜렷하게 보인다. '먼 나라'는 완전한 아름다

움과 정적의 공간이다. 아무도 살지 않는 공간이기 때문에 '먼 나라'는 비현실적인 공간이다. 이것은 현실은 인식의 배경으로 하지 않을 수 없는 시인의식에서 비롯된다고 할 때, 1930년대 한국의 현실적 상황과 결부시켜 생각해 볼 수 있다. 그러므로 현실의 중압감이 심하면 심할수록 시인이 그리는 '먼 나라'는 현실과의 거리가 멀어질 뿐이다. 이러한 이상향의 설정은 상상력의 소산이며, 그 상상력은 현실에 관한 반어적 표현으로 확장된다. 이런 내밀한 내용을 시인은 청자인 어머니만 대화의 상대로 선정한 것은 암울한 현실을 인식한 까닭이다. 또한 내용 표현 방법이 대화인 만큼 '알으십니까?'가 5번, '어머니'가 4번 그 외에 "잊지 마서요, 키웁시다, 돌아옵니다, 따지 않으렵니까?" 등이 사용됨으로 경어체 문체로 서술종결형어미를 사용함으로 청자는 높이고 화자는 낮추어 친근한 분위기를 조성시켜 주고 있다.

어머니
만일 나에게 날개가 돋혓다면

산새새끼 포르르 포르르 멀리 날어가듯
찬란히 피는 밤하늘의 별밭을 찾어가서
나는 園丁이 되오리다 별밭을 지키는……

그리하여 적적한 밤하늘에 流星이 뵈이거든
동산에 피는 별을 고이 따 던지는 나의 작란인줄 아시오

그런데 어머니
어찌하여 나에게는 날개가 없을까요?

어머니
만일 나에게 날개가 돋혓다면

夕陽에 林檎같이 붉은하늘을 날러서
똥그란 地球를 멀리 바라보며
옥토끼 기르는 牧童이 되오리다 달나라에 가서……
그리하여 푸른 달밤 피리소리 들려 오거든
夕陽에 토끼 몰고 돌아 가며 달나라에서 부는 나의 옥통소인줄 아시
오

그런데 어머니
어찌하여 나에게는 날개가 없을까요?
                    -<날개가 돋혓다면> 전문

  이 시에서 보여주고 있는 바와 같이 신석정의 상상력 속에서 이상향
의 세계를 그리고 있다. 시의 화자는 '날개'만 있다면 '달나라'에 찾아
가서 아름다운 별밭을 지키는 정원사가 되겠다고 반복해서 '어머니'에
게 말하고 있다. 또한 '달나라'에서 '옥토끼'를 기르며 '푸른 달밤'에
'옥통소'로 피리를 부는 꿈의 세계를 상정하고 있다. 역시 이 시에서도
청자인 '어머니'가 4번, '아시오'가 2번, '없을까요?'가 2번 사용되고 있
다. 어머니어휘를 제외하고 서술형종결어미 사용으로 일관됨이 보인다.
이런 경어체로 <슬픈 전설을 지니고>, <나의 꿈을 엿보시겠습니까>,
<봄의 유혹>, <봄이여 당신은 나의 침대를 지킬 수가 있습니까>, <훌륭
한 새벽이여 오늘은 그 푸른 하늘을 찾으러 갑시다>, <아직 촛불을 켤
때가 아닙니다>, <은행잎을 바라보는 마음>, <밤을 영접할 때> 그리고
<이 밤이 너무나 길지 않습니까> 등이 한용운 같은 유장한 경어체 형
식을 취하고 있음이 증명된다.
  그뿐 아니라 시행 끝에 부호를 사용하는 형식도 보인다. 그것은 대개
두 가지로 보이는데 줄표(——)와 줄임표(……) 등이다.

  해는 기울고요——
  울던 물ㅅ새는 잠자코 있습니다.

탁탁 푹푹 힌 언덕에 가벼히
부딧치는
푸른 물ㅅ결도 잔잔합니다.

해는 기울고요——
씻업는 바다ㅅ가에
해는 기울어짐니다.
오! 내가 美術家엿드면
기우는 저 해를 어여쁘게 그릴 것을

해는 기울고요——
밝힌 북새만을 남기고 감니다.
다정한 친구끼리
이별하듯
말업시 시름업시
가버림니다.

—<기우는 해> 전문

이 시는 1924년 4월 19일 ≪조선일보≫에 발표된 것이지만 실제로 쓰여진 시기는 그 해 3월 어느 날 외가 동생이 되는 남궁 현과 계화도에 놀러 갔다가 오면서 황해 바다 위에 해가 지는 정경을 읊은 시이다. 이 시의 표현상 특징도 반복어와 서술종결형어미 사용이다. 그 외에 매 행 끝에 줄표(——)가 첨가되었다. 이런 형태의 시편이 <봄이여 당신은 나의 침대를 지킬수가 있읍니까>의 매연 끝에 첨가되었고, <등고> 등도 이에 준한다.

다음과은 줄임표 형태가 보인다.

가을날 노랗게 물 드린 은행 잎이
바람에 흔들려 휘날리듯이
그렇게 가오리다
임께서 부르시면……

湖水에 안개 끼어 자욱한 밤에
말 없이 재 넘는 초승달처럼
그렇게 가오리다
임께서 부르시면……

포곤히 풀린 봄 하늘 아래
구비구비 하늘가에 흐르는 물처럼
그렇게 가오리다
임께서 부르시면……

파-란 하늘에 백로가 노래하고
이른 봄 잔디밭에 스며드는 햇볕처럼
그렇게 가오리다
임께서 부르시면……

        - <임께서 부르시면> 전문

이 시는 《東光》 24호에 발표된 것으로 임께서 부르시면 은행잎처럼, 초승달처럼, 강물처럼, 햇볕처럼 가겠다는 내용으로 줄임표(……)의 의미는 그렇게 하겠다는 뜻이 보인다. 이런 형태가 <그 꿈을 깨우면 어떻게 할까요?>, <나의 꿈을 엿보시겠습니까>, <아 그 꿈에서 살고싶어라>, <촐촐한 밤>, <化石이 되고 싶어>, <對話>, <푸른 하늘 바라보는 행복이있다>, <날개가 돋혔다면>, <가을이 지금은 먼길을 떠나랴하나니>, <나는 어둠을 껴안는다>, <새벽을 기다리는 마음>, <오후의 명상>, <밤이여 그것은 단조한 비극이 아니다>, <병상 야음>, <속병상 야음>, <푸른 침대>, <서가>, <돌>, <은행나무 선 정원도>, <송하논고> 등에서 보인다. 이런 줄표와 줄임표는 이인모는 구두법의 심리로[41] 다루고 있다. 여기서 구두점이라 하지 않는 것은 댓슈 같은 선을 점이라 말함은

---

41) 위의 책, 431쪽.

적절치 않으며, 언어학, 수사학에서 접속법이니 비유법이니 하는 명사에
유추되는 법으로 간주되었다. 그런 의미에서 애용어휘와 구두법과 하게
본장에서 언급하였다.

그러므로 신석정은 초기시에서 어머니어휘를 애용함으로 화자에 대
한 청자로 어머니를 등장시켜 현실 속에서 좌절, 현실속의 님의 부재를
직설적으로 묘사하지 않고, 상대적인 초월자를 시속에 설정하여 이상향
의 세계를 제시하였다. 그리고 서술종결형어미를 사용하여 유장한 경어
체가 형성되었다. 그것은 청자인 어머니를 높이고, 화자는 낮춰 모자간
의 분위기를 고조시켜 주고 있다. 이어 문장의 마무리로 줄표와 줄임표
를 사용하여 석정시의 개성과 독창성이 굳어져 문체가 형성되었다. 이
것은 운율의 기교로 보인다.

(2) 운율적 유형

완전한 의미에서 '고요'란 기의 상상할 수 없이, 세상은 온통 소리로
가득 차 있다. 바람 소리, 물 흐르는 소리, 새들의 노래 소리, 바다의 파
도 소리 등 무수히 많다. 이 가운데 사람도 태어나면서 첫 발성도 울음
소리와 함께 시작된다. 그래서 사람 자신이 소리를 만들어 내고 있을
뿐 아니라, 사람을 둘러싼 모든 자연의 사물들이 소리를 만들어 내고
있으며, 이 소리는 반드시 의미와 배합하여 여러 형태의 소리를 만들어
낸다. 이런 과정은 어느 사람이든지 적용되기 마련이다. 그러므로 인간
은 소리를 떠나서는 살 수 없다.

그런데 이 소리들은 그대로 소리로만 있는 것이 아니라 의미를 발생
시키는 연속체의 단위로 몇 가지 형태가 있다. 즉 짧은 소리와 긴 소리,
가는 소리와 굵은 소리, 낮은 소리와 높은 소리 등이 서로 어울려 아름
답게 배열된 것을 운율(rhythm)이라 한다. 이 말은 동일한 성분들의 정
확한 반복·교체42)라고도 하고, 악센트나 강약의 규칙적인 순환43)이라

고도 하며, 상이한 요소들을 재현하는 흐름이나 운동[44]이라고도 말한다. 그러므로 운율은 원래 규칙적 반복을 본질로 하나, 산문의 경우는 말할 것도 없고 특히 시의 경우에도 '운율'의 개념은 매우 융통성[45]있게 사용되고 있다.

모든 문학 작품은 의미를 발생시키는 소리와 소리마디가 어울려 의미를 형성한다. 즉 소리의 연속체가 언어예술의 바탕이 된다. 그러므로 운율에 대한 가치는 말소리와 말뜻의 유기적 상관관계에서만 이루어진다.

---

42) 유리 로트만(유재천역), 「시 텍스트 분석 : 시의 구조」 (가나, 1987.) 90쪽.

43) L.Altenbernd & L.L.Lewis, *A Handbook for the Study of Poetry* (New York : Macmillan, 1966.) 35쪽.

44) 김대행, 「운율론의 문제와 시각」 (문학과 지성사, 1984.) 12쪽.

45) 김석연은 '한국 시가의 압운', (「서울대 논문집」 10집, 1964.)에서 韻(rhyme) 과 律(rhythm)으로 구분하면서, "시간적인 작용에 의하여 규정함으로써 시간성을 나타내는 律과 선율적인 작용에 의하여 규정함으로써 정서적 音調를 나타내는 韻이 있다."고 한다.
허미자도 '현대시의 압운에 대하여' (「이화여대 한국문화 연구원 논총」 15집, 1970.)에서 음의 질적 관계로 형성된 韻(rhyme)과 양적 관계로 형성된 律(rhythm)의 총칭을 韻律이라고 한다. 정광의 「한국 시가 구조 연구」(삼영사, 1976.)에서 운율은 압운과 율격의 총칭으로 사용하고 있으며, 힘입은 바 크다고 말하면서, 율격의 관여에 의해 실현된 특정한 율격 자질들의 구조적 현상을 지칭하는 것을 율격이라고 하고, 드러난 모든 음성자질들의 구조적 현상을 지칭하는 율동과 율격과의 포괄적 개념을 운율론(학)(prosody 또는 광의의 metrics)의 대상이라고 한다. 김흥규도 '한국 시가의 율격의 이론' (「민족문화 연구」 13집, 1978.)에서 "운율론은 틀린 용어는 아니지만 연구의 진전을 위해서는 부적절하고 모호한 용어"(138쪽)라고 한다. 이를 도표화시킨 것을 정리하면 아래와 같다.

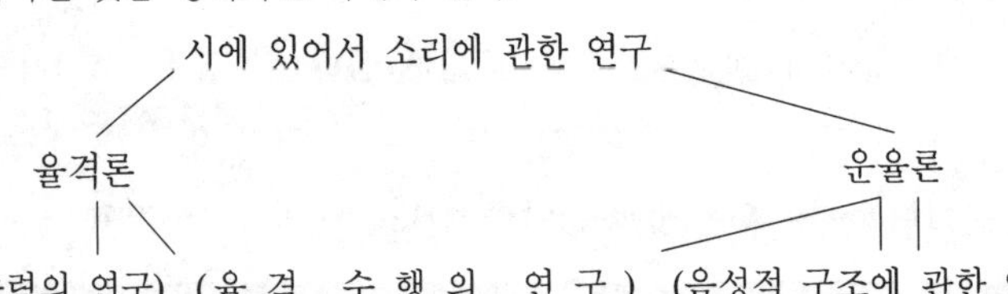

① 살어리 살어리 랏다
　청산에 살어리 랏다
　멀위랑 다래랑 먹고
　청산에 살어리 랏다
　얄리얄리 얄랑셩 얄라리 얄라
　<청산별곡> 제 1연

② 山은 九江山
　보라빛 石山.

　山桃花 두어 송이
　송이 버는데.
　　　　　　－박목월 <山桃花> 1, 2연

　①의 시 속에는 流音 '르'이 처음부터 끝까지 반복적으로 사용되고 있다. 그리고 그 소리는 저절한 시어를 두고 질서있게 배열되고 있으므로, 독자들은 이 작품을 통하여 미묘한 감각적 쾌감을 느낀다. '르'의 말소리가 말뜻에 가담함으로써 기능적인 운율의 효과가 보인다. ②는 박목월의 <山桃花>는 'ㅅ'음의 고유의 특질이 보인다. 그래서 '르'이나 'ㅅ'소리는 이 시에서 음악성과 호음조(euphony) 등의 효과를 나타내는 바탕이 되므로, 시의 운율은 말소리와의 상관적 특질[46]에 의거하여 발생한다.

　율문(verse)에서의 운율은 등가적인 성분들-의미의 동일성을 말하는 것이 아니라 음량이나 문법적 성분이나 시간적 단위의 등가성을 말한다.이 규칙적 반복으로 일어난다. 그래서 율문의 이러한 운율이 이상화된 규칙으로 패턴화된 것을 율격(metre)이라고[47] 한다. 율격의 기본 단

---

46) 김시태, '시의 요소', 「문학의 이해」 (이우 출판사, 1985.) 66쪽.
47) 김대행, 앞의 책, 12쪽에서 성기옥 「율격」(「시론」 현대문학사, 1989.) 212~

위를 어떤 기준으로 설정하느냐 하는 것은 나라에 따라 다르다. 음량 (음절수 음보)의 단위를 율격의 기본 단위로 정하는 나라(한국 시조, 일 본시, 프랑스시)도 있고, 음운의 강약(stress), 고저(pitch), 장단(duration)을 기준으로 정하는 나라(중국시, 고대 그리스시, 영국시)도 있다. 전자를 음량 율격이라 하고, 후자를 음소 율격이라고[48] 한다. 이 운소 율격에 서는 이미 열거한 바와 같이 강약을 기준으로 형성되는 율격을 장단율 (duration metre)이라고 한다.

이런 운율은 음성율, 음위율, 음수율 등으로 나눈다. 먼저 음성율이란 소리의 강약, 장단, 고저 음질 등의 말소리가 규칙적으로 반복하는 경우 다. 대개 영미시의 율격은 강약율, 또는 강세율이라고 말한다. 그 보기 를 들면,

/ To be / or not / to be / that is / the question / (/-/-/-/-/-)

이 시는 세익스피어의 유명한 무운시로 강약5보격(/-/-/-/-/-)이다. 이것 의 반대로 약강의 두 단위의 음절이 어울린 것이 약강5보격(iambic dimetre)이다. 강세음을 중심으로 비강세음과 어울려 한 단위를 이루었

213쪽은 「율격」과 리듬(율동)을 다음과 같이 구별하고 있다. (1)율격은 산문 과 율문을 구별하는 변별적 자질이므로 향상성을, 리듬은 발어재의 한 속 성이므로 발화의 다름에 따라 변하는 부동성을 갖는다. (2) 율격은 고정적 규칙성을 가지거나, 리듬은 발화에 따라 규칙성의 여부 및 정도가 결정된 다. (3) 율격은 발화를 율문으로 만드는 작용의 주제로 관여하나, 리듬은 율격의 작용을 받아 발화 표면에 나타나는 피작용 현상이다. (4) 율격은 특 정 음운 자질과 관련된 추상적인 관념 존재이나, 리듬은 모든 음운 자질이 관련된 무정형의 형태로 작품 표면에 구체적으로 존재한다. (5) 따라서, 율 격은 작품의 생성하는 주체일 뿐, 그 자체가 미적 내용일 수 없으나, 리듬 은 그 자체가 미적 현상이다.

48) J.Lotz, *'Metric Typology'*, T.A.Sebeok, ed., *Style in Language*(New York, London : M.I.T.Press and Johon Wiley, 1960.)에서 음량 율격과 운소 율격으로 나누고 각각 단순 율격과 복합 율격이라 말하고 있다.

을 때, 이것을 詩脚(foot)이라 한다. 그런데 영미시에서 강세음을 중심으로 비강세음이 어울려 音步(시각)를 이루는 종류에는 약강격(iambic : -/), 강약격(trochaic : /-), 약약강격(anapestic : --/), 강약약격(dactylic : /--)의 네 가지 형식이 있다. 이 네 가지 형식은 각각 한 시행에서 1개부터 8개 내지 9개로 구성된다. 그래서 이를테면 약강격의 경우 약강 1보격에서 약강 9보격까지 있는 셈이 되고, 강약격, 약약강격, 강약약격도 마찬가지다. 아래에 약강격 5음보격의 보기를 들어보기로 한다.

$$- \quad / \quad - \quad / \quad - \quad / \quad - \quad / \quad - \quad /$$

When I / do count / the clock / that tells / the time /
Shakespeare <sonnet XII>

위와 같이 강약이 있는 음절과 없는 음절이 확연히 구분되기 때문에 음성율의 변별이 영미시나 한시는 분명하지만 우리시에서는 없다.

음위율(押韻 : rhyme)에는 두운(alliteration) 행중운(요운 : internal rhyme), 각운(end-rhyme)등이 있는데, 두운은 시행의 머리 부분에, 행중운은 시행의 중간에, 각운은 시행의 끝부분에 나타나는 경우를 가리킨다. 영미시나 중국의 한시에는 이러한 운율의 양식이 발달되었다. 특히 중국의 근체시에는 고저 즉 성조(평 · 상 · 거 · 입성)가 율격 형성의 기초 자질이 된다. 이것을 平仄法이라 한다. 그래서 평성으로 시작되는 시를 平起式, 측성으로 시작되는 시를 仄起式이라고 한다. 아래에 측기식의 보기를 들어보자.

國破山河在　○○△△○
城春草木深　△△○○△
感時花濺淚　○△△○○
恨別鳥驚心　○○○△△ (○ 표는 측성, △ 표는 평성)
　　두보 <春望>

위와 같이 평성과 측성의 배열로 구성되었다. 이 <춘망>은 5언절구로 각운은 深과 心이다. 이 각운은 낱말이 다르고, 음절도 다르고, 의미도 다르다. 그런데 중성(ㅣ)와 종성(ㅁ)만이 서로 같은 음성임을 알 수 있다. 아울러 의미나 문법적 기능도 다르고 음소 단위로 형성되는 효과임을 알 수 있다. 영미시나 한시에는 이러한 리듬이 발달되었으나, 한국시에는 부분적으로 사용되고 있다. 그 보기를 들면,

    넉시라도 님을 흔디 녀닛景 너기다니
       <만전춘>에서

위와 같이 방점 부분은 'ㄴ'음이 두운의 기능을 하고 있다.

음수율이란 음절의 수를 단위로 하여 규칙적으로 반복되는 것을 말한다. 한국시의 율격 형성 단위는 모음과 자음의 조직에 기초를 둔 음절(syllable), 음보(foot), 행(line), 연(stanza) 등이다. 물론 영미시에서도 이 점은 우리와 비슷하다. 그러나 영미시는 강약이나 약강을 바탕으로 하는 음성율이기 때문에 음절수에 의존하는 음수율보다 운율 형성의 다양성을 확보하고 있는 점에 유의해야 한다. 이 밖에 한국 시가의 율격이 음수율이냐 음보율이냐 하는 문제도 계속 논란이 되고 있다. 한국 시가에서 율격 분석의 시도는 음절수를 율격의 기초 자질로 삼아 1920년 무렵부터 음수율에 대한 강력한 의문을 제기하고 있다. 반면에 음보율의 정당성을 주장한 1970년 이전까지 한국시는 음수율로 3·4조, 4·4조, 7·5조니 하는 것들이다. 그러나 음보율의 타당성을 주장한 이들은 한 시행을 이루는 음보의 수가 몇 개냐에 따라 결정되는 율격을 말한다. 그래서 음보가 한 시행에서 2개면 2음보격, 3개면 3음보격, 4개면 4음보격이라고 말한다. 이러한 이론을 전제하여 석정시의 운율은 음위율에 의한 주기적으로 반복되는 운율과 음보격 운율이 적용되는 것으로

보인다. 이 점을 검증하도록 한다.

1) 석정시의 음위율 형식

운율에 관한 해명은 시의 음악성과 밀접한 관련 아래에 이루어진다. 그러나 시의 음악성이란 음악의 음악성과는 달리 의미를 떠나서 존재할 수 없는 것이다.[49] 운율의 양식이나 장치가 생성되기 이전의 상태 즉 운율 형성의 동인으로서 기저자질, 그리고 운율 형성의 기본 원리 등에 대한 이해가 선결되지 않으면 안된다. 이는 시인의 의식이나 화자의 어조를 통해 확인된다. 그러나 시의식에 관하여는 다른 장에서 살피기로 하고 이 장에서는 반복적 리듬의 양식적 장치를 중심으로 확인하고, 시의 의미에 미치는 영향과 효과를 살피기로 한다.

음위율이란 시간 단위의 일정한 조합이 주기적으로 반복되는 것이 시행의 첫머리, 중간, 끝에 나타나는 리듬을 말한다. 이 때의 시간 단위는 운율 단위라는 새로운 단위를 형성한다. 운율 단위의 형성 단위 시간의 동일한 무한 반복이라는 박자와 이들 박자의 군집을 어떻게 형성시키는가에 의해 개인적 운율로서 형상화되는 것이다.[50] 이 점을 석성 시에는 아래와 같이 나타난다.

> 해는 기울고요——
> 울던 물ㅅ새는 잠자코 있습니다.
> 탁탁 푹푹 힌 언덕에 가벼히
> 부딧치는
> 푸른 물ㅅ결도 잔잔합니다.
>
> 해는 기울고요——

---

49) T.S.Eloit, *The Music of Poetry, Selected Prose*, (Penguin Book, 1965.) 53쪽.
50) 菅谷規喜, 「시적 리듬」 (동경 : 대화서관, 1978.) 12쪽.

싯업는 바다ㅅ가에
해는 기울어짐니다.
오! 내가 美術家엿드면
기우는 저 해를 어여쁘게 그릴 것을

해는 기울고요──
밟힌 북새만을 남기고 감니다.
다정한 친구끼리
이별하듯
말업시 시름업시
가버림니다.
– <기우는 해> 전문

이 시는 1924년 4월 19일 조선일보에 발표된 것이지만 실제로 쓰여진 시기는 그 해 3월 어느 날 남궁 현과 같이 계화도에 놀러갔다가 황해 바다 위에 해가 지는 정경을 읊은 시다. 이 시는 처음에 3연 12행이었는데 다시 가필과 정정을 통해 3연 16행으로 손질하여 ≪조선일보≫에 발표한 것으로 보인다. 이 시의 표현상 특징은 매연마다 '해는 기울고요—'가 반복되었고, 서술어로 끝나는 어휘를 'ㅁ니다'로 통일되었다. 그러므로 매연 단위의 두운 형식을 표현한 것이 운율의 기교로 보인다. 이런 형태의 시편이 <그 꿈을 깨우면 어떻게 할까요>, <그 먼 나라를 알으십니까>, <날개가 돋혓다면>, <난초> 그리고 <수선화> 등이 있다.

이런 형태와 유사하면서 약간 변형을 꾀한 시가 보인다. 먼저 보기의 시를 보면,

일림아
촛불을 꺼라
소박한 정원에 강물처럼 흐르는 푸른 달빛을
어서 우리 침실로 맞어 와야지……

유리창 하나도 없는 단조한 나의 방……
침실아—
그러나 푸른 달빛이 풍요히 흘러오면
너는 갑자기 바다가 될 수도 있겠지……

일림아
아서 촛불을 끄렴
고양이 새끼처럼 삽작 저 산을 넘어온
달빛은 오직이나 우리 침실이 그리웠겠늬?

작은 시계와 작은 바늘이 좁은 영토를 순례하는
오직 안타까운 나의 침실이여
푸른 달빛이 해안처럼 흘러 넘치면
너는 작은 배가 되어야 한다.

일림아
문을 열어제치고 들창도 축겨 올려라
너와 내가 턱을 고이고 은행나무를 바라보는동안
너와 내가 사랑하는 난초는 푸른 달빛을 조용히 호흡하겠지……

여봐
침실의 부두에는 푸른 달빛이 물결치며
빛나는 여행담을 속는거리지 않늬?

일림아
너와 나는 푸른 침실의 작은 배를 잡어타고
또
어데로 출발을 약속 하여야겠느냐?
— <푸른 침실> 전문

이 시의 화자는 청자로 '일림'을 상대하여 대화하는 수법으로 서술하였다. 일림은 1932년에 출생한 신석정의 맏딸이다. 그의 부군은 가람 이병기의 제자로 전북대 국문과 최승범 교수다. 이 시가 ≪촛불≫시집에 게재된 것으로 보아 1939년대 시대적 배경을 참작함이 좋을 듯하다. 이 시의 핵심어는 '침실'이다. 이 침실은 2연의 표현으로 보아 창문이 없는 곳으로 위에서 내려쬐는 달빛만 맞이할 수 있는 그런 곳이다. 그래서 푸른 달빛만이 가득 남실거리는 안온한 곳, 즉 평화의 세계를 함축한 듯하다. 이 시는 모두 7연으로 구성되었다. '일림아'라고 청자를 부르면서 2연을 묶어 서술하면서 마지막 7연만 별도로 청자의 이름을 부르며 한 연으로 기술하였다. 그 형식이 앞에서 처리한 것과 약간 변형시켰으나 두운법을 취한 것은 대국적인 입장에서 유사하게 보인다.

다음 시는 앞의 형태와 또 다른 각운(end-rhyme) 형식을 취하고 있다. ≪촛불≫시집의 첫 번째로 게재된 시이다.

가을날 노랗게 물 드린 은행 잎이
바람에 흔들려 휘날리듯이
그렇게 가오리다
임께서 부르시면……

호수에 안개 끼어 자욱한 밤에
말 없이 재 넘는 초승달처럼
그렇게 가오리다
임께서 부르시면……

포곤히 풀린 봄 하늘 아래
구비구비 하늘가에 흐르는 물처럼
그렇게 가오리다
임께서 부르시면……

파-란 하늘에 백로가 노래하고

이른 봄 잔디밭에 스며드는 햇볕처럼
그렇게 가오리다
임께서 부르시면……
              － <임께서 부르시면> 전문

인용시는 ≪동광≫지 24호 (1931년 8월)에 게재된 것으로 임께서 부르시면 은행잎처럼, 초승달처럼, 강물처럼, 햇볕처럼 가겠다는 의미로 서술되었다. 그리고 형식면은 4연 4행으로 균형잡힌 형태와 매연 후반부마다 "그렇게 가오리다/ 임께서 부르시면……/"으로 도치와 여운을 남긴 각운법의 형태를 취하고 있다.

그러므로 석정시의 음위율은 두운법으로 <기우는 해>를 필두로 <그 꿈을 깨우면 어떻게 할까요>, <그 먼 나라를 알으십니까>, <날개가 돋혔다면>, <난초> 그리고 <수선화> 등이 있다. 그 다음 약간 변형을 꾀한 것으로 <푸른 침실>이 있으나 대국적인 견지에서 두운법의 형식을 취한 것이다. 마지막으로 <임께서 부르시면>은 각운법 형태를 위하여 같은 음위율 안에서 다양하게 표현의 기교를 활용한 것으로 보인다.

2) 정서의 절제와 음보의 질서 의식

한국시의 경우 한글로 쓰여진 시는 한글의 제반 특성의 영향하에서 운율을 형성한다. 그러므로 한국시의 운율을 논의하기 위해서는 한글의 구조적 관심이 선행되어야 한다. 물론 구조란 미적으로 무관심한 요소 즉 자료가 미적인 효력을 획득하는 방식이라 이해할 수 있다.51)

한글의 구조는 음절의 군집에 의한다. 이렇게 볼 때 한국시의 운율은 한글의 음절 단위에 기준을 두어야 한다. 또한 시의 운율을 이야기하는

---

51) R.Wellek & A.Warren, *Theory of Literature* (New York : Harcourt Brace & Company, 1968.) 114쪽.

데 있어서 덧붙여야 할 것이라면, 시의 계층문제이다. 시는 문자 의미 이상의 계층에서 전달되는 언어 예술 양식이다. 즉 언어 문자 자체를 뛰어 넘을 수 있는 것이다. 따라서 운율의 원리는 시의 관습적, 심리적 형태 의식과 음절 군집이라는 두 가지 사실에 근거하여 살펴져야 하는데, 이렇게 볼 때 가장 적합한 한국시의 운율 원리는 한 행 안의 音步(foot)의 수를 확인하는 음보율이다. 이는 운율의 제 원리를 하나하나 검토한 결과52)와도 일치하는 것이다.

신석정 시의 운율도 이러한 기초에서 검토될 때 올바른 내적 원리와 의미 전달의 효과를 살필 수 있을 것이다. 특히 신석정의 시는 전후기의 성격이 변모되어 감에 따라 이에 관한 비교와 관찰이 중요하다. 전기시는 4음보의 규칙성을 주조로 하고, 후기시는 이와 달리 4음보를 주조로 하되 변형의 경우가 많거나 아니면 3음보와 4음보가 상호 교차된다든가 또는 사설조의 내재율의 성격이 두드러지기도 한다. 전기시의 규칙적 4음보란 질서의식의 소산이며 안정의 추구이다. 반면에 후기시의 운율 장치는 3음보와 4음보의 끊임없는 변형은 상대적으로 변화했다고 해서 신석정의 시가 총체성을 상실하고 붕괴되었다는 것은 아니며 전달하고자 하는 의미가 변모됨에 따라 양식적인 변모가 이루어졌을 뿐이다. 신석정의 전기시에 해당하는 두 시집 ≪촛불≫과 ≪슬픈 목가≫는 대체적인 질서의식을 희망적 세계관으로 연결하고 있다. 이는 특히 ≪촛불≫에 수록되어 있는 33편의 시편에서 두드러지게 나타나는데, 현실과 이상향의 대립을 전제하면서도 절망적, 부정적 현실 묘사보다는 희망적 이상향의 모습을 제시하는 데에 더욱 많은 부분을 할애하기 때문이다.

새새끼 / 포르르 포르르 / 날어가 / 바리듯 (4음보)

---

52) 김대행, 앞의 책 27~30쪽.

오늘밤 / 하늘에는 / 별도 / 숨었네 (4음보)

풀려서 / 틈가는 / 요지음 / 땅에는 (4음보)
오늘밤 / 비도 / 스며 / 들겠다. (4음보)

어두운 / 하늘을 제처보고 / 싶듯 (4음보)
나는 / 오늘밤 / 먼 세계가 / 그리워 …… (4음보)

비나리는 / 촐촐한 / 이 / 밤에는 (4음보)
밀감 / 껍질이라도 / 지근거리고 / 싶고나! (4음보)

나는 / 이런 밤에 / 새끼꿩소리가 / 그립고 (4음보)
흰물새 / 떠 다니는 / 먼 湖水를 / 꿈꿔고싶다 (4음보)
– <촐촐한 밤> 전문

이 시에서도 '먼 세계'와 '촐촐한 밤'의 대립적 양상을 쉽게 찾아볼
수 있다. '먼 세계'는 이상항을, '촐촐한 밤'은 어둡고 절망적인 현실을
암시한다. 그러나 이들 대립은 '먼 세계'로의 일방적인 지향의 관계를
지니고 이으며, 시 전체의 분위기 역시 이상향인 먼 세계의 묘사와 그
곳으로 갈 수만 있으면 좋겠다는 갈망 등에 잠재로서 생성된 듯하다.
따라서 이러한 시적 분위기는 이상세계의 안식과 평화 그리고 질서의
모습을 구현하기 위하여 적절한 양식을 요구하고 있으며, 이를 위해 4
음보의 규칙적 반복이 이루어지고 있다.
음보란 음절이 단위가 되어 띄어읽기가 기초인 만큼53) 띄어쓰기의
단위인 어절과 일치하지 않을 수도 있는 것이다. 그래서 이 <촐촐한 밤
>은 시 전체가 4음보를 유지하고 있다. 한 행 안에서 음보의 수가 네
개 있는 행이 그 전부이다. 그런데 한 행의 음보의 수가 네 개가 있을

---

53) 성기옥, 앞의 책 132~135쪽.

경우 안정과 질서가 이루어지는 이유는 무엇인가? 이에 대해 4음보격이 3음보격보다 단조로운 것은 변형을 위한 분단이나 중첩이 묘미를 지니지 못하고 사회적 도덕적 바탕 때문이라고 한다.[54] 그러나 이러한 설명은 논리적이라기보다 현상적 검토의 성격이 짙다. 한편 4음보가 안정과 질서를 유지하는 이유에 대해서는 한국어의 고저 곡선과 말미 곡선이 이루는 어조(intonation)때문이라고 말하기도 한다. 이러한 견해에 따른다면 음보는 상승의 음보와 하강의 음보가 있으며, 이들은 서로 짝을 이루어 두 개의 음보가 상승과 하강의 마디를 갖추게 된다. 이렇게 갖추어진 마디는 다시 상승과 하강이라는 새로운 성격을 형성하여 또 다른 큰 단위의 짝을 형성한다. 즉 상승과 하강이라는 성격에 의한 이중 구조로서 4음보가 이루어진다는 것이다. 앞서 음보의 수에 따라 나뉘어진 시 <촐촐한 밤>을 재구성해 보면 다음과 같다.

새새끼	포르르 포르르	날어가	버리듯
상 승	하 강	상 승	하 강
상 승		하 강	

제 1연 1행의 경우를 보기로 하자. 이렇게 볼 때 4음보의 안정성과 질서의식은 비교적 그 타당성을 인정받게 된다. 2개의 음보가 하나의 짝을 이루고 이 짝은 다시 상승과 하강의 성격을 형성하면서 이중구조의 단위로써 짝을 이룬다.

그러면 석정의 전기시가 이와 같은 상승과 하강의 질서의식을 노출시키면서 안정된 구조를 보이는 이유는 무엇인가? 이는 이상향이라고

---

54) 外山卯三郎, 崔正錫·金斗漢(역),「詩形學序說」(學文社, 1986.) 116~120쪽.
    김민수,「新國語學」(一潮閣, 1975.) 83쪽에 고저 곡선이란 절 중간에 걸쳐있는 것으로 주로 $/^1//^2//^3/$ 등의 아라비아 숫자로 표기한다.
    菅谷規喜, 앞의 책 13~18쪽 참고.

규정되는 초월세계의 구체적 대상인 자연을 이상적인 모습으로 드러나
게 하기 위한 운율장치의 효과 때문이다. 독자로 하여금 안정된 분위기
와 느낌을 줄 수 있다. 따라서 운율의 두 가지 인지대상인 시각과 청각
의 공명을 기대할 수 있는 것이다. 즉 독자가 하나의 시 작품을 운율로
서 인식하는 것은 문자 체계와 낭송의 율독을 예상하는 것이며, 이들
두 조건의 변화는 작품의 전달 의미와 부합될 때 그 효과를 기대할 수
있기 때문이다.

따라서 신석정의 전기시에서 4음보의 규칙적인 장치를 적용한 것은
이상향의 질서와 평화의식을 승화되며, 현실의 입장에서 풍경화를 바라
보는 듯한 절제된 정서를 객관적으로 드러내기에 알맞은 운율양식이라
고 하겠다. 바꾸어 말하면, 석정의 상상력에 내재한 이상향은 안정된 분
위기이며, 질서가 있고 정적인 상태임을 말한다. 동시에 질서와 안정을
바탕으로 절망적 현실 속에 처해 있는 시적 화자를 이상향으로 끌어들
일 수 있는 정도의 힘을 갖는 것이다. 이런 시들은 <이 그 꿈에서 살고
싶어라>, <대화> 그리고 <추과 삼제> 등이다.

3) 3·4音步의 교차와 사설적 운율의 의미

한국시의 운율 장치는 3음보와 4음보가 주된 것임은 다음과 같다. 한
음보를 이루는 음절수는 일정하지 않고, 2·3·4·5·6음절로 된 음보
가 흔히 발견된다. 그런데 이 중에서 4음절이 중위수이고 최빈수이며,
그 다음이 3음절수이다. 한 행을 이루는 음보수는 1·2·3·4·5·6음
보 등인데, 이 중에서 흔히 발견되는 것은 3음보와 4음보이다.[55] 그러
니까 3음보의 되풀이로 된 것을 3음보격, 4음보격의 되풀이로 된 것을
4음보격이라고 할 수 있고, 3음보격과 4음보격은 한국시의 전통적 율격

---

55) 조동일, 앞의 책, 김대행 편, 120쪽.

의 기본 형태이다. 그러나 운율의 두 장치는 단순한 적용으로서가 아니라 시인 개개인의 변형을 통해서 새로운 의미와 가치를 지니게 된다. 석정의 후기시는 전기시의 질서의식에서 벗어나 새로운 개인적 운율장치를 가꾸어 나간다. 특히 3음보의 출현은 새로운 의미망을 형성하는 데에 커다란 토대가 된다.

3음보의 이해에 앞서 음보에 관한 개념을 다시 한 번 확인하기로 한다. 우선 음보는 심리적, 관습적 단위이며, 언어와 음악적 영향 아래에서 형성되는 것임은 앞서 살핀 바와 같다. 그런데 문제는 음보의 크기이다. 음보의 크기는 자주 논란의 대상이 되곤 하는데, 이의 해결을 위해 성기옥은 동량 보격과 함께 충량 보격이라는 용어를 사용하여 이질적인 크기의 음보를 허용하려고 한다. 이 때의 이질적이라는 것은 각 음보 내의 음절수가 일정하지 않다는 말이다.[56] 그러나 이대로의 기준을 인정할 때 논자에 따라서는 실제로는 불규칙한 단위를 관념적으로만 규칙적이라고 인식할 우려가 있다고 지적한다.[57] 특히 7·5조를 음보율로 나누어 볼 때 7은 3과 4로 나뉘어 지는데, 5도 역시 2와 3으로 나누어질 수 있는가를 문제로 제기하고 있다. 만일 5개의 음절이 분할된다면 7·5조는 4음보의 운율 장치이며, 분할될 수 없다면 3음보의 운율 장치로 인정된다. 그러나 음보율의 인정은 이미 음절에서 시작한다. 그런데 5음절의 분할 여부가 문제시된다는 견해는 다시 음보내의 음절수를 관심의 대상으로 보는 것이다. 따라서 음절수는 커다란 의미를 지니지 못한다. 관습적인 것보다는 개인적인, 그리고 시작품내의 질서가 3음보인가 아니면 4음보의 질서를 유지하고 형성하는가에 의해 판단되어져야 할 것이다.

---

56) 성기옥, 앞의 책, 34쪽.
57) 조창환, 「한국 현대시의 운율론적 연구」 (일지사, 1986.) 31쪽.

먼저 전기시로 ≪촛불≫에 게재된 작품에서 그 특징을 살펴보기로
한다.

가을날 / 노랗게 물 드린 / 은행 잎이 (3음보)
바람에 / 흔들려 / 휘 날리듯이 (3음보)
그렇게 / 가오리다 (2음보)
임께서 / 부르시면 …… (2음보)

湖水에 / 안개 끼어 / 자욱한 밤에 (3음보)
말 없이 / 재 넘는 / 초승달처럼 (3음보)
그렇게 / 가오리다 (2음보)
임께서 / 부르시면 (2음보)

포곤히 / 풀린 / 봄 하늘 / 아래 (4음보)
구비구비 / 하늘가에 / 흐르는 / 물처럼 (4음보)
그렇게 / 가오리다 (2음보)
임께서 / 부르시면 …… (2음보)

파-란 / 하늘에 / 白鷺가 / 노래하고 (4음보)
이른 봄 / 잔디밭에 / 스며드는 / 햇볕처럼 (4음보)
그렇게 / 가오리다 (2음보)
임께서 / 부르시면 …… (2음보)
　　　　　　－<임께서 부르시면>

이 시는 1939년 人文社에서 간행된 제 1시집 ≪촛불≫에 수록되어
있다. '임께 부르시면'이란 어휘가 제목과 각 연 끝행에 보이듯이 핵심
어는 '임'이다. 그리고 표현의 시상으로 보면 미래 가정이다. 미래 어느
시점에서 임이 나를 부른다는 확실성은 없지만 임이 무엇이며, 어떤 존
재인가는 알 필요가 있다. 제 1연에서 자연 현상으로 죽음의 순리가 은
행잎으로, 그리고 제 2연에서는 자욱한 밤에 초승달처럼 소멸의 태도를
취하고, 제 3연에서는 죽음과 영원한 재생의 의미가 물로 묘사되었고,

제 4연에서 부활로 연결하므로 죽음과 재생이 이 시의 중심 사상이다. 그래서 임과의 만남은 임의 뜻에 달려 있지만 임과의 만남은 죽음인 동시에 재생이다. 여기서 임은 초월자이며, 임이 존재하는 세계는 초월 세계이다. 따라서 임을 만난다는 것은 죽음의 극복이요, 영원한 삶의 획득이다.

이 작품은 자유시임이 분명하나, 4연의 16행으로 구성의 정형성이 두드러지게 보인다. 그것은 각 연이 4행으로 균일하며, 각 연의 끄트머리 두 줄의 반복구로 되어 있다. 그런 의미에서 형식적으로 통제하에 반복의 규칙성도 있다. 그리고 각 연의 음보율이 어느 정도의 규칙성을 가지고 있다. 후렴구 음보율을 제외하고 모두 3음보격 내지 4음보격으로 통일이 되어 있다. 제 1, 제 2연의 제 1행과 제 2행은 모두 3음보격으로 되어 있다. 이것은 현실 세계의 불안과 변화의 운율인데, 제 1, 제 2연이 암시하는 죽음과 소멸의 자세를 반영하고 있다. 이와 반대로 제 3, 제 4연의 제 1행과 제 2행은 4음보격으로 되어 있는데, 이 운율은 안정과 질서를 유지하는 평화의식으로 부활의 이미지에 상응하는 것으로 보인다. 제 3행과 제 4행은 균일하게 2음보격으로 통일되어 있기에 4음보격과 같은 안정과 질서의 맥락으로 보아도 무리가 없다.

다음은 후기시에서 그 특질을 고찰하기로 한다.

<山 에는 / 누가 / 사나?> (3음보)
<골에는 / 자고 이는 / 구름이 / 산다네요> (4음보)

<구름 속엔 / 누가 / 사나?> (3음보)
<멧새 우는 / 속에 / 꽃이랑 / 산다네요> (4음보)

<꽃 속엔 / 누가 / 사나?> (3음보)
<벌나비 / 향기에 젖어 / 말 없이 / 산다네요> (4음보)
— <山中問答> 제 2장

이 시는 1967년 가림출판사에서 간행된 제 4시집 ≪山의 序曲≫에
수록되어 있다. <山中問答>은 4장으로 구성되어 있다. 그 중 한 부분을
인용하고자 한다. 이 작품에서 더 이상 행의 변화를 찾을 수 없다. 각
행은 한 행의 분할이나 집합이 아니다. 각 행은 자기의 크기를 가지고
운율의 성격을 규정하고 있는데, 이들 행을 기준으로 보면 3음보와 4음
보가 대립하고 있는 현상이다. 즉 3음보로의 질문과 4음보로의 대답이
이루어지고 있다. 4음보의 대답은 그 내용으로 보아 전기시의 유형과
커다란 구별이 되지 않는다. 그러나 '산'과 '구름 속'으로 표현된 이상
향에 대한 질문을 하고 있는 화자는 현실 속에 내재하고 있는 상황의
제시이며 불안의식의 표상이다. 결국 이러한 3음보와 4음보의 병치를
통해서 얻어지는 시적 분위기는 갈등과 대립의 구조적 반영이라고 하
겠다. 이런 시들은 <아 그 꿈에서 살고 싶어라>, <대화>, <추과 삼제>,
<나는 어둠을 껴안는디>, <서기>, <돌>, <월견초 필 무렵>, <칫 사랑>,
<서정가> 그리고 <슬픈 전설을 지니고> 등이다.

(3) 語調(tone)와 話法

어조와 화법은 시의 주제 및 시적 화자가 진술하는 시의 내용과 밀
접하게 연관되어 있다. 그것은 시인이 감정의 조정 및 의식 내용과 대
상과의 의미 관련을 조직하는 기법이며 미학적 거리를 형성하는 수단
이다. 리차즈는 어조를 화자의 청자에 대한 태도의 반영으로 정의하고
있는데, 텍스트 안의 화자의 태도와 밀접하게 연관되어 있는 것이 어조
이다. 부룩스와 웨렌에 의하면 시에 있어서의 어조는 시작품 속의 화자
의 주제에 대한 태도(attitude), 청자에 대한 태도, 또는 화자 자신에 대
한 태도를 가리킨다.58) 여기에서 태도란 시의 화자가 시의 주제에 대해
서 가지는 견해이기 때문에 시를 분석함에 있어서 어조와 화법을 분석

하는 일은 시의 주제를 알아보는데 필수적인 요소라고 할 수 있다.

신석정 시의 화자는 대체로 질문과 요구의 태도를 지니고 있다. 이를 위해 초기시에서는 주로 의문형 어미와 경어체의 문장을 사용하고 있는 반면, 후기시에서는 명령형 어미와 평어체 문장을 사용한다. 이를 각각의 문장 형태가 지니는 효과와 의미를 살펴보기로 한다.

먼저 질문의 형식이란 알지 못하는 사실이나 사물 혹은 상황에 대해 의문을 제기할 때 또는 알고 있는 사실에 대해 강조하기 위한 방편으로 사용된다. 신석정의 시에서 나타나는 화자는 이들 두 가지의 성격을 적절히 종합하여 사용하고 있다.

모르는 사실에 대한 질문으로 사용하는 경우로는, 알지 못하는 세계, 비가시적인 세계, 초월적 세계에 대한 의문으로 나타내고 있다. 바꾸어 말하면 초월적 세게는 누구도 모르는 세계이며 그렇기 때문에 대단한 세계임을 암시한다. 이렇게 낯설고 모호한 세계를 제시하는 것은 시인의 간절한 소망에서 비롯한 것이다. 초월적 세계를 찾아야 한다는 당위성이며, 존재에 대한 끝없는 추구이다. 그러므로 초월적 세계는 그 모습이나 위치가 모호할수록 의문의 대상이 되며 동시에 모호할수록 존재의 확신을 보이게 된다는 반어적 논리가 성립된다.

어머니
당신은 그 먼 나라를 알으십니까?

깊은 森林帶를 끼고 돌면
고요한 湖水에 흰물새 날고
좁은 들길에 野薔薇 열매 붉어

멀리 노루새끼 마음 놓고 뛰어 다니는

---

58) C.Brooks & R.P.Warren, *Understading Poetry*(U.S.A. 1986.) 181~185쪽.

아무도 살지않는 그 먼 나라를 알으십니까?

그 나라에 가실때에는 부디 잊지마서요.
나와 가치 그 나라에 가서 비둘기를 키웁시다

어머니
당신은 그 먼 나라를 알으십니까?

山비탈 너즈시 타고 나려오면
양지밭에 흰염소 한가히 풀뜯고
길솟는 옥수수밭에 해는 저물어 저물어
먼 바다 물소리 구슬피 들려오는
아무도 살지않는 그 먼 나라를 알으십니까?

어머니 부디 잊지 마서요
그때 우리는 어린 羊을 몰고 돌아옵니다

어머니
당신은 그 먼 나라를 알으십니까?

五月 하늘에 비둘기 멀리 날고
오늘처럼 촐촐히 비가 나리면,
꿩소리도 유난히 한가롭게 들리리다
서리가마귀 높이 날어 산국화 더욱 곱고
노란 은행잎 한들 한들 푸른 하늘에 날리는
가을이면 어머니! 그 나라에서

양지밭 果樹園에 꿀벌이 잉잉거릴때
나와함께 고 새빩안 林檎을 또옥똑 따지않으렵니까?
　　　　　　　— <그 먼 나라를 알으십니까>

이 <그 먼 나라를 알으십니까>의 뜻은 초월세계의 위치를 모호한 것
으로 묘사하기 위해 의문형 어미를 사용하고 있음을 알 수 있다. 더구

나 '그 먼 나라'로 표상되고 있는 초월세계는 인간 부재의 모습으로 묘사되면서 점차 알 수 없는 절대적인 힘을 부여받게 한다. '깊은 산림대', '고요한 호수', '좁은 들길', '붉은 야장미', '노루새끼' 등의 제시로 그 곳 초월세계란 아무도 가 본 적이 없는 미지의 세계임을 말한다. 이는 의문형 어미의 쓰임새를 부각시키면서 화자의 위치, 즉 현실과 화자의 의문인 초월 세계와의 근거리로 보여주려는 의도인 것이다.

이와 반면, 인용된 부분에서도 알 수 있듯이 화자의 의문은 의지적이다. 즉 초월세계의 존재를 확신하고 있는 것이다. 따라서, 청자인 어머니에게 물으면서도 화자는 그 초월세계의 모습을 그릴 수 있는 것이다. 존재에 대해 단정적 의지를 이렇게 보이는 것은 그만큼 인식이 절실하기 때문이다.

또 하나, 의문형 어미가 갖고 있는 의미 기능을 이해하기 위하여, 화자의 질문 내용을 보면 인용된 시에서뿐만 아니라 석정의 초기시에서는 대체로 의문형 문장이 많이 쓰이고 있다. 그런데 이러한 의문형 문장은 자문자답의 관계를 보여주고 있다. 이것은 화자 청자가 합일을 지향하는 의미의 기능 구조를 가지고 있기 때문이다.

결국 의문형 어미의 사용이 지니고 있는 기능은, 초월세계의 존재확인 그리고 초월세계가 지니고 있는 능력과 아름다움을 확인하려는 상상력의 소산이다. 또한 초월세계를 현실의 문제를 포함하여 모든 문제가 해결되는 곳, 즉 이상향으로 정하기 위한 성역화 작업이라고 하겠다.

다음으로 경어체 문장의 특성과 의미를 확인해 볼 수 있다. 인용된 시에서 보아 알 수 있듯이 초기시의 대부분이 만해의 시와 마찬가지로 여성적 어조의 경어체로 되이 있다. 경어체 문장이란 칭자에 대한 존경과 선망의식의 표출이다. 그런데 의문형 어미의 문체를 통해서 알 수 있듯이, 화자와 청자의 관계는 이상향인 초월세계로 들어가기 위한 화자 자신의 다짐이라고 하겠다.

이상의 두 유형적 특징인 의문형 어미와 경어체 문장은 석정의 초기
시의 세계가 이상향으로 접근하고 있을 뿐, 이상향에는 이르지 못하고
있으며, 또한 이의 극복을 위해 절실한 상황을 보이는 그것이다.

신석정이 초기시의 화법과 어조를 살피기 위하여 그의 후기시에 나
타나는 문장의 전달 관계를 살펴보기로 한다. 후기시에 들어오면서 석
정의 시는 거의 전편의 작품에서 경어체를 거부하고 있다.

> 나도 가고,
> 너도 가고,
> 나 같은 여러 사람도,
> 너 같은 여러 사람도,
> 이내 자꾸만 올라가고 올라가야 한다.
> 　　　　　　　－ <등반>

초기의 시들은 이상향을 추구하고 있으면서도 화자와 청자가 합일되
지 않은 상태에서 극적 긴장을 유발시키며 적당한 미적 거리를 확보하
고 있음에 반해, 후기시에 들어서면 초기와 마찬가지로 현실과 이상향
의 구분이라는 구조의 맥락을 유지하고는 있지만 초기와는 달리 분열
되었던 두 자아가 합일된 상태에서 바라보게 된다. 화자와 청자와의 관
계를 합일의 경지로 이끌게 되면서부터 더 이상 화자는 현실의 하나로
합일되지 못했다는 의식으로 해서 명령형의 문장이 주조를 이루고 있
다. 이러한 시각은 현실을 바라보는 입장이 바뀐 것이 아니라 현실의
내용이 바뀌었음을 말하는 것이다. 보다 구체적인 지적과 현실의 문제
점을 직설적으로 노출하게 되는 것도 같은 이유에서이다. 할 수 없었던
한계의식에서 벗어나 실천적 가능성을 지니게 되는 것이다. 이는 해방
이후라는 역사적 상황과도 깊은 연관이 있음을 짐작케 하는 것이다.

내 가슴 속에는
대숲에 드는 햇볕이 아른 거린다.
햇볕의 푸른 분수가 찰찰 빛나고 있다.

내 가슴 속에는
오동잎에 바스러지는 바람이 있다.
바람이 멀리 떠나는 발자취 소리가 있다.

파초는 나와 이웃하고 산다.
나도 파초와 이웃하고 산다.
— <내 가슴 속에는>

제 1장의 두 연만 보더라도 '나'라는 화자 속에는 이미 '햇볕'과 '분수'라는 이상향의 모습이 담겨져 있다. 합일된 두 자아가 일차적으로 동일시되고 있다. 그러나 초기의 시에서 보이듯이 이상향에 대한 경외심은 색다르게 변모되어 나타난다. 여기에는 합일되지 못한 절망적 현실의 과제를 지니고 있기 때문이라고 해석 할 수 있다.

바람이 불고 있었다.

안개 같은 비가
비 같은 안개가
유리창에 밀려 오고
머언 산 봉우리들이 안개 같은 빗 속에
함초롬히 묻혀 가고 있었다.

우
루
루
어디서, 아주 먼 데서
우뢋소리가 들려 오고

우룃소리가 갓 핀 冬柏꽃이 흔들리고,

유리창 너머 시나대 숲에서는
사르륵 사르륵 사비약눈 나리듯
댓이파리들이 서로 볼을 문지르고 있었다.
바람은 연신 불고 있었다.

안개 같은 빗사이로
비 같은 안갯사이로
엷은 햇볕이 내다보는 동안

문득
떠난 지 오랜 <生活>을 찾던 나의 눈은
아내의 눈을 붙잡았다.
아내의 눈도 나의 눈을 붙잡고 있었다.

불현 듯 마주친
아내와 나의 눈맞춤 속에
어쩜 그토록 긴 세월이 흘러갈 수 있을 것인가……
나는 몰랐다.
齒列 한 모서리가 무너진 아내는
이내 遠雷처럼 조용히 웃고 있었다.
조용한 우리들의 눈맞춤 속에
우
　루
　　루
　　　루
遠雷가 아스라히 또 들려오고 있었다.
　　　　　　　　　－ <눈맞춤>

　신석정의 마지막 시집 ≪대파람 소리≫에 수록된 <눈맞춤>이다. 완곡
한 질문과 경어체의 문장은 후기시에서 단정적 표현의 양상을 띠게 되

는데, 이는 인고의 세월 속에서 함께 살아온 부부가 조용히 웃고 있지만, 그 조용함을 깨고 또 들려오는 '원뢰'처럼 결코 화해로울 수 없는 현실세계에 대한 태도에서 나오는 화자의 어조인 것이다.

이상향을 갈망하는 데서 나오는 어조는 다정다감하고 안정감을 주조로 하는 것이었지만 후기시로 들어오면서 단정적이며 다소 안정되지 않은 문장이 구사되는 것은 화자가 청자가 시텍스트 내에서 이루는 대화적 구조를 상실함으로써 나타나게 되는 시적 태도라고 할 수 있다. 또한 문장에서 마침표나 쉼표 사용도 작품 구성의 배려에서 취해진 리듬의 기교로 합일되지 못한 두 세계 사이의 단호한 단절감을 드러내는 의식의 소산으로 파악할 수 있다.

4. 마무리

시인 한 사람의 시세계를 인식하기 위해서는, 그의 시세계가 지니고 있는 특질을 상대적인 다른 시인과 변별적 입장에서 추출해 볼 수 있다. 그러나 이처럼 변별적 특질만으로 그 시인의 시세계를 정확하고 확정적인 것으로 설명할 수는 없다. 전체적인 유기체로서 한 시인의 시세계를 바라본다는 것은 우선 그의 시세계가 지니고 있는 전체적인 특질을 상대적으로 독립된 시세계라고 하나의 현상으로 인식해야 한다. 이로써 정당한 텍스트가 독자의 고급성에 앞서 독자 자신의 판단 앞에 객관적으로 제공될 수 있다.

신석정의 경우로 한정하여 보더라도 이는 마찬가지의 원리에서 재고되어야 할 것이다. 즉 자연시, 목가시, 참여시, 저항시, 모더니즘시라는 관습적 설명만으로 신석정의 시세계를 단정지을 수는 없으며, 하나의 현상으로서 유기체적 시세계를 통시적으로 접근해야 하며 내용과 형식에 있어서도 시적 본질이 해명되어야 한다.

따라서 이러한 태도에 준하여 볼 때, 신석정의 시세계는 '자연에 대한 가시적 태도'와 '자연을 표현 도구로 인식하고, 그 자연 현상에 대한 묘사적 태도는 주로 전기시를 통해 두드러지며 시기적으로는 광복 이전이다. 또한 자연을 소재적 매개체로 하여 사회인식에 관해 표현하는 태도는 후기시를 중심으로 하며, 시기적으로 광복 이후가 된다. 이렇게 두 가지 태도로 나뉘어진 신석정의 시세계를 하나의 총체적 유기체로 본다면, 그의 시세계 자체를 하나의 종합된 현상으로 인식할 수 있다. 따라서 석정의 시세계라는 하나의 현상을 알기 위해서 본고에서 석정 시의 문체를 어휘선택과 구두법, 운율적인 방식, 어조 그리고 화자와 청자와의 거리 등으로 고찰한 결과를 아래와 같이 요약한다.

첫째, 어휘의 선택과 구두법에서는 품사적 사실, 감각적 표현보다는 애용어휘를 중심으로 분석 결과 '어머니'가 그 대표적 어휘이고, 그 다음이 서술형 종결어미 애용이다. 그 이유는 시의 화자는 대체로 청자인 어머니에 질문과 요구의 태도를 지니고 있다. 이를 위해 초기시에서 의문형어미와 경어체 문장을 사용하고, 반대로 후기시에서는 명령형어미와 평어체 문장으로 서술하였다. 그리고 구두법으로 줄표와 줄임표를 많이 사용하였는데 이것도 질문과 요구에 현실적으로 불확실한 대화 내용의 표현 기교로 보인다.

둘째, 석정시의 운율 유형은 두운법과 각운법을 사용하였다. 두운법 형태로 <기우는 해>, <그 꿈을 깨우면 어떻게 할까요>, <그 먼 나라를 알으십니까>, <날개가 돋혔다면> 등이고, 각운법으로는 <임께서 부르시면>, <기우는 해>, <그 먼 나라를 알으십니까> 등이다. 이 율동도 화자와 청자의 대화 과정에서 질의에 대한 답으로 반복과 확신의 큰 단위의 반복율로 이루어졌다. 그리고 음보(foot)에서는 전기시가 4음보의 규칙성을 주조로 할 때 이상향의 세계를 그리워하였고, 후기시에서 3·4 음보의 교차와 사설적 운율은 현실 참여의 인식이기 때문에 무질서한 혼돈과 내재성이 보인다. 이러한 시대적 상황의 반영으로 양식적 변모가 불가피한 것임을 알 수 있다.

셋째, 석정시에서 두드러진 특징은 텍스트 내에서 시적 화자와 청자가 말건넴에 귀기울이는 대화적 구조로 되어 있다는 사실이다. 현상적 화자와 청자 사이의 대화 구조 속에서 석정시는 극적인 긴장감이 잘 표현되는데, 이는 현실세계에 존재하는 화자가 이상세계로 가고자 권유하는 청자를 어머니나 소년, 아내, 가족의 구성원을 설정함으로써 텍스트 밖의 실제 독자들에게 친밀감을 줄 수 있기 때문이며, 현실세계의 현상적 문제를 화자가 명확히 인식함으로써 이상향의 상정이 결코 허황된 관념편향이 되지 않았기 때문이다. 이처럼 현상적 화자·청자간에 나타나는 시의 대화 구조는 화자의 목소리, 즉 어조가 부드럽고 의문형으로 되어 있으며, 경어체의 문장을 활용함으로써 주제가 더 고양될 수 있다. 따라서 신석정의 시에서는 함축적 화자나 함축적 청자만이 드러나는 경우보다 시적 긴장도 및 주제 표현의 밀도가 더 강화되었다. 그런데 후기시에서 뚜렷하게 드러나는 화자의 목소리는 현실을 바라보는 입장에서 현실의 부정적 양상을 고발적인 어조로 드러낸다. 이는 초기시의 여성적 어조와 구별된다. 그럼에도 초기와 마찬가지로 현실과 이상향이라는 이원론적 의식구조에는 변함이 없다. 그러므로 석정시의 대화적 구조에서 어조는 자기를 낮추고 상대방을 높이는 경어체는 음악적 효과를 나타내는 운율이다.

그러므로, 신석정의 시세계는 초기시집인 ≪촛불≫과 ≪슬픈 목가≫에 나타나고 있는 바와 같이, 노장사상과 도연명의 귀거래 의식으로부터 이상향이라는 초월적 세계를 획득하고 있다. 이와 같은 인식태도는 시의 특질로서의 대화적 구조와 이항대립적 세계관을 바탕으로 이루어졌다. 석정시는 현실과 이상향이라는 이항대립적 인식을 기초로 동심지향으로서의 화자와 모성지향(어머니)으로서의 청자를 설정함으로써 합일지향의 궁극적 태도를 원형적으로 제시하였다. 따라서 석정시의 세계인식태도가 지니고 있는 독자적인 양상을 후기시보다 초기시에서 그 성과를 획득하고 있다. 그것이 작가의 개성과 독창성을 지닌 창작행위는 자기 스타일을 풍기는 30년대 서정시인으로 평가됨이 마땅하다.

A Study On The Style of Shin Seok-joeng's Poetry

Oh Taeok-keun.

〔안양대학교 국어국문학과 교수〕

94

〈참 고 문 헌〉

<자료>
辛夕汀, 촛불, 人文社, 1939, 大志社, 1955.
──, 《슬픈 牧歌》, 扶安 : 浪州文化社, 1947. 大志社, (52년판)
──, 《永河》, 正音社, 1956.
──, 《대바람소리》, 文苑社, 1970.
──, 《山의 서곡》, 全州 : 嘉林出版社, 1967.
──, 《蘭草잎에 비가 내리면》, 知識産業社, 1974.
──, 《슬픈 牧歌》, 삼중당문고 211, 1975.
──, 《촛불(수필집)》, 汎友社, 1979.
표현문학회 (편), 《표현》 제 9권, 표현문학회, 1985.
전주문화원 (편), 《노령》 제 33호, 전주문화원, 1985.
석정문화원 (편), 《신석정 대표시 평설》, 석정문학회, 1986.

<논문>
김광수, '신석정 시연구', 국민대 대학원, 1983.
김기림, '1933년 시단의 회고와 전망', 백양당, 1949.
──, '모더니즘의 역사적 위치', 인문평론 창간호, 1939.
김대행, 現代詩의 韻律的 位相', 先淸語文 5집, 서울사대 국어학과, 1974.
김동준, '한국 시가의 운율구조론', 한국학연구 2집, 동대, 1977.
김상태, 'Threau와 석정의 대비적 고찰', 전북대 교양과정부 논문 12집,
       1974.
김석산, '韻律論 硏究의 最近動向', 언어와 언어학 2집, 외국어대, 1974.
김순옥, '신석정 연구', 숙명여대 대학원, 1984.
김 억, '詩形의 韻律과 呼吸', 태서문예신보, 1919.
김완규, '한국문학가에 나타난 자연과 그 표현의 진화', 청구대 논문집 2, 3
       호, 1959～60.
김윤식, '신석정론', 시문학 97호, 1979. 8.
김정숙, '한국 시가의 율격 연구', 국어국문학 25호, 국어국문학회, 1962.
김현자, '한국현대시의 시적화자 연구-박목월 시를 중심으로', 한국문화연구
       원 논총 제 48집, 1986.

김흥규, ‘한국시가 律格의 理論 I ’, 민족문화연구 13집, 고려대, 1978.
노재찬, ‘신석정과 자연’, 부산사대 논문집 6집, 1979.
류중하, ‘김현승과 신석정의 후기시 비교 연구’, 홍익어문 3집, 1984.
류태수, ‘신석정에 있어서 전원의 의미’, 한국현대시사연구, 일지사, 1978.
문두근, ‘신석정시에 나타난 자연의 의미’, 건국대 대학원, 1981.
민병기, ‘신석정의 시사적 의미’, 국어국문학 95호, 1986. 5.
성기옥, ‘율격’, 시론, 현대문학사, 1989.
송하선, ‘석정시의 참여론에 대한 재고’, 전주우석대논문집 2집.
신동욱, ‘한국서정시에 있어서 현실의 이해’, 민족문화연구 10호, 1976.
신석정, ‘한국의 현대시 자유문학’ 1960. 5.
———, ‘신석정 참여의 방향’, 문학사상, 1972. 10.
———, ‘상처입은 작은 여정의 회고’, 문학사상, 1973. 2.
신용협, ‘한국시에 있어서 평화지향적 경향’, 심상, 1981. 6.
———, ‘신석정연구’, 충남대 인문과학논문집 9권 2집, 1982. 12.
오택근, ‘신석정의 전반기 작품에서 밤의 의미’, 시문학 116-117호, 1981.
        3-4.
———, ‘신석정시 연구’, 한양대 대학원, 1989.
유윤식, ‘시문학파연구’, 한양대 대학원, 1988.
윤경식, ‘신석정론-난초를 중심으로-’, 현대문학, 1975. 5.
———, ‘석정시의 전원생활-도연명과 노장의 영향-’, 월간문학, 1978. 1.
이기반, ‘신석정의 제재-후기시에서 본 산과 식물 기타-’, 한국언어문학 17,
        18, 1979. 12.
———, ‘신석정의 자연시에 나타난 서정성’, 김영준화갑논총, 1980.
이병훈, ‘신석정의 인간과 문학세계, 표현 9집, 1985.
———, ‘태산목의 꿈’, 신석정 대표시평설, 유림사. 1986.
이재철, ‘신석정론’, 한국현대시작품론, 문장사, 1981.
이정화, ‘석정의 초기시에 나타난 자연관 고찰’, 경기어문학 1집, 1980. 12.
이옥정, ‘신석정연구’, 한양대 대학원, 1982.
장만영, ‘석정의 시’, 한국현대시 요람, 박영사, 1974.
정순영, ‘신석정론’, 건국대 대학원, 1976. 2.
정재완, ‘한국의 현대시와 어조-가상적인 화자와 청자의 설정을 중심으로-’,
        한국언어문학 14집, 1976.
정태용, ‘신석정론’, 현대문학 147호, 1967. 3.

조병춘, '신석정의 시', 한국현대시사, 집문당, 1980.
조용란, '신석정연구', 동국대 대학원, 1977.
――――, '신석정론', 현대시인론, 형설출판사, 1979.
조찬일, '신석정의 자연시 연구', 한국외국어대 교육대학원, 1984.
최승범, '목가세계의 모성에의 회귀', 한국현대시평설, 문학세계사, 1983.
허소라, '신석정연구', 한국언어문학 14집, 1976.
――――, '신석정의 향방', 신석정대표시평설, 1975.
허형석, '신석정연구', 고려대 교육대학원, 1975.
――――, '신석정 시에 나타난 산의 연구', 군산수전연구 12집, 1978.
황송문, '신석정의 산중문답', 한국문학 123호, 1984. 1.
――――, '신석정시연구', 홍익대 교육대학원, 1987. 6.

<저서>
김기림, 시론, 백양당, 1947.
김근수, 한국잡지 개관 및 호별목차집, 중앙대출판국, 1973.
김대행, 韻律論의 問題와 視覺, 문학과지성사, 1984.
――――, 『운율』, 문학과지성사, 1984.
――――, 한국시가 구조연구, 삼영사, 1976.
김시태, 현대시와 전통, 성문각, 1978.
김용직, 한국근대시사, 새문사, 1983.
김우창, 궁핍한 시대의 시인, 민음사, 1977.
김윤식, 한국근대작가연구고, 일지사 1974.
김재홍, 시와 진실, 이우출판사, 1984.
김해성, 한국현대시인론, 진명문화사, 1974.
김현승, 한국현대시해설, 관동출판사, 1972.
노재찬, 한국근대문학논고, 삼영사, 1979.
문덕수, 현대한국시론, 성문각, 1975.
――――, 세계문예대사전, 성문각, 1976.
――――, 한국모더니즘시연구, 시문학사, 1981.
――――, 현대시의 해석과 감상, 이우출판사, 1982.
박이문, 노장사상, 문학과지성사, 1980.
박두진, 한국현대시인론, 일조각, 1970.
박철석, 한국현대시인론, 학문사, 1981.

박철희, 서정과 인식, 이우출판사, 1982.
백 철, 한국신문학사, 박영사, 1975.
서우석, 시와 리듬, 문학과 지성사, 1987.
서정주, 한국의 현대시, 일지사, 1965.
──외, 현대시인론, 형설출판사, 1979.
송 욱, 시학평전, 일조각, 1969.
신석상, 신석정평전, 동천사, 1984.
오세영, 한국낭만주의시연구, 일지사, 1980.
유태수, 한국현대시사연구, 일지사, 1987.
윤경수, 한국문학의 현장의식, 지문사, 1984.
윤재근, 만해시와 주체적 시론, 문학세계사, 1983.
이건청, 한국전원시연구, 문학세계사, 1986.
이기반, 한국현대시연구, 창문각, 1981.
이승원, 근대시의 내면구조, 새문사, 1988.
이승훈, 시론, 고려원, 1979.
──, 한국시의 구조분석, 종로서적, 1987.
이인모, 문체론, 선명문화사, 1974.
정세환, 한국현대문학의 연구, 청록출판사, 1980.
정한모, 한국현대시문학사, 일지사, 1975.
──, 한국대표시평설, 문학세계사, 1983.
조병춘, 한국현대시사, 집문당, 1980.
조연현, 한국현대문학사, 성문각, 1969.
조남익, 현대시해설, 세운문화사, 1978.
채규판, 한국현대비교시인론, 탐구당, 1983.
최동호, 현대시의 정신사, 열음사, 1985.
최원규, 한국현대시론고, 예문관, 1985.
허소라, 한국현대작가연구, 유림사, 1983.
황희영, 운율연구, 형설출판사, 1969.
홍정운, 신념의 언어와 예술의 언어, 오상사, 1985.

<외국논저>
장자 (김동성 역), 장자, 을유문화사, 1966.
노자 (노태준 역), 도덕경, 홍신문화사, 1986.

98

G. 바슐라스 (이가림 역), 물과 꿈, 문예출판사, 1980.

N. 프라이 (임철규 역), 비평의 해부, 한길사, 1982.

W. 부우드 (최재석/이경우 역), 소설의 수사학, 한신문화사, 1987.

W. 카이저 (김윤섭 역), 언어예술작품론, 1986.

Altenberned, L. & Lems, L. L. A Handbook for the Study of Poetry. 1972.

Brooks, C. & Warren, R. p.Understanding Poetry. U.S.A., 1960.

Chatman, S. Story and Discourse, Cornell University Press, 1978.

Eloit, T. S. The Use of Poetry & Criticism,

─────────, Selected Essays, London : Faber &Faber Co LTD, 1980.

Jakobson, Roman, Closing Statement : Linguistics and Poetics, Style in Language, ed. Thomas A. Sebdek, The M.I.T. Press, 1960.

Richards, I. A. Principle of Literature Criticism, London, 1926.

─────────, The Philosophy of Rhetoric, New York : Oxford Univ. Press, 1965.

Wellek, R. & Warren, A. Theory of Literature, Penguin Book, 1970.

C. G. Jung, The Archetypes and the Collective Unconscious, Princeton University Press, 1975.

해방기 한국시의 이상공간으로서
'바다'에 관한 연구*

이승복

1. 서론 - 민족문학을 바라보는 시각

해방기의 문단은 민족이라는 이름으로 표시될 수 있는 양극의 입장 위에 두 발을 따로따로 자리해 놓고 있다. 이대로 본다면 일면 긍정적인 예상이 가능하다. 전체에 대한 조망과 합리적인 선택으로의 역사를 전개할 수도 있으리라는 기대에서 그렇다. 그러나 실제에서 이들이 지니고 있는 양극화의 양상은 새로운 문제의식과 시각 그리고 나름의 목표와 방법에 이르기까지 모든 것을 문학 이전의 자리에서 논의하고 있다는 점에서 실체적 가능성은 흐려지고 그들끼리의 고민만 깊어 있다. 그런 의미에서 이 시기는 문제적이며 다만 얼마간의 가능성과 모색의 전조를 예상할 수 있을 뿐이다.

* 이 논문은 1998년도 홍익대학교 학술연구조성비에 의하여 연구되었음.

　여기서 얼마간의 가능성이라 말할 수 있는 것은 자기 시대의 현실적 상황에 대한 접근의 방식이 해방으로 인해 보다 적극적일 수 있었기 때문이며, 이는 앞선 단위시기 즉 식민지 기간에 견주어서 볼 때 그렇다는 것이다. 문제적 시기인 해방기[1) 즉, 1945년 8월 15일 해방에서 1950년 6월 25일 한국전쟁 직전까지의 이 시기가 지니고 있는 환경은 인식 내적인 전망으로 제한되었던 해방 이전의 문단과는 사뭇 다른 시각의 차이가 있기 때문인데, 여기서의 환경이란 통제로부터 벗어난 직시와 노출이 가능하게 되고 이러한 가능성은 다시 새로운 세계 모형의 실체로 구현될 수 있기 때문이다.

　식민기는 이와 달리 식민 상황에서의 문학이라는 한계 상황 자체를 성격의 기반으로 지닌다. 물론 이러한 한계의 시작은 일제라는 타국의 군부가 강제로 점유하고 있는 정치적·사회적 상황에서 비롯하지만, 이러한 외부적 상황과 함께 당대 문단의 가장 중요한 한계는 국권의 상실로 대표되는 존재의 명분상실과 이로 인한 현실적 자아의 상실로 가시화 된다. 따라서 존재 의미의 혼돈이라는 상황과 그 속에서 그들이 지니고 있는 절실한 자기고민은 비현실적 대안으로 표출된다. 현실적 모순의 인식과 자기 상실의 혼돈 속에서 그들이 찾아낸 표출 양식은 자연히 환상적 상상력 아니면 무장투쟁이라는 방법적 단순성을 지닌다. 문학 특히 시의 자리도 이와 같은 환상적 상상력 또는 무력투쟁의 획일적 방법론이라는 점에서는 마찬가지의 요구를 받게 된다.

　따라서 식민기 우리 시의 방향은 환상적 상상력으로서의 미학적 채

---

1) 해방기는 해방으로 인해 성격화된 시간단위를 지칭하는 용어이고 45년부터 전쟁이 발발한 50년까지는 해방이라는 의식형성의 요인이 항상 중심에 놓여 있는 만큼, 이 시기를 해방기라는 하나의 시기단위로 말하고자 한다.

택이거나 무력투쟁의 도구적 방책이라는 실천적 창작의 이분성으로 대
분되는데, 여기에 기호적 논리에 따라 한 가지 더 설정한다면 이들의
결합으로서 절충이라는 새로운 가능성을 세번째로 추가할 수 있다. 물
론 현재의 남한의 문학연구라는 제한적 시각에서 본다면 당대의 문학
적 성과는 첫째의 경우가 우세하게 받아들여진다. 하지만 해방 전의 한
국문단이 지니고 있는 성과와 가치를 세 번째의 경우에서 찾고자 하는
의지를 이미 마감한 것은 아니다. 뿐만 아니라 이러한 경우의 예로 상
정할 수 있는 경우가 전혀 없는 것도 아니다. 현실적 시각과 사회적 윤
리 또는 민족적 관심을 견지하면서도 상상력에 의한 심미적 작품의 형
상화를 의도했던 작가군이 있기 때문이다.

　김소월, 한용운, 이육사 등이 그들이다. 이들은 식민기의 문학이 요구
하는 바 문학 내적·외적 성과를 비교적 많은 부분에서 거두었다고 인
정된다. 초월적 상상력과 현실적 직시라는 양가치를 함께 지니고 있으
며 분명한 당대 인식과 전망은 물론 작품으로서의 심미적 완성도도 지
닌 작품이기 때문이다. 이 점이야말로 식민기 문학을 매력적으로 바라
볼 수 있는 가장 선명한 이유이다. 하지만 이에 해당하는 구체적 작품
성과와 시인의 예를 찾아 보면 결코 충분하다고 말할 수는 없다. 그러
나 선뜻 제시하지 못한다거나 충분한 예를 말할 수 없다고 해서 이들
외의 경우의 수가 없다고 말할 수도 없는 일이다. 그것은 작품의 성과
가 적다는 것일 뿐이지 이러한 시적 의지가 적은 것은 아니기 때문이
다. 현실인식의 토대 아래 있더라도 여전히 환상적 상상력의 문학일 수
밖에 없었던 식민지 명분이 너무 크게 가리고 있기 때문이라는 점이
고려되어야 한다. 이렇듯 현실인식과 미의식의 총합이라는 시적 의지가
많은 부분에서 인정된다고 할 때, 이러한 입장에 해당하는 그들 시인의
입장에서 보면 완성되지 못한 작품실현의 가능성은 잠재되고 있다고
말할 수 있다. 그렇기에 이들 현실적 상상력의 집단이 지니고 있는 입

장과 시각은 해방 후에도 쉽게 사라지지 않았으며 마침내 나름의 자리를 차지하고 창작의 토대로 가시화 될 연속체로서 의의를 지닌다.

또 하나 식민지 시문학이 갖고 있던 한계의 인식과 이에 대한 대안 모색으로서 한국문학은 그 자체의 정체성 확보를 위해 그들 스스로의 정체성 확립에 집착을 갖고 있다. 이러한 시각과 입장은 문학적 상상력을 사회적 상상력과 구분할 수 있다는, 그리고 그리 해야 한다는 당위에서 시작한다. 전통이라 불릴 수 있는 통시적 공감으로서의 특장을 우리 문학에 뿌리 내리고자 하는 일종의 노력이다. 문학은 문학의 자리에서 충실하게 문학의 지표와 전망을 제시하고 실천할 때 비로소 사회적으로도 적절한 기여를 할 수 있다는, 이른바 본격문학의 가능성을 두텁게 차지하려는 의지가 분명한 동인으로 남아 있다는 것이다.

하지만 식민지라는 당대 사회의 특징적 성격에 대한 구체적이고 직접적인 방향은 아니라는 점에서 스스로의 목소리를 완성했다고 말하기는 어렵다. 정서적 공감의 수용과 이의 지속적인 발전을 위하여 어떻게 접근해야 할 지에 대해서는 다양한 모색이 있었음에도 불구하고, 사회적 비중이 무엇보다도 과중했던 식민지 당대의 처절한 수탈 환경은 이들이야말로 고통의 자각 없는 세계에 정착한 사람들로만 받아들이게 하였고 당대의 시대적 의미로부터 얼마만큼의 거리가 있다고 판단하기에 이른다.

이런 점에서 이들 역시 미진한 한국문학의 성숙을 위해 해야 할 많은 자리를 남겨 놓았고, 해방 이후 이러한 이유에서 문학적 욕구는 적절한 환경과 함께 실천을 예상하게 된다.

따라서 해방기의 민족문학은 해방이라는 전제 아래서 이루어진 새로운 목표가 아니라 식민기에서부터 이어진 사회적 시적 의지의 연속체로 보아야 할 것이며, 다만 해방은 이러한 의지의 실천이 가능할 수 있는 환경의 성립일 뿐이다. 그렇기에 해방기의 시문학은 민족의 문제에 대한 새로운 시각이 아니라 그 이전의 민족의식에 닿아 있을 때 비로소 자기 정체성과 시적 완성을 기대할 수 있다.

(1) 해방의 무게와 집단성

분명한 민족의식의 요구와 방향성에도 불구하고 완성되지 못한 채 덩그러니 골조만을 지니고 있던 식민기의 시적 상황은 그래서 해방을 맞은 정작의 시기에 이르러서는 완성의 가능성과 소멸의 우려를 함께 지니고 있는 셈이다.

완성의 가능성은 민족문학에 다가서는 노력의 실천적 합의에서 가능할 수 있으며 소멸의 우려는 완성된 시적 모형의 예상을 별개의 것으로 놓았을 때 비롯된다. 해방기의 상황은 대체적으로 후자에 해당하며 따라서 우려는 역사로 채택된다. 해방과 민족 또는 민족문학에 대한 논리적 양극화와 집단적 입장이 우선 고려되는 상황 속에서 해방을 맞은 이 시기의 시인과 시단은 각각이 설정한 문학적 모형의 추구와, 문단의 풍토가 지녀야 할 전망에 대한 모색 즉 한국문단의 주도적 역할을 담당할 주체로서의 문학과 문학인에 대해 일방적인 주장을 거듭한다. 그리고 문학과 함께 해방 정국 이후에 가야 할 정치적 국가적 전망에 대해서도 조금도 흐트러짐 없이 부분적 집단의 주장만을 반복한다. 더구나 이들 모두 민족 또는 민족문학이라는 이름으로 지칭되는 범주 안에서 조금도 어긋나 있지 않다고 주장하는 점에서 보면, 정작의 당위보다는 시단과 사회적 입지가 문학에 앞서고 있음을 여실히 드러내 보이고 있다 하겠다.

이처럼 시 또는 문학 이전의 상황 즉 전(前)문학적 논의의 비중이 지나치게 강조되는 환경 속에서 양극화된 이들에게 민족이나 민족문학에 대한 완성은 쉽게 찾을 수 없다. 이 점이 해방기를 여전히 문제적 시간대로 남아 있게 하는 것이다. 하지만 해방기라는 당시의 극단적 양분의 주체들도 이러한 사실을 모르지 않고 있는 만큼, 각각은 다양한 모색의 의지를 분명히 주장하고 있다. 다양한 실험의식과 명분의 점검, 외국문학의 수용과 독자적인 문학적 가능성의 탐험, 그리고 이에 바탕한 주장 등이 끊임없이 이어지고 있음은 분명히 긍정적이다. 이후에 얻어질 문학적 가능성을 위해서는 반드시 거쳐야 할 전조로서 시기적 역할을 충분히 하고 있는 셈이다.

이런 의미에서 해방은 기대와 갈등과 전망 등의 모든 의식을 확대시킬 그런 힘을 이 시기에 제공한 셈이며, 좀더 긍정적으로 바라본다면 해방의 무게는 가능한 모든 경우를 허용한 셈이다.

따라서 해방기라는 당대적 문단의 방향은 해방의 무게가 지니고 있는 모든 가능성의 새로운 시작을 실천 가능한 것으로 보고 있다는 점에서 출발하며, 그들 가능성은 식민기 문학이 지니고 있는 미완성의 노선을 잇고 있다.

이 시기의 문학을 연구함에 있어 우려되는 바 민족문학의 양극화 경향은 기존의 연구에서도 대체적으로 지적되고 있다. 바꾸어 말하자면 당대의 문학사를 중심으로 연구하고 기술하는 과정에서 해방기라는 시기의 엄존을 어쩔 수 없는 문제적 시기로서 인정하고 있다는 것이다.[2]

그러나 이 시기는 단지 문제적 시기만으로 의미를 한계 지울 수 없음은 위에서 살펴 본 바와 같다. 새로운 문학의 전조로서의 가능성도 함께 살펴야 할 것이다. 당시의 우려되는 바 문단의 양극화도 현상으로서만 아니라 다양한 모색과 실험에 대한 의지의 한 가닥일 수 있다는

---

2) 해방기의 한국문학에 대한 연구의 대부분은 문학사적 관점을 중심에 두고 있다. 이 시기의 문학에 관한 연구의 대표적인 성과는 김용직(『해방기의 한국 시문학사』, 민음사, 1989), 신형기(『해방 직후의 문학운동론』, 화다, 1988), 김윤식(『해방공간 문단의 내면 풍경』, 민음사, 1996) 등이며, 이들 모두 당시의 문단적 질서와 체제에 대해 관심의 비중을 크게 두고 있다.

가능성을 어느 부분에서든 반드시 제공받아야 한다. 우선 해방이 던져 준 새로운 세계에 대한 전망을 지니고 있음이 그렇고 식민기의 문학이 지니고 있던 잠재적 소산이 있어 그러하다.

이 논의가 이루어지고 있는 시점은 분명 해방기로부터 적지 않은 시기적 거리를 두고 살펴본다는 점에서 한계가 있는 것과 마찬가지로, 해방기의 한국시단에 대한 해석이 지니고 있는 바 자동화된 현재까지의 부정적 논의도 다시 검증해야 할 이유는 있는 것이기 때문이다. 그리고 이런 시각에서 새롭게 검증하고자 하는 대상은 당대 시단이 품고 있던 갈등 양상과 전 문학적 상황을 우선시하는 논의의 태도를 벗어나는 데서 가능하다. 문제의 지적보다는 그들의 생산성 또는 그 이후의 가치 획득을 위한 그들의 노력과 제시가 무엇이었고 어떻게 진행되었는지에 대한 관심에 보다 많은 비중을 두어야 한다.

좀더 구체적으로 본다면, 그들이 시문학을 통해 그리고자 했던 것은 과연 어떤 모습의 세계인가 하는 것이어야 하고, 그러한 세계를 그려내기 위해 그들이 채택한 시적 책략과 어휘의 선택은 어떤 것이었는지에 대한 관심이 절실히 요구된다는 것이다.

이 글에서는 이러한 시각에서 민족문학의 이름 아래 양극화된 해방기 시단의 문제점보다 당시의 시작품들이 지니고 있던 전망과 그 전망을 위해 설정한 시적 책략의 하나로서 이상세계의 설정을 더듬어 보고자 하며, 그 구체적인 경우로 바다를 상징적 대상물로 삼고 있는 시작품의 경우로 한정하여 살피고자 한다. 특히 이러한 이상세계의 상징으로서 바다에 관한 어휘에 관심을 갖어 보는 것은 이들 해방기 시작품이 지니고 있는 바 원형적 이상 세계의 양상과 의의를 발견하기 위한 시도이다.

(2) 어휘와 전망의 확인

해방기 한국시가 지니고 있는 바 제 특징에 관한 연구의 필요성은 당시의 시단과 이데올로기를 중심으로 한 것으로부터 벗어나 보다 폭넓은 시각과 접근이 요구된다. 특히 작품에 대한 형식주의적 시각과 심리학·언어학 등의 응용이 함께 고려되어야 한다.

시각의 확대와 접근이라는 이러한 다양성이 요구되는 우선의 이유는 당시의 시단의 폭이 확대되었기 때문이다. 조선문학건설본부를 중심으로 하는 좌파 사회주의 계열의 시인군이 가지고 있던 작품의 경향과 양식, 그리고 어휘와 내용의 특장이 그 양적 팽창을 분명히 자리하고 있던 반면, 『새로운 市民과 都市의 合唱』으로 대표되는 이른바 모더니즘 시인군의 성격 또한 새로운 시도를 갖고 있으며, 정신주의와 전통성으로 설명되는 조지훈과 『청록집』의 세 시인 역시 해방기라는 시기에 뚜렷한 시사적 맥락을 형성하였고, 청년문학가협회를 중심으로 하는 일군의 시인들 역시 나름의 색채를 선명하게 지니고 있다. 뿐만 아니라 그 가치의 고하를 논하기 전에 시집 『바다와 나비』에서의 김기림은 엄밀하게 앞서 예시한 각각의 시인군들과는 또 다른 입장에서 시작품의 작의와 성과를 지니고 있다.

그리고 이들 해방기 시작품들에 대한 작품 중심의 연구와 시각이 필요한 또 하나의 이유는 이 시기의 시편들이 지니고 있는 바, 전망의 변화이다. 식민기의 시작품이 지니고 있던 상상력에 비해 보다 적극적이고 현실적인 전망의 실천을 기대하고 있는데, 이는 그 환경과 작품 모두에서 확인되기 때문이다.

따라서 해방기의 시작품에 내한 면년을 살피고 각각의 대표적 유형을 통해서나마 급격히 팽창한 이 시기의 시인과 시작품을 이해하는 것은 그 이후의 우리 시를 이해하는 척도가 될 수 있다는 점에서 의의를 기대하게 된다.

이 글에서는 이러한 논의를 위해 『解放記念詩集』, 서정주의 『歸蜀途』, 박목월, 박두진, 조지훈의 『青鹿集』, 김경린 등의 『새로운 市民과 都市의 合唱』, 오장환의 『病든 서울』, 임화의 『讚歌』, 김기림의 『바다와 나비』 등을 대상 작품으로 살피고자 한다.

서로 다른 시각으로 해방과 민족을 설정하고 있는 변별집단의 입장을 고려하고 그들 나름의 시적 상상력이 시작품에서는 어떻게 완성되고 있는가를 이해하고자 한다.

2. 이상공간으로서 바다

농경문화에서 바다의 의미는 먼 곳이라는 일반적 지칭으로 사용되며, 그 사실적 거리만큼 의식에 있어서도 피안과 영원이라는 상징적 의미도 확대된다. 생명의 원천이면서 동시에 죽음과 재생의 원형공간이기도 하고, 자궁으로서의 모성애와 용의 형상으로서 공포를 함께 지니고 있는 신앙적 대상이기도 하다. 따라서 바다의 존재를 인식한다는 것은 영생과 신화 세계에 대한 자의식의 노출에 다름 아니다. 그만큼 바다는 이상공간으로서의 의의를 부여받고 있으며, 한국의 경우도 이와 다르지 않다.

따라서 바다의 용례를 시작품에서 살펴보는 것은 당대의 이상세계에 대한 의지와 판단을 가늠하는 척도로서 의미를 지닌다. 특히 모든 가능성의 시작으로서 의의를 부여받을 수 있는 해방기의 시작품을 대상화할 때, 한국문화의 저변으로서 그리고 보편적 정서로서의 이상세계에 대한 전망이 가능해 질 수 있다.

바다를 시작품에서 살필 수 있는 방법은 우선 '바다'라는 어휘의 선

108

택이 있을 수 있고, 이어 바다를 서술 객체로 하는 시편들이 지니고 있는 형식과 체제 그리고 상징성과 표현을 볼 수 있으며, 셋째로는 바다라는 상징적 공간과 작품 내에 공존하는 진술 대상과의 관련을 엿볼 수 있다. 이 글에서는 이들 세 경우 중에서 우선 1차로 '바다'라는 어휘를 사용한 시작품을 대상 작품에서 살피고, '바다'라는 어휘와 작품 내의 다른 어휘들과의 관련을 함께 살피기로 한다.

먼저 『解放記念 詩集』에서는 세 편의 시에서 '바다'라는 어휘가 사용되고 있다. 해방기념 시집은 그 표제에서도 알 수 있듯이 선명한 목적시에 해당한다. 따라서 시작품의 심미적 완성보다는 시작품 이전에 놓인 해방의 의의를 우선하고 있다는 점이 감출 수 없는 사실이다. 다만 이러한 의도성에도 불구하고 이 시집에서 이상세계는 절실한 것이라는 점에서 대상에 놓일 수 있겠다.

시인명	시집명	시제목	용 례
김기림	解放記念 詩集	知慧에게 바치는 노래	검은 機關車 車머리마다/ 장미꽃 쏟아지게 피워서/ 쪽빛 바다바람 함북안겨
김달진		아침	천길 만길 깊은 바다 밑에/ 긴 밤을 어둠 속에 몸부림 치며/ 큰 열을 가슴 속에 쌓고 달우었거니
오장환		聯合軍入城 歡迎의 노래	아, 동편바다 왼-끝의 大陸에서 오는 벗이여!/ 이 半球의 서편, 맨-끝에서 오는 同志여!

김기림의 <知慧에게 바치는 노래>에서는 "쪽빛 바다 바람"으로 표현하고 있어서, 여기서의 바다는 임밀하게는 바다로서의 대상이기보다는 바람의 가시적 성격을 보조하는 역할을 담당한다. 같은 작품의 "흰물결 선을두른 뭇大陸의 가장자리를도라"에서도 아주 먼 거리라는 의미를 드

러내기 위한 것으로만 사용하고 있어서 이는 바다의 성격이나 상징적 의미를 드러내기보다는 대륙의 테두리로서의 바다만을 지시하고 있다 하겠다. 다만 여기서의 바다는 넓은 세상을 비유적으로 드러내는데 있어서 분명한 역할이 인정된다. "文明과自然의 아름다운婚姻"인 지혜가 그 넓은 세상을 덮고 있기를 바라는 마음의 표시에 사용되고 있다.

반면에 김달진의 시 <아침>에서의 바다는 탄생과 생명의 상징으로 자리하고 있다. 그리고 그 탄생의 신비를 제공한 바다로부터 태어난 것이 바로 태양이며, 태양은 바다에서 일어나 산천을 비껴 서서는 마침내 하늘에 이른다. 이 시에서는 태양과 빛의 상승과정을 구조화하고 있는데, 그 구조에 편승하여 태극기가 병치되어 있다.

아 어디서 오는 찬연한 저 빛이뇨
동쪽 하늘 장미 빛에 물들었다

천길 만길 깊은 바다 밑에
긴 밤을 어둠 속에 몸부림 치며
큰 열을 가슴 속에 쌓고 달우었더니

집집마다 추녀 끝에 태극기 나부낀다
거리마다 지축을 울리는 함성-
오늘 이땅 산천은 크게 웃었다

진흙 발 밑에서도 진리는 빛나고
정의는 무덤 속에서도
그 향기 하늘을 꾀뚫는다거니
                (후략)

인용된 부분은 2, 3, 4연이다. 여기서의 아침은 해방의 다름 아니다. 그리고 그 해방은 어둠을 다시 생명으로 바꾸어 놓은 바다에서 찬연한

110

빛으로 일어났으며, 그렇기에 바다는 종교적 위상을 제공받는다.

오장환의 시 <聯合軍入城歡迎의 노래>에서도 바다는 먼 곳이라는 확대된 공간의 표시어로 놓여 있다. 하지만 그곳을 굳이 '동편바다'로 지칭한 것은 미국을 대상으로 했기 때문만은 아니다. 김달진의 시 <아침>의 1연에서와 같이 동편의 바다는 신화적 의미를 제공받고 있기에 바다 이상의 의미를 지닌다.3) 식민지 기간 동안 "몰래 쉬던 숨을 크게 쉬니 / 가슴이, 가슴이, 자꾸만 커진다."라고 외치는 것은 진술주체인 화자의 인간적 한계에 대하여 '大陸의 벗'은 신화적인 힘을 지니고 있는 것으로 간주하려는 화자의 무의식과 관련시켜 볼 수 있다.

이렇듯 바다는 이상공간으로서의 신화적 의의를 제공받고 있으며, 표현의 방식으로 채택되었을 때는 확대의 진행이라는 운동성을 부여받고, 죽음과 탄생의 변화를 일으키는 창조적 주체로서의 위상까지를 인정받는다.

따라서 바다는 확산의 의지와 창조적 가능성을 드러내기 위한 상상력의 역할을 담당하고, 새로운 전망의 설정과 모형을 가늠케 하는 기능을 지닌다. 다만 해방기의 이러한 '바다' 채택은 여전히 식민기의 비사실적 환상 공간이라는 한계를 크게 벗어나지 않고 있다는 점에서는 제한적이다.

(1) 상상력의 확대 의지와 가능성

『새로운 都市와 市民들의 合唱』에서는 시어로서의 바다의 사용을 찾아보기 어렵다. 물론 앞서 『解放記念詩集』의 경우도 바다의 용례는 상

---

3) 三國遺事 권3 塔像 4에서는 洛山二大聖 觀音 正趣 調信이라 하여 동해의 낙산이 관세음 보살의 고향이라고 하는 보타가락산 바로 그곳이라는 생각에서 그곳에 관세음보살의 진신이 있다고 한다. (한국문화상징사전, 동아출판사, 1992, p.298)

대적으로 산이나 땅 혹은 강산에 비해 극히 적다.4) 상상력의 확대의지
로서 바다의 제시는 감각적인 섬세함과 자기억제의 냉담함에서도 마찬
가지의 기능과 역할을 보인다.

시인명	시집명	시제목	내 용
임호권	새로운 都市와 市民들의 合唱	시내	한가히 平野를 건니는 노랫소리/ 벼랑만나면 몸을 부시는 情熱/ 그리고 오즉 志向하는 곳/ 來日은 바다로 간다

여기서의 바다 역시 실존하는 대상으로서의 바다라거나, 바다의 상징
적 의미를 담고 있지는 않다. 다만 바다는 여전히 먼 곳의 자리에 놓여
있다는 점에서는 앞서의 예와 다른 바 없지만, 시간에 있어서 미래적
지향점과 일치하고 있다는 점에서 긍정적·희망적 대상으로서의 막연한
기내 심리를 담고 있다.

이렇게 볼 때, 우선 모더니즘 시인군의 시편들에서 바다의 상징성은
극히 적다는 점, 그리고 바다라는 어휘의 선택에서조차 바다는 막연한
이상적 세계의 관념화로서 기능할 뿐 구체적인 화자의 의지나 전망의
제시로서는 기능하지 못하고 있음을 알 수 있다.

하지만 상대적으로 임화의 경우는 이와 달리 많은 시작품에서 '바다'
의 어휘가 사용되고 있다. 시집 『讚歌』에 수록된 22편의 시작품 중 6편
의 작품에서 '바다'라는 어휘를 사용하고 있는데, 이들 <祭詞>와 <靑年
의 六月十日로 가자>, 그리고 <밤의 讚歌>와 <桂冠詩人> 등의 네 편에

---

4) 『解放記念詩集』에 수록된 24편의 시편들 중에서 자연물 시어의 사용을 비교
해 보면, 하늘(8), 구름(4), 땅 혹은 지상(7), 산 혹은 산천, 산과 들(13), 바다
(3), 해(5), 별(1), 달(3), 강(2), 바람(2), 호수(2) 등으로 육지 혹은 대륙으로서
땅에 관한 시어가 20으로 절대 우세한 사용빈도를 보인다.

서는 '(푸르른) 하늘'과 직접적인 조응관계를 이루고 있고, 다른 두 편의 시에서도 '하늘'이라는 어휘가 한 작품 안에서 함께 쓰이고 있다. 그리고 이들 여섯 작품 모두에서 푸른색의 색채의식이[5] 분명하게 드러나고 있어 바다와 하늘의 동일시 의지를 엿보게 한다.

이처럼 바다와 하늘이 한 작품의 진술에서 같은 맥락 안에 쓰이고 있는 것은 여전히 바다 자체에 대한 탐색과정을 거쳤거나 경험적 진실이기보다는 공간적 거리와 심미적 거리를 전제로 하는 이상 공간의 막연한 제시에 다름 아니다.

그럼에도 불구하고 바다의 사용 빈도수가 높은 것은 막연하나마 절실한 동경의 대상을 요구하고 있기 때문이다.

시인명	시집명	시제목	내 용
임화	讚 歌	祭詞	아아 가는 歲月의 속절없음이어/ 속삭이는 나뭇잎 사이로 하늘이 푸르러 바다처럼 넓고/ 얼었든 江물은 풀려 어데로 어데로 흘러 가는가
		青年의 六月十日로 가자	祖國의 첫여름 하늘이 먼 바다처럼 푸르렀다
		桂冠詩人	그대의 떨리는 입술/ 힌 이마와 거문 머리우/ 물결치는 바다는/ 정녕 정녕 사랑하는 祖國의 永久히 푸른 우리들 모오두의 하늘

---

5) 五行(木火土金水)에 따를 때, 五色(青赤黃白黑)과 五方(東南中西北)을 대비하면 청색은 東方과 관련지워 볼 수 있다. 따라서 바다는 여전히 시작과 생성의 원형적 의의를 부여받고 있으며, 이는 인류의 시작이라는 점에서 신화적 모색과 관련을 갖는다.

시인명	시집명	시제목	내　　용
임화	讚 歌	바다의 讚歌	바다여/ 너의 조용한 달밤을랑/ 무덤 길에 선/ 노인들의 추억 속으로/ 고시란히 선사하고
			바다여/ 너의/ 가슴에는/ 思想이 들었느냐
			바다야/ 너는 몸부림치는/ 肉体의 곡조를/ 伴奏해라
		별들이 合唱하는 밤	뭇 별들이/ 合唱하는 밤/ 바다속에 버러진/ 眞珠들의 饗宴이/ 한창 흥겨워 가는 밤
		밤의 讚歌	山嶽과 大河와/ 가 없는/ 바다와 하눌을/ 푸근히/ 둘러싼/ 검은 衣裳은 ....

　이렇듯 임화의 시에서 '바다'의 어휘 사용이 상대적으로 높고, 그 사용의 경우에서도 매우 적극적인 희망의 상징으로 사용하고 있음은 해방에 대한 임화의 기대치가 보다 적극적이며 동시에 감정적임을 유추할 수 있다.

　이는 김기림의 경우도 다르지 않다. 바다에 대한 대상적 인식은 물론 신화적 채택과 희망의 상징으로서 바다의 용례 역시 매우 높은 빈도수를 보인다.

　시집의 제목에서부터 '바다'의 채택이 있음으로 해서 여타의 시인들에 비해 바다에 대한 김기림의 근친성을 예측할 수 있는데, 우선 바다를 서술 주체에 대한 서술객체의 입장에서 청자의 입장까지 다양하게 설정함으로써 나름대로는 바다에 대한 깊이 있는 천착의 시도가 있었음을 볼 수 있다. 하지만 여전히 바다에 대한 구체적이고 사실적인 접근이나 바다에 대한 충분한 이해나 상징적 의의를 부여하지 않고 있다는 점은 마찬가지이다. 엄밀하게 말하자면 굳이 그 자리에 바다가 아니더라도 시적 의지에는 별다른 변별이 있을 수 없다. 단지 화자의 방백 대상이거나, 아니면 가까이 다가서지 않을 것으로 예상되는 것이다. 따라서 '바다'라는 어휘의 자리에 어떤 대상어가 오더라도 화자의 진술이 갖고 있는 의지에는 변화가 없을 것이다. 따라서 바다라는 관념적 대상에 대한 요구는 절실했지만 여전히 김기림의 바다는 모호한 피안의 세계로만 남아 있는 셈이다.

이를 반증할 수 있는 것은 김기림 시에서 바다가 차지하고 있는 공간의 확인을 통해 가능하다. 예를 들어 "하늘보다도 더 먼 바다"(금붕어)의 경우, 바다와 화자의 거리는 인간이 인식할 수 있는 최대의 거리를 확보하고 있는 셈이다. 따라서 이같은 바다는 더 이상 생활 공간 안에서 받아들일 수 있는 대상이 아니다. 바꾸어 말하자면 어떤 말을 하더라도 반응이 두렵지 않은 것이며, 어떤 행동을 하더라도 예상되는 반응을 염려하지 않을 수 있는 만큼의 거리와 공간이다.

그렇기에 김기림에게 있어서 바다는 무슨 말이든 할 수 있고, 또 들어 줄 수 있는 대상이며, 그래서 믿음직스럽고, 영원히 신뢰할 수 있는 신화이다. 이러한 이유에서 화자는 바다를 예상하며 - 바다에 직접 서서 말하는 것이 아니고 - 바다에 많은 이야기를 한다. 그리고 이러한 환경에서 바다는 많은 이야기를 할 수 있는 환경의 제공자로서 역할을 지닌다. 김기림의 시 <바다>에서 방백의 대상인 바다는 이러한 모습을 충분히 보여 주고 있다.

시인명	시집명	시제목	내　　　　용
김기림	바다와 나비	우리의 八月로 도라가자	들과거리 바다의 企業도/ 모도다 바치어 새나라 세웨가리라!
		知慧에게 바치는 노래	검은 機關車 車머리마다/ 장미꽃 쏟아지게 피워서/ 쪽빛 바다바람 함북안겨
		바다와 나비	아모도 그에게 水深을 일러 준일이 없기에/ 힌나비는 도모지 바다가 무섭지않다 三月달바다가 꽃이피지않어서 서거푼/ 나비허리에 새파란초생달이 시리다
		共同墓地	湖水가우는 달밤에는/ 등을이르키고 넋없이 바다를 구버본다
		파랑港口	國旗에 향하야 그다지 敬意를 표하지두않는/ 겨으른 輪船들이 지금쯤 바다로부터 도라왔겠지 港口는 바다의 國境를 믿지 않는다
		바다	바다/ 너는 벙어리처럼 점잖기도하다 바다/ 지금 너는 잠이 들있나보다. 꿈을 꾸나보다 바다/ 네 살결은 한울을 닮어서도 한울보다 푸르고나 바다/ 너는 노래듣기를 퍽으나 좋아하드라 바다/ 너는 아무도 거둬본일이없는 보료 바다/ 너는 언제 나다려 親하다고 한일이 없건만/ 온아츰에도 잠옷채로 창으로 달려가서/ 넋없이 또 네얼골을 구버본다

시인명	시집명	시제목	내 용
김기림	바다와 나비	追憶	오늘 어름처럼 싸늘한 노을이뜨는 바다의 언덕을 오르는/ 두놈의 봉해진입술에는 바다건너 이야기가없고
		금붕어	아침에 책상우에 옴겨 놓으면 창문으로 비스듬이 햇볕을 녹이는/ 붉은 바다를 흘겨본다. 꿈이라 가르켜진/ 그 바다는 넓기도 하다고 생각한다
			금붕어는 오를래야 오를 수 없는 하늘보다도 더 먼 바다를/ 자꾸만 돌아가야만 할 故鄕이라 생각한다
		겨울의 노래	濕地에자란 검은생각의 雜草들을 불살워버리고/ 太陽이있는 바다까로 나려가겠읍니다
		鎌倉海邊	함뿍 비에젖은 나룻배 燈불하나/ 저므는 바다를 어락가락 밤을 쨤니다
		菖蒲田	그 날랜 裁縫師 歲月도/ 바다얼골에는 주름살을 잡지 못합니다그려
		海水浴場	時間이 달려가는 大陸을 비웃는/ 바다의 끊임없는 우숨소리

하지만 상대적으로 '바다'라는 어휘의 빈도수는 낮으나 바다에 대한 사실적 공간으로서의 환기가 충분하고, 경험적 사실을 통해 바다의 상징적 의미를 보다 확대시킨 경우도 해방기의 시단에서 발견할 수 있다. 백석의 시편들이 여기에 부합되는 경우이다. 여기에서의 바다는 경험적 사실에 바탕을 두고 있다는 점에서 바다가 지닌 구체적 공간과 상황이 전제되어 있다.

따라서 백석의 바다는 관념적이거나 신화적 수준에서의 바다가 아니라 실제의 바다를 제시함으로써 바다라는 사실공간의 환기 기회를 제

공하고 있으며, 이는 여타의 해방기 시단의 작품에서 보이는 바다라는
시어와는 오롯한 변별을 보이고 있어 또 다른 시적 가능성의 지평을
제공한다.

시인명	시집명	시제목	내 용
백석	사슴	曠原	멀리 바다가뵈이는/ 假停車場도없는 벌판에서 車는머물고/ 젊은새악시둘이나린다
		統營	저문六月의 바다에선조개도울을저녁 소라방/ 등이불그레한마당에 김냄새나는비가날렸다
		柿崎의 바다	저녁밥때 비가들어서/ 바다엔배와사람이 흥성하다
			참대창에 바다보다푸른고기가께우며 섬돌에곱조개가 붙는집의 복도에서는 배창에 고기떨어지는 소리가들렸다

　　좌파 민족주의 시인군에 해당하는 오장환·이용악 두 사람의 시작품
이 나름의 구성력과 진술 방식에 있어 여타의 작품들에 비해 면밀함을
갖추었다고 할 때, 이들 역시 ‘바다’의 어휘를 채택함으로써 기대하는
바 전망과 가치가 드러날 것이고, 이를 당시의 좌파 민족주의의 전망으
로 유추해 볼 수 있을 것이다.

(2) 전망의 설정과 불명료한 모형

　　오장환의 시집 『病든 서울』에서는 앞서 해방기념 시집에서 살펴보았
던 시작품 <聯合軍入城歡迎의 노래>에서만 바다의 어휘를 발견할 수
있다.

　　반면 이용악은 시집 『分水嶺』과 『낡은집』에서 수차례의 용례를 찾을
수 있는데, 여기에서 보면 바다는 여전히 관찰자 시각에 놓여 있다. 즉

바다가 갖고 있는 성격이나 태도 혹은 바다를 통한 새로운 세계의 인식 기회이기보다는 바다를 바라보는 시점에 서 있는 진술주체가 동시에 판단주체로서 자리하고 있으며, 이 때에 바라볼 수 있는 바다는 단지 서경적이며 판단주체의의 판단내용을 대신해 주는 대체물일 뿐이다. 그렇기에 이용악의 바다는 아름다움의 대상이며, 서정적 화자의 감정을 대신할 수 있는 상관물이긴 하지만, 바다만의 정체성을 지니고 있지는 못하다.

시인명	시집명	시제목	내 용
오장환	病든 서울	聯合軍入城歡迎 . 의 노래	아 동편바다 왼-끝의 大陸에서 오는 벗이여!
이용악	분수령	도망하는 밤	바닷바람이 묘지를 지나/ 문허지다 남은 城구비를 도라 마을을 지나/ 바닷바람이 어둠을 헤치고 달린다.
		港口	나는 날마다 바다의 꿈을 꾸었다/ 나를 밋고저 햇섯다
	낡은 집	검은 구름이 모혀든다	해당화 정답게 핀 바닷가/ 너의묻엄 작은 묻엄앞에 머리 숙이고/ 숙아/
		두만강 너 우리의 강아	나는 안다/ 다른 한줄 너의 흘음이 쉬지않고/ 바다로 가야할 곳으로 흘러 내리고 있음을
		우라지오 가까운 항구에서	날고싶어 날고싶어 / 머리에 어슴푸레 그리어진 그곳 / 우라지오의 바다는 어름이 두텁다

이와 달리 전통적 정서와 생명의식을 시적 모티브로 채택하고 있던 다른 시인들의 경우를 해방기에서 확인하면, 바다의 모습은 또 다른 존재의 의의를 지니고 있다.

『靑鹿集』에서 박두진은 동해라는 구체적 바다를 공간으로 설정하고 있어 바다에 대한 일반적 또는 관념적 인식에서 벗어나 사실적 공간으로서의 받아들이고 있으며, 바다로 하여금 독립된 존재로서 가치를 부여받게 하고 있다.

시인명	시집명	시제목	내 용
박두진 외	**靑鹿集**	별	어제밤 잠자던 **東海岸 漁村** 그 검푸른 밤하늘에 나는 장엄히 뿌리어진 허다한 바다의 별들을 보았느니,

특히 서정주의 바다는 더 이상 관념적 바다가 아니다. 실제로 화자는 바다를 손앞에 두고 바다를 향해 이야기하고 있다. 따라서 화자와 바다의 공간적 거리는 최소화되었고, 시작품 내에 존재하는 인물을 중심으로 할 때 바다는 충분히 체험적 공간으로서 자리하고 있다.

여기서의 체험적 공간은 바다가 갖고 있는 실체, 즉 손으로 만지고, 발을 담그고 눈으로 직접 보면서 확인한 바다이며, 그 바다는 화자의 개인적 역사의 중핵으로 자리하고 있을 뿐만 아니라 현재를 지배하는 과거의 위치로서 선명하게 각인되어 있다. 따라서 바다를 보는 것이 아니라 바다를 통해 사유의 기회를 얻을 수 있게 된다. 이러한 바다는 더 이상 막연한 관념공간이나 이상공간이 아니다.

또한 이러한 체험적 자아에서 채택된 바다는 진술주체로 하여금 더 이상 사회적이거나 보편적인 자아의 테두리로 제한받지 않게 하며 심지어 그 제한을 넘어서서 개인적 의식 내용에 천착하고 자아확인의 노정을 걷는 계기를 마련해준다. 바다의 체험적 진술이 바다의 재현심상으로 제한받지 않고 보다 상징적인 표현으로 승화되고 있는 것이기도 하다. 따라서 개인적 자아의 사실과 진실을 토대로 보편적 자아의 진실을 찾아가려는 화자의 의지가 타당하게 받아들여진다. 즉 확정되어 있

는 이데올로기나 관념적 진실에 전제하여 바다라는 시어를 채택한 것
이 아니라, 바다를 통해 정작 지녀야 할 진실의 모색과 이상세계의 구
현을 더듬어 가는 노정을 발견하려는 것이다.

시인명	시집명	시제목	내　　용
서정주	歸蜀途	無題	아 여기는 대체 멫萬里이냐. 산과 바다의 멫萬里이냐. 곽곽해서 못가겠는 멫萬里이냐
		革命	조개 껍질의 붉고 푸른 문의는/ 멫千年을 혼자서 용솟음 치든/ 바다의 바다의 소망이리라
		石窟庵觀世音의 노래	사랑한다고... 사랑한다고..../ 이 한마디ㅅ말 님께 아뢰고, 나도,/ 인제는 바다에 도라갔으면!
		누님의 집	바다 넘어 九萬里/ 山 넘어서 九萬里/ 등ㅅ불 들고 네려 가면, / 우물 물이 있느니라.
		西歸로 간다	하누 바람, 마ㅎ바람/ 회오리 바람같이,/ 움직이는 바다ㅅ물에 사는 고기같이
		行進曲	멀리 서 있는 바다ㅅ물에선/ 亂打하여 떠러지는 나의 鍾ㅅ소리
		逆旅	열번 붉은 옷을 다시 입힌대도/ 나의 소망은 熱赤의 砂漠서편에 불타오르는 바다!
		무슨꽃으로 문지르는 가심이기에 나는 이리도 살고 싶은가	붉고 푸르고, 흰, 傳說속의 내개의바다와같이 내少女는 내빛갈의 저고리를 입고 있었다.

3. 결론

해방기라는 시기적 성격은 분명하지만 구체적이지 못한 방식과 의지를 지니고 있다. 식민지 기간에 의식의 기저로 작용하고 있던 환상적 목표를 그대로 유지하고 있기 때문이며, 그 목표에 부응할 만큼 새로운 창작방법론을 명료하게 제시하지 못했기 때문이다. 다만 이 시기의 시적 희망은 해방의 환희만큼이나 극대화되어 있었다는 점에서는 이견이 있을 수 없다. 따라서 격양된 정서와 다양한 가능성의 모색으로서 자기 자리를 유지하고 있을 뿐이다.

이는 새로운 대안의 모색을 필요로 하는 이유가 되고 동시에 새로운 대안의 가능성을 기대하는 근거가 된다는 점에서 볼 때, 해방기는 허상의 목표와 이나 혼돈의 방법에도 불구하고 여전히 긍정적 가능성을 내재하고 있다고 할 수 있다. 반면, 방법론에 대한 탐구보다는 감상적이고 막연한 목표지향이라는 한계를 지니고 있다는 점에서 해방기라는 시기는 식민지 기간에 비해 오히려 시적 책략에 있어서는 아쉬움을 내포하고 있다는 점도 간과할 수 없다.

'바다'라는 공간은 이러한 막연하고 감상적인 이상세계를 대신할 수 있는 대표적인 상관물로서 기능한다. 특히 농경문화에서 이러한 태도는 더욱 부각되는데, 그러한 이상세계의 양상이 신화적 수준에 이르기까지 한다.

따라서 바다라는 어휘의 사용은 몇가지의 구분된 경우로 나누어 볼 수 있었다. 첫째는 몽환적인 바다이다. 소재로서의 바다를 채택한 것이 아니라 단지 어휘로서 채택한 경우이다. 바다라는 어휘의 자리에 다른 어휘가 들어가더라도 시적 의미에는 변별이 드러나지 않는 경우이다. 이들의 경우 대개는 회피적 이상세계로서 바다 또는 먼 공간의 표상을 필요로 하고 있을 뿐이다. 두 번째로는 보편적 의미에서의 바다를 지시하는 경우이다. 여기에서도 바다는 여전히 피안의 세계 또는 환상적 세계의 의의를 부여받지만 그 피안의 구체적 장소로 바다가 등장한다는 점에서 구분된다. 여기서 바다는 신화적 의미를 부여받곤 하는데 이 때의 신화적 의미는 새로운 생명의 원형적 심상을 동반하는 경우가 많다. 세 번째로는 진술주체의 경험적 바다의 채택이다. 물론 경험된 바다라고 하더라도 스토리의 전개에서만 드러나는 경우와 이와 달리 인식의 근거로 등장하는 경우가 있으나 대개의 경우 이들은 바다의 사실적 재현을 넘어서서 바다를 통한 시각의 획득이라는 점에서 긍정적인 동질성을 유지하고 있다. 결국 바다라는 어휘의 사용은 크게 관념적인 경우와 경험적인 경우로 구분되고, 이들은 각각 환상적 세계관과 사실적 세계관으로 맞닿아 있다 하겠다. 그리고 구체적 창작방법론의 필요를 절실히 요구했던 해방기의 시단으로서는 후자에서 보다 많은 가능성을 기대하기에 이른다.

실제작품에서도 백석과 서정주의 시작품에 담겨 있는 '바다'는 작품 내적 인물의 체험적이며 구체적인 대상으로 성격화되고 있어서 이상세계의 현실적 모색이나 궁극적 대안까지도 유추하게 하지만, 좌파 민족주의의 경우는 '바다'의 시어 채택에도 불구하고 몽환과 관념이라는 한계적 의의만을 제공받고 있다. 이는 식민기의 시적 책략으로부터 결코 거리를 확보했다고 말할 수 없는 것이며 그들은 결국 새로운 시적 모색에서 성공적이지 못했음을 드러내는 것이다.

그렇기에 '바다'라는 어휘의 채택에서 살펴 본 바 해방기 시의 이상세계는, 경험적 소재로서의 바다와 인식과 진술의 주체에게 시각을 제공해 준 바다일 경우에 한하여 시적 완성을 드러낸다.

〔홍익대학교 국어교육과 교수〕

참 고 문 헌

강만길 외,『해방전후사의 인식』1-6 , 한길사, 1981 - 1989.

권영민,『한국근대문학과 시대정신』, 문예출판사, 1983.

＿＿＿,『해방직후 민족문학운동연구』,서울대출판부, 1986

김대행,『한국시가구조연구』, 삼영사, 1976

김승환·신범순,『해방공간의 문학』,돌베게, 1988

김시태,『현대시와 전통』, 성문각, 1981

김용직,『해방기 한국시문학사』, 민음사, 1989

김재홍,『한국전쟁과 현대시의 응전력』, 평민사, 1978

김윤식,『한국근대문예비평사 연구』, 일지사, 1976.

＿＿＿,『한국현대문학사』, 일지사, 1979.

＿＿＿,『한국근대 문학양식 연구』, 아세아문화사, 1983.

김은자,『현대시의 공간과 구조』,문학과비평사, 1988

문덕수,『시론』, 시문학사, 1992

박철희,『한국시사연구』, 일조각, 1980

신형기, 『해방 직후의 문학운동론』, 화다, 1988

유종호,『동시대의 시와 진실』, 민음사, 1982

이승훈,『한국현대시론사연구』, 고려원, 1993

이유영,『언어예술작품론』, 대방출판사, 1982

임헌영,『한국현대 문학사상사』, 한길사, 1988

정한모,『한국시선』, 일조각, 1968

＿＿＿,『현대시론』, 민중서관, 1973

한국문인협회 편,『해방문학 20년』, 정음사, 1966

허창운,『현대문예학의 이해』, 창작과 비평사, 1989

Chadwick, Charles(박희진 역),『상징주의』,서울대출판부, 1978

Cumings, Bruce(김주환 역),『한국전쟁의 기원』,청사,1986

Frye, Nothrop(임철규 역),『비평의 해부』, 한길사, 1981

Gayn, Mark(까치 편집부 역),『해방과 미군정』, 까치, 1986

Goldman, Lucien, The Hidden God, Routledge & Kegan Paul, 1964

Hauser, Arnold(백낙청 외 역),『문학과 예술의 사회사』, 창작과비평사, 1977

Jameson, Fredric(윤지관역), 『언어의 감옥』, 까치, 1995

Jameson, Fredric.(여홍상·김영희역), 『변증법적 문학이론의 전개』, 창작과비평
　　　사, 1984
Lukács, Georg, Soul and Form. The MIT Press. Cambridge:Massachusetts. 1978
Meyerhoff, Hans(김준오 역), 『문학과 시간현상학』, 삼영사, 1987
Wellek, René, Concepts of Criticism, Yale University, 1978

서구 문화의 수용과 혼란에 대한 연구
- 최인훈의 『크리스마스 캐럴』 연구

양윤모

<목차>

1. 서론
2. 서구 문화의 수용 양상
3. 한국의 문화 상태에 대한 분석과 진단
4. 결론

1. 서론

한국의 근대화는 서구화로 요약될 수 있다. 한국에 서구 문화가 들어오기 시작한 것은 개항 이후였으며 이는 일본의 강점과 해방을 거치면서 미군정의 실시로 본격화되었다. 아시아의 다른 나라들과 마찬가지로 서구의 문물은 근대 문물의 동의어로 받아들였으며 이는 자연스럽게 전통문화의 경시와 파괴로 이어졌다.

해방 이후 미군정의 실시와 이후 남한에 수립된 정권의 친미적 성향으로 인해 미국 문화는 서구 문화를 대표하였으며 한국의 일반 대중들은 이를 선진 문물이라며 맹목적으로 받아들이게 되었다. 서구 문화에 대한 맹목적 수용은 일제에 의해 파괴된 전통 문화를 또다시 파괴하는 결과를 초래하였다. 서구 문화의 맹목적 수용은 많은 부작용과 문제점

126

들을 노출하였으며 그 중 대표적인 사례가 크리스마스이다. 크리스마스
는 기독교의 종교 행사였지만 해방 후 한국의 크리스마스는 종교 행사
이상의 의미를 지니는 날이었다. 한국의 크리스마스는 종교 행사를 초
월하여 범 국가적, 범 국민적 축제의 날로 인식되어 해방감에 들떠 일
탈 행위가 난무하는 광란의 날이었다. 결국 크리스마스는 해방 후 한국
의 문화적 상황을 고찰하는데 있어서 없어서는 안될 중요한 의미를 지
니는 날이 되었다.

최인훈은 「크리스마스 캐럴」 연작을 통해 해방 후 한국 문화의 현상
을 반성하고 그 원인에 대해 심층적인 분석을 하고 있다. 1963년부터
발표되기 시작한 「크리스마스 캐럴」[1] 연작은 크리스마스로 대표되는
서구 문화의 수용 과정에서 본질을 왜곡한 채 맹목적으로 추종하는 현
상을 다루고 있다. 한국에서 받아들인 크리스마스는 기독교의 사랑이라
는 종교적 이념과는 아무 상관없이 단순히 즐기기 위한 축제라는 풍
속[2]으로 자리잡았다. 작가는 한국의 크리스마스 풍속을 통해, 서구 문
화 수용 양상을 풍자하고 비판한다. 그 결과 우리 문화의 토대가 허약
할 뿐 아니라 문화 환경 또한 황폐해졌음이 드러난다.

본 논문은 최인훈의 「크리스마스 캐럴」 연작을 대상으로 크리스마스
의 풍경 묘사가 지니는 의미를 분석하고 이를 통해 한국 문화의 현실
에 대한 작가의 의식을 분석, 추출해내고자 한다.

---

1) 「크리스마스 캐럴」 연작의 각 작품 별 발표 연도는 다음과 같다.
  「크리스마스 캐럴 1」 - 『자유문학』, 1963. 6,
  「속 크리스마스 캐럴」 - 『현대문학』, 1964. 12
  「크리스마스 캐럴 3」 - 『세대』, 1966. 1,
  「크리스마스 캐럴 4」 - 『현대문학』, 1966. 3
  「크리스마스 캐럴 5」 - 『한국문학』, 1966. 여름
  문학과 지성사 전집판 - 1976. (재판 19993)
2) 한기, 「최인훈의 볼만한 소설들」, 최인훈, 『남들의 지붕 밑에서』(청아, 1992),
    p.356.

2. 서구 문화의 수용 양상

서구 문화와 물질 문명은 해방 후 본격적으로 유입되었다. 한국인이 처음으로 접한 서구 문물은 기독교와 미군의 구호 물자였다. 그러나 서구 문화를 수용하는 과정은 주체적이지 못하여 맹목적으로 추종하거나 본질을 왜곡하는 경우가 많았다. 한국에 수용된 크리스마스는 서구 문화의 본질을 왜곡한 전형적인 예였다. 크리스마스는 기독교의 종교 행사였지만, 한국에서는 범국가적 차원의 행사로 자리잡았고 카니발과 같은 성격의 축제로 인식되었다. 이 작품은 '우리의 잔치가 되기는 했지만 아직도 낯섦이 가시지 않은 크리스마스가 곧바로 우리 문화의 현상을 반영하'[3]고 있으며, 이를 통해 작가는 서구 문화의 맹목적 수용과 왜곡 현상을 통해 문화적 정체성의 상실 양상을 보여준다.

(1) 크리스마스에 대한 인식 태도

「크리스마스 캐럴 1」은 크리스마스 이브에 친구들과 밤새워 놀기 위한 옥이의 외박 신청을 아버지가 허락하지 않으면서 아들인 철에게 동의를 구하면서 시작된다. 아버지는 크리스마스의 의미를 고려하여 외박의 이유를 묻지만 옥이는 '크리스마스니까 그렇다'는 맹목적인 대답을 할뿐이다. 아버지는 '다들 밤샘을 한다'는 옥이의 말을 듣고 크리스마스에 열광하는 세태에 대해 개탄한다.

> "크리스마스면 예수가 난 날이라지. 예수교인이면 밤새 기도두 드리고 좀 즐겁게 오락도 섞어서 이 밤을 보내도 되련만 온 장안이 아니, 온 나라가 큰일이나 난 것처럼 야단이니 도대체 이게 어떻게 되거니?"[4]

---

3) 김인환, 「과거와 현재」(『문학과 지성』, 1977, 여름), p.420.
4) 최인훈, 「크리스마스 캐럴 1」, 『크리스마스 캐럴 / 가면고』(문학과 지성사,

128

아버지는 크리스마스를 기독교에 해당되는 종교 행사로 인식하여 크리스마스의 참된 의미는 화려한 축제에 있는 것이 아니라 경건함에 있다고 지적한다. 이는 '크리스마스에 공연히 소란을 부리는 우리 사회의 딱한 풍조로 말하면 신자들에게는 아무 죄도 없으며, 우리 사회의 딱한 여러 일들 가운데 한가지 현상일 뿐이다'5)라는 작가의 생각을 대변하는 것이기도 하다.

한편 크리스마스를 축제로 여기는 현상은 「크리스마스 캐럴 4」에서도 찾아볼 수 있다. 「크리스마스 캐럴 4」에서 생활과 밀착된 유럽의 기독교를 부러워하는 '그'는 여동생과 그녀의 친구들이 벌이는 크리스마스 파티를 못마땅해한다.

"빨리 오세요. 남자도 한철이라는 걸 깊이 명심하시도록."
"넌 무슨 소릴 하구 있니? 오늘은 크리스마스야. 넌 크리스천도 아니잖니? 네가 지금하는 소리는 카니발에나 할 소리야."
"오빠 서양갔다 온 사람이 더 구식이셔. 새 세대에겐 새 감각이 있는 거예요. 우릴 이해하시기 위해서도 좀 사귀어보세요."6)

친구들과의 파티에 참여하기를 종용하는 여동생의 대화에서 한국인들이 크리스마스를 종교 행사가 아닌 하루 동안 마음껏 파티를 즐길 수 있는 날로 여기고 있음을 알 수 있다. 또한 이러한 풍조에 대한 비판을 기성 세대와 젊은 세대간의 문제로 인식하는 태도가 크리스마스의 의미를 왜곡하는 또 다른 요인임을 제시하고 있다. 특히 유럽에서 유학했던 그는 기독교가 생활 속의 한 부분이 된 유럽 사회의 경건하

1976, 재판, 1993), p.14. 이하 작품 명과 인용 면수만 밝힌다.
5) 최인훈, 「크리스마스 유감」, 『유토피아의 꿈』(문학과 지성사, 1980, 재판, 1994), p.23.
6) 「크리스마스 캐럴 4」, p.100

고 검소한 크리스마스 풍속을 한국의 그것과 비교하면서 흥분과 열광 속에서 보내는 한국의 크리스마스 풍속이 지나치다고 비판한다. 결국 그는 한국에 정착된 크리스마스 풍습에 대해 '하느님을 구실로 암숫이 재미보기'[7]라는 극단적 표현도 서슴지 않는데, 이는 크리스마스에 나타나는 여러 일탈 현상 중 性的 방종에 대한 비판이다.

크리스마스의 의미를 카니발로 받아들이게 된 원인 중 야간 통행 금지의 해제는 가장 큰 비중을 차지한다. 야간 통행 금지가 실시되었던 해방이후 한국의 현실에서 크리스마스 이브는 통행금지가 해제되는 몇 날 중 하루였기 때문에 그 해제는 사회의 억압과 통제로부터의 해방이라는 의미를 지녔다. 억압과 통제로부터의 해방감은 크리스마스 이브의 일탈과 무질서를 초래하였으며 이는 사회의 광범위한 분야에서 혼란으로 나타났다.[8]

「크리스마스 캐럴 1」에서 아버지는 기독교인도 아닌 사람들이 크리스마스를 축제로 인식하여 광란하는 현실을 비판하면서 외래 종교의 맹목적 수용이 지닐 수 있는 위험성을 경고한다.

> "창피한 일이다. 정신이 성한 사람이 보면 얼마나 우스꽝스럽겠느냐. 넌 남의 제사에 가서 곡을 해본 적이 있느냐?"
> "뭐, 없어요."
> "그것 봐라. 원래 옛날에는 종족마다 수호신이 있지 않았니? 그래서 한해에 한두 번씩 제사를 크게 차려서 신을 위로했지. 옛날에 한 종족이 다른 종족에 굴복했다는 증거는 정복자의 신을 섬기는 것이었지."[9]

아버지는 기독교인도 아닌 사람들까지 부화뇌동하여 크리스마스를

---

7) 「크리스마스 캐럴 4」, p.103.
8) 최인훈의 『소설가 구보씨의 일일』에서도 통행 금지 해제와 크리스마스의 일탈 관계를 다루고 있다.
9) 「크리스마스 캐럴 1」, p.14.

축제로 인식하고 들떠 있는 현실을 지적하고 이를 남의 제사에 가서 곡을 하는 실성한 사람의 행동에 비유한다. 아버지는 종족간의 싸움에서 이긴 종족이 진 종족에게 자신의 종교를 강요한 역사적, 문화인류학적 사실을 주목하고 외부에서 유입된 종교에 자발적으로 열광하는 현실을 못마땅하게 여긴다. 크리스마스에 대한 옥이의 맹목적 태도를 보고 아버지는 이민족의 침략에 굴복한 우리의 과거 역사를 상기시킨다. 아버지가 언급한 '옛날'의 사례는 일본이 한국을 식민 통치하면서 종교적 숭배의 대상으로 격상시킨 일왕(日王)에게 충성을 맹세시키고 신사참배를 강요한 사실을 말하는 것이다. 아버지는 우리가 일본에 굴복하였기 때문에 그러한 굴욕과 수모를 당했다고 반성하고, 정치 경제 등 사회 전반에서 미국의 영향을 받고 있는 현실을 고려할 때 외국의 종교를 맹목적으로 추종하는 것은 스스로 문화적 식민지임을 자인하는 것이라고 경고한다. 결국 작가는 서구 문화를 맹목적으로 수용할 경우 문화적 정체성을 상실하여 문화적 식민지로 전락할 가능성이 상존 한다는 아버지의 대화를 통해 문화적 정체성의 상실로 파생될 수 있는 위험성을 경고한다.

작가는 서구의 문화적 침략의 문제를 인식하지 못하고 오히려 이를 맹목적으로 추종하는 대부분의 한국인들의 실상을 작가는 그의 여동생의 행동을 통해 간접적으로 제시하고 있다. 즉, 크리스마스를 파티하는 날과 동의어로 생각할 뿐이며 우리의 문화 풍습에서는 사라진지 오래된 카니발로 인식하는 것이다. 서구 문화를 맹목적으로 추종하고 그 허상을 벗겨내고 이면의 실상을 제대로 인식하지 못할 때 우리는 무의식적으로 서구의 종교를 숭배하게 되고 결국 우리 스스로 서구의 문화를 우리의 정복자로 만드는 셈이다. 결국 문화적 정체성을 상실한 혼란 속에서 서구 문화의 몰주체적인 수용이 가져올 수 있는 폐해가 얼마나 큰 것인가를 작가는 우리의 문화 속에 수용된 서구의 풍습 중 하나인 크리스마스를 통해 그 심각성을 보여주고 있는 것이다.

(2) 미신을 통해 본 서구 문화의 맹목적 수용

서구 문화의 맹목적 수용 양상은 크리스마스에 이어 '행운의 편지'라는 서구 미신의 수용에서도 찾아볼 수 있다. 서구의 물질 문명을 맹목적으로 추종한 결과 한국인들의 의식에는 서구 문화는 과학적이고 합리적이기 때문에 다 좋고 동양 문화 또는 전통 문화는 비과학적이고 미신적 요소가 많기 때문에 나쁘다는 인식이 팽배하였다. 그러나 서구 문화에도 미신적 요소와 야만성이 숨어 있었으나 이를 가려내려는 작업은 거의 없었다.

「크리스마스 캐럴 3」은 '행운의 편지'를 통해 기독교의 이름으로 행해지는 서구의 미신을 다루고 있다. 어느 날 아침 주인공 '철'은 발신인 불명의 이상한 편지를 받는다. 그 편지는 '행운의 편지'로 그 이름과는 달리 실제 내용은 상대방에게 불행을 예고하여 불안함을 가중시키는 서양에서 들어온 풍속이었다. 행운의 편지가 '브라운 장로'로부터 시작되었다고 밝히는 이 편지는 루즈벨트와 케네디의 예를 들고 이들이 편지의 지시 내용을 따랐는가의 여부에 따라 행운과 불행의 결과를 맞을 수 있다며 다른 사람에게 같은 문구의 편지를 보낼 것을 강요한다.[10]

---

10) '행운의 편지' 내용은 다음과 같다.
　　"이 편지를 받게 되는 당신에게 축복을 보냅니다. 이 편지는 아프리카에 있는 복음 교회의 브라운 장로로부터 시작해서 전세계를 돌고 있는 비밀의 편지입니다. 당신은 이 편지를 받은 사십팔 시간 안에 당신이 가장 친애하는 사람에게 이 편지를 보내지 않으면 안 됩니다. 그대로 한 사람에게는 행운이 오고 이 지시를 어긴 사람에게는 불행이 옵니다. 루즈벨트 대통령은 이 편지를 발송한 다섯 시간 후에 대통령에 당선하였으며 케네디 대통령은 이 편지를 묵살한 지 십이 시간 후에 암살당하였습니다. 그러면 당신의 행운을 찾으십시오. 당신이 발송할 편지의 번호는 五七三八二六二九호입니다. / 당신을 사랑하는 / 三八二六二八호" (「크리스마스 캐럴3」, p.69.)

132

특히 발신인의 이름을 밝히지 않는 이 편지는 자신의 주위 사람들을 의심하도록 만든다. 철 또한 혹시 아버지가 보낸 것이 아닌가하는 의심을 잠시나마 품어보기도 한다. 자신을 전혀 알지 못하는 사람보다는 자신을 알고 있는 사람이 어디선가 그 편지를 보고 있는 자신을 관찰하고 있는 장면을 상상한다면 그것은 더 이상 행운이 아니라 섬뜩한 공포일뿐이다. 철은 불신과 공포만을 주는 '행운의 편지'에서 조선 시대 궁중에서 왕의 사랑을 얻기 위해 허수아비를 만들어 바늘로 찌르는 추악한 모습을 연상해낸다. 철은 이 편지를 혼자서 없애 버려야 할 것인지 망설이다 아버지에게 보여 드린다. 아버지는 행운의 편지를 다 읽으시고 브라운 장로가 남자라는 철의 대답에 의아해하며 이러한 일이 '남자가 아니라 꼭 아녀자가 할 만한 일'11)이라고 말한다.

> "기독교인다운 장난이야."
> "아니 기독교인이라뇨?"
> "장로는 예배당에 있는 직분이라면서?"
> "그러지 마세요. 이게 기독교와 무슨 상관입니까? 서양에서 전해진 미신이겠지요."
> "무얼 어쩌지 않으면 지옥이다 하는 게 기독교답다는 말이다. 누굴 공갈하려구. 주면 그저 주는 거지 웬 협박이냔 말이다."
> "아버님 그건 오해십니다."
> "군자는 홀로 있어도 예를 지킨다고 했어. 정직한 사람에게 요구할 수 있는 건 그 길밖에 없지 않겠니?"12)

아버지는 행운의 편지에서 기독교적 특징을 추출해 내고 동양의 군자가 지켜야 할 예와 비교한다. 여기에서 아버지가 서구 문화에 대한 비판적인 시선을 지니고 있음을 알 수 있다. 기독교를 믿으면 천당에

---

11) 「크리스마스 캐럴 3」, p.72.
12) 「크리스마스 캐럴 3」, p.73.

가고 그렇지 않으면 지옥에 간다는 기독교의 논리는 개인적 인격 도야를 중시하는 유교적 사고 체계와 상반됨이 밝혀진다. 행운의 편지에 쓰여진 문구를 분석한 아버지는 그 발상 자체가 기독교적임을 발견하고, 서양 문화의 부정적인 면까지도 파악하는 문명 비판적인 시각을 보여준다. 종교의 원리를 분석하고 있는 아버지의 입장에서 행운의 편지에 쓰여진 문구들은 협박과 거짓말에 불과할 뿐이다. 마침내 아버지는 선량한 사람의 양심을 훼손시키고 남을 골탕먹이려는 나쁜 심리가 숨어 있는 행운의 편지가 저질의 서양 미신에 불과하다고 일축하고 주저 없이 불태워 버린다.

행운의 편지는 서구의 미신에 불과하지만 실제로 있었던 사건과 연결시킴으로써 단순한 미신이 아니라 진짜 일어난 일로 착각하도록 만든다. 또한 행운의 편지가 실질적으로 협박의 의미를 담고 있는 것에서 서구의 근대 문물은 우리에게 선택의 여지없이 위협적으로 다가왔다[13]는 사실을 추출할 수 있다. 행운의 편지를 두고 벌어지는 사건을 통해 작가는 서구 문화에 내재한 미신과 폭력성을 지적하고, 서구의 미신을 미신으로 인식하지 못하는 세태를 고발한다.

(3) 붕괴된 전통문화와 응전력의 상실

해방 후 서구 문화를 맹목적으로 수용하게 된 원인 중 하나는 일본이 식민 통치 기간 중 우리의 전통 문화를 파괴하여 그 계승이 단절되었다는 점이다. 일본은 교묘한 방법으로 일본 문화를 보급하여 전통 문화를 파괴시켰고 해방 후에도 분단과 전쟁 등으로 전통 문화는 복원되지 못하고 서구 문화가 유입됨으로써 일본 문화의 잔재는 청산되지 못

---

13) 김인호, 「주체를 찾아가는 긴 여정」(『현대비평과 이론』, 1998, 봄·여름),
    p.210

했다.

「크리스마스 캐럴 1」에서 옥이의 외박 문제가 서구 문화의 수용과 왜곡의 문제를 다루고 있다면, 옥이의 외박을 막으려고 아버지가 화투 놀이를 제안하는 것은 전통 문화의 파괴 양상이 심각함을 제시하는 것이다. 아버지는 옥이의 외박을 불허하지만 설득에는 실패한다. 아버지는 옥이의 외박을 만류하기 위해서는 시간을 지연시켜 크리스마스 이브가 지나가기를 기다리는 방법밖에 없다고 생각한다. 아버지는 젊은 시절의 연애담을 반복하기도 하고, 평소에 하지 않으시던 화투 놀이를 제안하며 어머니까지 부르신다. 옥이가 서양 종교에 맹목적으로 추종하는 것을 막기 위한 대안으로 일제 문화의 잔재인 화투 놀이를 하는 아버지의 행동에서 논리적 모순을 발견할 수 있다.

> 아버님은 물론 화투는 일본에서 건너온 것이지만 그렇다고 해서 이런 데까지 감정을 갖는 것은 큰 국민답지 못하다고 타일러 주셨다. 다만 술어를 한국말로 고쳐 써서 문화는 문화대로 어디까지나 흡수해야 한다고 주장하셨다.[14]

물론 아버지의 이러한 말씀은 문화의 전파와 수용 원칙으로는 타당한 말이다. 그러나 아버지가 일본 문화의 잔재인 화투 놀이를 하면서 그와 같은 자기 변호의 논리를 펼치는 점은 크리스마스 수용 양상에 대한 비판을 통해 밝혀진 서구 문화의 수용에 대한 입장과 비교할 때 일관성이 결여되었을 뿐 아니라 이율배반적이기도 하다. 아버지가 이처럼 자기 모순에 빠진 것은 가부장으로서의 권위 상실에서 초래된 결과다. 논리적으로 아버지가 옳고 옥이가 그름에도 불구하고 옥이가 아버지의 금지 명령에 승복하지 않는 것과 옥이의 외박을 만류하기 위해 아버지가 다양한 방법을 시도하는 것에서 이미 아버지의 권위가 약해

---

14) 「크리스마스 캐럴 1」, p.24.

졌음을 발견할 수 있다. '유한함과 의젓함을 지닌 채로 통일과 민족을 논하던 아버지는 자기 의견을 온전히 갖추고 있으면서도 행동에 모순을 보이고 때로는 자신 없는 모습을 보이는데 이는 현대화된 전통 문화의 쇠락을 상징하는 것'15)이며 전통 문화의 붕괴를 의미하는 것이다.

그러나 이는 우리의 전통 문화가 재건하기 어려울 정도로 황폐해졌음을 역설적으로 보여주는 예에 불과하다. 일본은 조선을 식민 지배하면서 전통적인 미풍 양속과 전래 문화를 말살하는 정책을 시행하는 한편 조선인의 저항 정신과 단결 의식을 무력화시키기 위해 의도적으로 화투를 보급하였다고 한다. 일본의 4계절 풍경을 그려 넣은 화투는 비교적 저항 없이 받아들여졌으며 다양한 놀이 방법과 도박성으로 인해 쉽게 보급되었다. 그러나 화투의 문제점은 그것이 일본에서 들어왔다는 점보다 놀이 참여자간의 화합을 기대할 수 없다는 점에 있다. 우리의 전통 놀이 문화는 경쟁을 하더라도 화합과 친목 도모에 목적을 두는 것과는 반대로 화투는 한 사람이 여러 사람을 상대하기 때문에 1등을 하기 위한 경쟁을 가속화시켰다. 또한 도박의 일반적인 특성이기도 하지만 개인의 승부욕을 자극하여 쉽게 끝낼 수 없도록 만들었다. 화투 놀이의 또 다른 단점은 1 : 1, 2 : 2 등 양자간의 구도가 아닌 1 : 2, 1 : 3 등, 1 : 다(多)의 대결 구도로 만들어 놀이에 참여하는 구성원 모두가 서로를 경쟁 상대로 인식하도록 만들었다는 점이다.

나는 새삼스럽게 노름은 무서운 것이라는 느낌을 금할 수 없었다. 우리들의 고상한 목적을 늘 생각하면서도 나는 놀랍게도 이기자는 노력을 하고 있는 자신을 발견하고는 깜짝 놀라서 약단 짜리를 팽개치곤 했기 때문이다. 그러고 보니 아버님 역시 그런 실수를 자주하시는 것을 알 수 있었다. 그럴 때마다 그는 낯을 붉혔다. 나는 마음이 가는 곳을 좇되 울타리를 넘지 않는다는 심경이 얼마나 어려운 일인가를 뼈아프

---

15) 김인환, 「과거와 현재」(『문학과 지성』, 1977, 여름), p.420.

게 느꼈다. 지금 우리는 이기면 지는 것이었다. 지면 이기는 것이었다. 그러면서 이기려는 유혹을 퍼뜩 느끼는 것이었다.[16]

옥이의 외박을 만류하기 위해 화투 놀이를 제안한 아버지도 화투의 단점인 승부욕을 초월하기에는 어려움을 겪을 수밖에 없었다. 화투에서 아버지나 철이 이길 경우 옥이는 흥미를 잃고 외출하겠다고 떼를 쓸 것이 뻔하기 때문에 옥이가 화투 놀이를 계속 하도록 아버지와 철은 이기고자 하는 본능까지도 억제해 가며 일부러 져주느라 애썼다. 결국 옥이는 아버지와 철의 고의적인 져주기 작전에 말려들어 화투 놀이에 열중하였고 크리스마스 이브의 광란을 즐기지 못한 채 새벽을 맞게 된다. 일단 아버지의 작전이 성공하였지만 여기에서 해방 후 한국의 문화에 내재된 문제점이 발견된다. 크리스마스의 풍습이 외래 종교 행사이기 때문에 비판한 아버지가 일제 문화의 잔재인 화투 놀이를 한다는 것은 모순이지만, 여기에는 해방 후 문화 상황의 황폐함에 대한 작가의 풍자가 숨어 있는 것이다. 아버지의 모순된 행동은 전통 문화가 파괴된 상황에서 왜곡된 서구 문화와 일본 문화의 잔재만 남아 있음을 의미하는 것이다.

「크리스마스 캐럴 2」는 1년 후의 크리스마스 이브가 시간적 배경이지만 「크리스마스 캐럴 1」의 상황과 많이 달라졌음을 발견할 수 있다. 이제는 옥이뿐 아니라 어머니도 교회를 다니기 때문에 작년과 같은 명분과 방법으로는 모녀의 외출을 막을 근거가 불가능해졌다. 아버지는 모녀의 외출을 막을 방법을 아들 철에게 의논하지만 부자간의 대화는 '신금단 부녀 상봉' 기사에 대한 견해 차이에서 시작된 통일 논의로 시간 가는 줄 모른 채 진행된다. 아버지와 철은 뒤늦게 자신들의 대화의 목적이 어머니와 옥이의 외출을 막는 것임을 깨닫지만, 이미 눈 위에

---

16) 「크리스마스 캐럴 1」, pp.25-26.

남은 발자국의 흔적만 발견할 뿐이다. 이는 서구 문화를 맹목적으로 선호하고 추종하던 단계를 넘어 서구의 종교를 수용하는 1년 후의 상황처럼 시간이 흐를수록 서구 문화의 침투가 광범위하고 빠르게 진행되고 있음을 의미한다. 문화를 통한 정신의 지배는 무력에 의한 정치적 지배와 달리 피지배자로부터 저항을 덜 받을 뿐 아니라 피지배 상태에 대한 각성을 더디게 만든다. 서구 문화의 수용이 빠르게 일어날 수 있었던 까닭은 일본에 의해 전통 문화가 파괴된 상태에서 해방 후 서구 문화가 유입되어 전통 문화의 자리를 대신했기 때문이다. 「크리스마스 캐럴」 연작은 일본에 의해 파괴된 전통 문화가 서구 문화의 유입으로 인해 회복 불능의 상태에 빠져 한국 문화의 토양이 황폐해졌음은 물론 문화적 정체성의 상실 상태임을 보여주고 있다.

3. 한국의 문화 상태에 대한 분석과 진단

한편 최인훈은 서구 문화 수용의 문제에 대해 비판만 하는 것이 아니라 그에 대한 분석도 시도하고 있다. 그러나 그러한 분석이 직설적으로 서술되는 것이 아니라 대화 속에 서 언급되기도 하고 에피소드들을 통해서 암시적으로 제시되기도 한다는 점에서 「크리스마스 캐럴」이 한국의 문화가 처한 문제들을 말하고 있음을 알 수 있다. 최인훈은 한국의 서구 문화 수용의 문제는 분단 상황과 밀접한 관련이 있으며, 서구 문화에 대한 표면적 이해로 인해 그 실상을 알지 못하기 때문임을 밝히고 있다. 또한 이러한 사실과 더불어 중요한 문제는 지식인들의 서구 추종이 가져올 수 있는 해악이다. 서구에 유학했던 지식인들이 귀국한 후 전통 문화를 경시하고 서구 문화를 선호, 선전한 결과 일반 국민들도 전통 문화를 부정적인 것으로 생각하게 되었다. 이는 일본에 의해 파괴된 전통 문화가 우리 자신의 손에 의해 재기의 기회도 없이 무너지게 된 결과를 초래했다.

(1) 분단과 문화의 황폐화

이미 앞에서 언급한 바 있지만 한국의 크리스마스는 서구 문화의 본질을 왜곡하여 수용한 전형적인 사례이다. 특히 통행 금지의 해제로 인해 크리스마스를 맹목적으로 선호하게 된 사실에서 분단 상황이 정치 체제 뿐 아니라 외래 문화의 수용 과정에도 혼란과 왜곡을 초래하였다는 점 또한 간과할 수 없다. 이러한 예는 「크리스마스 캐럴 2」의 '신금단 부녀 상봉 사건'에 대한 언급에서 찾아볼 수 있다. 아버지와 철이 모녀의 외출을 막을 방법을 논의하던 중 '신금단 부녀 상봉' 사건으로 대화의 중심이 옮겨간 것은 또 다른 의미를 내포하고 있다. 작가가 신금단 부녀 상봉 사건을 삽입한 까닭은 서구 문화의 왜곡적 수용과 맹목적 추종으로 인한 문화적 정체성의 상실을 극복하는 과정에서 남북 분단의 문제에 대한 해결 없이 불가능하다는 점을 암시하기 위한 것으로 판단할 수 있다.

「크리스마스 캐럴 2」는 1편으로부터 1년 후를 배경으로 하고 있다. 이듬해의 크리스마스 이브의 상황은 지난해와 많이 변해 있었다. 이제는 옥이뿐 아니라 어머니도 교회에 나가기 시작했기 때문에 아버지는 지난해처럼 옥이를 야단칠 수도 없게 되었고 옥이의 외출을 반대할 명분도 사라지고 만 것이다. 이는 서구 문화의 수용이 광범위하게 확산되었음을 의미하는 것이다. 아비지는 모녀의 외출을 막을 방법을 아들 철과 의논하지만 부자간의 대화는 '신금단 부녀 상봉' 기사에 대한 견해 차이에서 시자된 통일 논의로 시간 가는 줄 모른 채 진행된다. 아버지와 철은 뒤늦게 자신들의 대화의 목적이 어머니와 옥이의 외출을 막는 것임을 깨닫지만 이미 눈 위에 발자국을 남기고 나간 그들의 혼적을 발견할 뿐이다.

신금단 부녀 상봉 사건에 대한 아버지와 철의 의견 차이는 단지 이 사건에 대한 찬반 양론이 아니라 어떠한 희생을 치르더라도 통일이 되어야 한다는 기성세대와 인도적 차원도 동시에 고려되는 통일이어야 한다는 젊은 세대간의 의견 차이를 반영한다.

> "글쎄, 소문에 듣자면, 북한에서는 월남한 사람이 있는 가족은 차별 대우를 하고 아주 들볶는다는데, 신금단이 내 딸이다 하구 천하에 광고를 하구 동경까지 가서 법석을 떨어놓았으니 그 딸 처지가 어떻게 됐느냔 겁니다."17)

> 딸을 뺏아오는 것이면 몰라도 한번 본다는 일인데 그거야 아버지가 참아야죠. 그쪽에서 넘어온 사람이니 그쪽 사정을 잘 알 터인데 그런 끔직한 짓을 하다니……18)

철은 신금단의 개인적 신상을 염려하여 그녀가 북한에서 겪을 고초에 대해서 먼저 생각하고 있다. 남북 분단의 고통을 상징하는 사건이라 하더라도 개인적 희생은 없어야 한다는 것이 철의 생각이다. 하지만 아버지는 이 사건을 통해 국민들의 통일에 대한 의식이 확대될 수 있다고 생각한다.

> "(……) 가령 네 말대로 신금단이한테는 안됐다마는 이번 일로 해서 우리 국민 모두가 민족 양단이라는 비극을 뼈아프게 다시 느끼고 그 일로 해서, 이거 통일이 돼야겠구나, 내 부모 내 형제를 마음대로 만나는 세상을 만들어야지 하는 기운을 불러일으켰다면 뜻있는 일이 아니냐?"19)

---

17) 「크리스마스 캐럴 2」, p.36.
18) 「크리스마스 캐럴 2」, p.36.

아버지와 철의 대화는 이 사건에 대한 의견 차이를 보여주기 위한 것만은 아니다. 아버지와 철의 의견 차이는 다양한 의견들을 고려하여 남북 통일에 대한 원칙을 수립해야 함을 의미한다. 당위에 입각한 원칙을 일방적으로 추진할 경우 여러 가지 부작용이 일어날 수 있음을 지적하는 것이다. 아버지와 철의 의견을 종합하면 신금단 부녀 상봉 사건은 국민들에게 통일에 대한 의지를 새로이 다지게 만들었지만, 그로 인해 고통받을 수 있는 북한 주민의 인권에 대해서도 인도주의적 입장에서 고려해야 하는 정책을 수립해야 한다는 것으로 요약될 수 있다.

그러나 철은 이 사건 이후 정치가의 발언과 언론의 보도들이 국민들의 의식 각성을 무시한 채 정치적으로 이용하고 있음을 비판하고 있다.

> 이런 일이 있은 다음 신금단 개인의 처지를 근심하는 소리는 없구, 북한의 야만성을 규탄해야 한다느니, 판문점에 면회소를 만들자거니 아 그런 소갈머리 없는 얌체들이 어디 있는가 말입니다. (……) 어린 아이를 제물로 바쳐놓고는 장사를 하려는 정치가들. 개인의 프라이버시고 뭐고 특종에 눈이 벌건 신문쟁이들. 모질고 독한 사람들. 나라의 녹도 더 먹고 남보다 더 호사를 했으면서도 궂은일에는 손을 털고 남의 희생을 이용하여 자기가 배부르자는 사람들. 면회소를 만들어서는 어쩌자는 것입니까? 북한 당국에 '반동 분자들의 가족'을 가르쳐 주자구요? 이렇게 무지스럽고 이렇게 몽매해서야 통일이 정작 되더라도 끔찍하지 않겠습니까?[20]

철은 신금단 부녀 상봉 사건 이후 고양된 국민들의 민족 통일에 대한 순수한 희망을 정치적으로 역이용하려는 정치인들과 언론인들을 '소갈머리 없는 얌체들'이라고 비판한다. 철의 비판은 신금난 개인을 비롯

---

19) 「크리스마스 캐럴 2」, p.37.
20) 「크리스마스 캐럴 2」, pp.38-39.

한 북한 주민의 인권을 걱정하기보다 북한의 비인도적 처사를 강조하여 남한 체제의 우월성을 주장하거나, 적대감을 조성하여 이데올로기의 대립을 자신들의 정치적 지위를 유지하는 기회로 삼는 남한의 정치 세력과 언론들에게도 비인도적 야만성이 내재함을 풍자하는 것이다.

아버지와 철이 크리스마스 이브에 외출하려는 어머니와 옥이를 만류할 방법을 찾아보려다 자신들의 목적까지 잊고 '신금단 사건'과 관련한 진지한 토론을 벌이는 이유를 밝힐 필요가 있다. 크리스마스 이브의 외박과 신금단 부녀 상봉 사건의 관계는 표면적으로는 아무 관계가 없는 것처럼 보인다. 그러나 작가가 신금단 부녀 상봉 사건을 삽입한 까닭은 서구 문화의 왜곡과 맹목적 추종으로 인해 상실된 문화적 정체성을 회복하기 위한 선결 과제가 남북 분단 문제와 관련되어 있음을 암시하기 위한 것으로 분석할 수 있다. 작가는 서구 문화의 본질을 탐구하여 왜곡을 막는 문제도 중요하지만 남북 분단 문제의 해결 또한 중요하고 심각한 문제라는 사실을 암시한다. 왜냐하면 작가는 정치 체제의 급격한 변화와 이데올로기의 강요로 초래된 정치적 정체성의 혼란이 전통 문화의 재건과 서구 문화에 대한 재검토를 부차적인 문제로 인식하도록 했다고 생각하기 때문이다. 결국 작가는 문화적 정체성을 확립하기 위해서는 남북 분단의 문제가 선결되어야 할 과제임을 제시한다. 즉, 서구 문화의 유입에 직면하여 그 본질을 탐구하여 왜곡을 막는 문제보다 남북 분단의 문제가 한국인에게는 더욱 중요하고 심각한 문제이며, 문화적 정체성을 찾는 문제는 남북 분단의 문제가 최소한 대립 상태나마 벗어나야 함을 의미하는 것이다. 이는 크리스마스가 억압으로부터의 해방이라는 의미를 지니게 된 까닭이 통행 금지의 해제에 기인하였던 것처럼 남북 분단과 정치적 혼란이 문화적 정체성의 혼란과 상실에 중요한 원인으로 작용하고 있음을 암시하는 것이다.

(2) '수호성녀'의 숨겨진 진실과 서구 문화의 본질에 대한 무지

「크리스마스 캐럴」4는 유럽과 우리의 크리스마스 풍경을 비교하면서 우리의 크리스마스 풍속을 비판한다. 그러나 서구의 기독교가 생활 속에 밀착되어 있지만 그 속에 숨겨진 진실과 야만성이 있음을 보여주기도 한다. 유럽의 R-이라는 도시에서 서양사를 공부하고 돌아온 '그'는 그곳에서 같이 지내던 H라는 친구가 보낸 편지를 잃으며 유학 시절의 기억을 더듬는다. 그가 유학할 장소를 유럽으로 선택한 것은 나름의 이유가 있어서였다.

> 미국이 해방시키고, 미국이 점령하고, 미국이 독립을 지켜주기 위해 전쟁을 해주고 있는 나라에서, 미국으로 유학해서, 미국 생활을 배우고, 미국 학위를 가지고 돌아와서, 미국 역사를 강의한다 …… 그것은 너무 한 일이다, 라고까지 생각한 것은 아니었다. 학생 시절부터 그는 유학의 대상지로서 유럽을 막연하게 생각하고 있었다.21)

표면적으로는 미국이 유럽 변방의 뜨내기 식민지로 치부되는 유럽의 소설들에서 생긴 편견으로 내세우지만 그의 잠재의식 속의 미국은 인용문에서 보듯 우리 나라를 해방시켜주고, 점령하고, 독립을 유지시켜주고 있는 존재이다. 결국 미국은 새로운 통치자이며 미국 유학은 식민지 본국의 문물을 대신해서 전달해 주는 대리인에 불과하다는 인식을 하고 있다. 그는 그 곳의 대학 교수들에게서 신기료 장수들이 가죽을 주무르고 이기고 꿰매는 작업과 같은 학문의 구체성을 느끼면서 한국의 학문, 종교, 문화의 이식(移植)적 특성을 인식한다. 그리고 프로테스탄티즘과 카톨릭의 현지에서의 의미를 알게 된 후 지금까지 한국에서의 교육과 문화를 통해 형성된 자신의 생각들을 수정하면서 문화적 정체성의 혼란을 겪는다.

---

21) 「크리스마스 캐럴 4」, p.88.

프로테스탄티즘이라는 이름으로 그가 알아온 어떤 정신적 기풍도 또
한 수정을 당해야 했다. 이곳에 와서 그는 프로테스탄티즘인즉 고국에
서 카톨릭에 대해서 그가 품어왔던 인상이 그에 해당한다는 것을 알았
다. 칼뱅의 저 자코뱅적 엄혹성을, 리버럴리즘의 바로 반대물을 발견하
게 되는 것이었다. 그것은 구가(舊家)의 가헌(家憲)처럼 질기고 고집스
러운 결국 교수들의 손가락 마디나 구두창과 같은 물건이었다. 여기 카
톨릭은 고국에서의 무당에나 맞먹었다.[22]

이처럼 현지에서 그는 그 동안의 상식들과 선입견들을 수정하게 된
다. 그가 사는 아파트에서 성경책을 늘 품에 안고 지내는 '수호 성녀'라
불리는 노파가 있다. 그녀는 전직 간호사로 나이팅게일 훈장 소지자이
며 성서에 대한 미신적인 집착이 보여주는 상징성 때문에 성서보급회
의 명예 회원이었다. 그는 벤치에 앉아 있는 그녀의 모습을 보고 유럽
의 종교에 대해 새로운 인식을 한다. 즉 생활 속에 자연스럽게 녹아 들
어간 종교를 인식한다.

늙은 여인, 아파트에 홀로 사는. 사람없는 오후. 벤치에서. 햇볕쬐기.
그 무릎 위에서 한 마리의 고양이 몫을 하는 성경책. 그렇구나. 저것이
종교구나. 저게 기독교다. 생활 속에 흠씬 파묻힌. 학문과 구두창. 종교
와 노파. 성경책은 그녀의 고양이. 모든 것이 그렇다. (90)

그는 애완용으로 고양이를 기르듯, 신기료 장수가 다루는 신발처럼
학문과 종교, 정치 등 모든 것들이 생활 속에서 구체적으로 찾아볼 수
있는 현상임을 깨닫는다. 그러나 그에게 경이로움을 준 '수호 성녀'도
현지의 학생인 H에게는 다르게 인식된다. H는 성녀라면 선행을 본업으
로 삼아야 하는데 그녀는 사람 만나는 것을 싫어하고 성경책을 읽지는
않고 부둥켜 안고만 있는 점을 지적하면서 '수호 성녀'의 행동에 대해

---

22) 「크리스마스 캐럴 4」, p.89.

의문을 표시한다. 한편 그는 우연히 아파트 계단에서 수호 성녀를 마주치고 그녀가 떨어뜨린 성경책을 주워 주지만 그녀는 급하게 계단을 내려와 성경책을 거칠게 나꿔채갈 뿐이다. 그는 신앙심이 그녀에게는 돈과 마찬가지로 남과 나눌 수 없는 물건에 불과하다고 인식한다. 하지만 그가 귀국 후 대학에서 문화사 강의를 하면서도 그의 강의가 구체적이지 못하고 관념적으로 겉돌 때마다 그는 성경조차도 예금 통장처럼 움켜쥐는 그녀와 같은 광적인 집착과 적의에 찬 고집이 자신에게 부족한 것을 안타까워할 뿐이었다.

그러나 그가 유럽인의 상징 또는 기독교의 상징처럼 생각했던 '수호 성녀'의 진실이 H의 편지를 통해 밝혀진다. H는 그에게 보낸 편지에서 그곳에서는 크리스마스의 경건한 정신을 되찾자는 운동이 청년 단체의 지지를 받고 있음을 소개하고 수호 성녀가 임종의 자리에서 사죄를 겸해 고백한 그녀의 진실을 전하고 있다. H의 편지에서 밝혀진 그녀의 진실은 수호성녀와는 전혀 거리가 멀었다. 간호사였던 그녀는 애인이 사고로 죽자 애인의 가죽을 벗겨내었고, 그 가죽을 지키기 위해서 성경책을 포장하여 가슴에 품고 다녔음을 고백하고 '가장 떳떳한 것으로 가장 비밀한 것을 덮었기 때문에' 이보다 더 훌륭한 보관 방법이 없었다며 마지막으로 주에게 죄인을 용서해달라고 빌었다고 H는 적고 있었다.

그녀의 일생에 걸친 집요한 행위는 결국 기독교와는 아무 관계없는 개인적인 사랑일 뿐이었다. 성경책이라는 종교적 신성성을 이용하여 자신의 사랑을 지키려한 노파에게서 승고함으로 포장된 야만성을 발견할 수 있다. 결국 인간의 본성은 외면적으로 드러난 형태만으로는 알 수 없으며 그가 유럽인이라서, 기독교라는 종교를 신봉하기 때문에 숭고한 정신을 가지고 있고 반대로 동양인은 기독교라는 종교를 믿지 않기 때문에 야만적이라는 서구 중심의 문화관은 잘못된 편견임을 작가는 지적하고 있는 것이다. 오히려 가장 신성한 존재로 여기는 성서마저도 가장 세속적으로 이용할 수 있다는 점은 서구 문화의 이면에 야만성과 폭력성이 대담하게 드러난다는 증거라고 할 수 있다. '수호성녀'의 일화는 서구의 기독교의 전통과 더불어 숭고함의 이면에 야만이 감추어질 수 있다는 문화의 이중성을 보여주는 것이다.

(3) 지식인의 문화 감각 및 문화 의식의 비주체성

일제에 의해 파괴된 전통 문화가 복원되기도 전에 서구 문명이 유입되어 전통 문화의 지위는 약화되었다. 해방 후 구호 물자로 들어온 서구 문물은 그 편리성으로 인하여 우리의 생활에 깊숙이 자리잡았다. 생활 필수품은 대부분 서구의 물자로 대치되었고 결국에는 서양의 문물을 그대로 옮겨 놓은 양상을 지니게 되었다.

그러나 일상 생활에서 사용한 생필품이 서구의 물자들로 채워진 현상보다 심각한 문제를 야기한 것은 한국의 지식인들에 의한 서구 지식의 이식이었다. 서구에서 유학한 지식인들은 자신이 유학한 서구의 문화와 지식을 소개하고 선전하면서 우리가 추종해야 할 모범으로 삼는 한편, 전통 문화는 시대에 뒤떨어지는 낡은 것으로 여겨 타파의 대상으로 폄하(貶下)하였다.[23]

그러나 작가는 일부 지식인들이 서구 문화 중심 주의에 빠져 전통 문화를 경시하는 풍조에 대해 부정적 태도를 취한다. 이러한 태도는 「크리스마스 캐럴 5」에서 한 '외국인'의 한국 지식인들에 대한 비판에서 발견된다. 결국 외국인의 눈에 비친 한국의 지식인들은 서구 문화의 선전원에 불과한 '원주민 인텔리'일 뿐이다.

> 서구의 정신사적 분열이 자기 집안 일인 것처럼 심각해하는 원주민 인텔리를 보면 구역질이 나요. (……) 서양물 먹은 사람들이 순진한 동

---

23) 최봉영, 『한국문화의 성격』(사계절, 1997), p.239.

146

포들을 스포일하고 있어요. 원주민 인텔리란 건 우리 눈에는 양식 호텔
의 보이와 다를 것 없어요. 우리들의 매너를 알고 있으니까 편리하다는
것 뿐이죠. (……) 그래도 호텔 문밖만 나서면 거기는 인간이 있죠. 자
기 매너의 보편성, 특수 속의 보편성이라는 대지에 굳게 발을 디딘 인
간의 가족들 말예요. 서양 제국주의자들이 인류에게 끼친 무한한 해독,
그건 금덩어리를 실어갔다든가, 상품을 팔아먹었다든가, 그런게 아니라
고 난 생각합니다. 원주민들의 영혼을 골탕먹인 것, 경험적인 것을 선
험적인 것처럼 위장한 것. 이겁니다. 영혼의 아편 상인들. 이겁니다. 현
지의 매판 인텔리들은 바보가 구 할이지만 똑똑한 일 할이란 약은 만
큼이나 약하기도 합니다. 눈총을 맞아서 비자 한번이라도 시끄러워지면
나만 곯는다는 거죠. 외국에 갔다 온 사람들은 모두 굉장하더군요. 그
쪽은 이런데, 우리가 글렀다. 그쪽은 저런데, 우리는 말씀 아니다. 저
쪽은 …… 꼭 환장한 것 같아요. 온, 정신있는 사람들입니까? 정신은
있어요. 양심과 용기가 없어요. 당신네 말대로 하면 멋이 없어요. 그러
니까 그저 대리점 노릇으로 마칩니다. 요먼저 외국 기관 종업원들이 파
업을 했더군요. 장해요 장해. 한국 인텔리들은 언제쯤 할 모양인가요.
안될걸요. 사꾸라들 농간에 안될 거예요.24)

서구에서 유학한 한국의 지식인들은 서양의 문화가 우수하다는 전제
하에 한국문화의 후진성을 지적하고 이를 극복하는 방법이 서구화라고
주장한다. 하지만 외국인의 눈에 비친 한국의 지식인들은 서구 제국주
의의 본질과 폐해를 파악하지 못하고 외국 문화를 선전하는 대리점에
불과할 뿐이다. 또한 외국인은 서구 문화에 매혹되어 선전하기 바쁜 한
국의 지식인들을 호텔 종업원 수준의 '원주민 인텔리'에 불과하다고 비
난하는데, 이는 주체성이 결여된 지식인들이 서구 문화를 맹목적으로
수용하려는 태도를 비판하는 것이다. 외국인의 지적에 의하면 한국의
지식인들은 서구 제국주의의 본질을 깨닫지 못하고 교묘한 수법으로
서구 문화의 우월성을 선전한 사실과 '영혼의 아편 상인'이라는 비유처

---

24) 「크리스마스 캐럴 5」, pp.142-143.

럼 서구 문화에 빠져 헤어나올 수 없는 상태에 있다. 특히 한국의 지식
인들은 서구 문명의 선진성에 현혹되어 맹목적으로 추종하였고, 서구
문화의 선전에 앞장서는 한편 전통 문화를 부정하는데도 앞장섰음이
드러났다. 외국인은 이러한 현상이 지식인들이 서구 문화의 본질을 깨
닫지 못했을 뿐 아니라 양심과 용기가 부족했기 때문임을 지적한다. 작
가는 지식인이 주체적인 문화 의식을 갖추지 못하여 서구 문화의 선전
원으로 전락할 때의 폐해가 크다는 사실을 외국인의 입을 빌어 비판한
다. 또한 문화에 대한 주체적 의식을 회복할 때 서구 제국주의 문화의
본질과 동양의 문화와 동양인에 끼친 해악(害惡)들을 바르게 이해할 수
있다고 제시하기도 한다. 한국의 지식인이 지녀야 할 덕목은 양심과 용
기이며, 이를 통해 주체적 의식을 회복하여 서구 문화의 본질을 파악해
야 한다는 것이 외국인을 등장시킨 작가의 의도라 할 수 있다.[25]

　　서구 문화를 추종하는 지식인들은 서구 문명의 우수성에 집착한 나
머지, 서구의 문화적, 경제적 침투를 미처 인식하지 못하였다는 점에서
식민지 시대 일부 지식인들이 친일 행위에 이르게 된 과정과 일맥상통
한다. 최인훈이 외국인의 입을 통해 지식인들의 서구 문화 추종 현상을
비판하는 까닭은 그와 같은 이유 때문이다. 작가는 주체성이 결여된 지
식인들은 외국의 문물이나 지식을 소개하는 전달자에 불과할 뿐 아니
라 우리의 문화를 서구의 기준에 맞게 변화시킨 점에서 우리 전통 문
화를 파괴하는 데 앞장선 결과를 초래하였음을 비판하고 있다.

---

25) 이는 최인훈의 『총독의 소리』에서 총독을 부활시킨 이유와 흡사하다. 이에
　　대한 분석은 졸고, 「타자의 시선을 통한 현실의 이해」(어문논집 40, 1999, 안
　　암어문학회)를 참조하시오.

4. 결론

　해방 이후 한국의 문화적 상황을 한마디로 요약한다면 그것은 서구화 또는 서구 문화의 유입이라고 할 수 있을 것이다. 해방 후 한국의 이러한 문화적 상황을 단적으로 드러내 줄 수 있는 것을 찾는다면 크리스마스일 것이다. 본 논문은 「크리스마스 캐럴」 연작이 한국의 문화적 상황을 크리스마스의 수용 양상을 통해 제시한 후 그 원인에 대해 다각적으로 분석하고 있음을 밝혀내었다.

　크리스마스가 종교적 행사를 초월하여 범 국민적 축제일이라는 서구에서의 본모습과 달리 왜곡되어 자리잡게 된 것은 남북 분단으로 인한 사회적 억압이 하나의 원인이며 이는 야간 통행금지와 그 해제와의 관계에서 찾을 수 있었다. 또한 딸의 외박을 막으며 문화적 주체성을 강조하던 아버지의 명분은 화투놀이라는 반어적 행동에서 여지없이 그 권위가 붕괴되고 말았다. 이는 일본의 식민 통치를 겪으면서 일본 식민 지배 당국에 의해 한국의 전통문화가 거의 대부분 파괴되었음을 보여주는 상징적 사건이라 할 수 있다. 그러나 대부분의 전통문화가 일본에 의해서만 붕괴된 것이 아니라는 점이 최인훈의 「크리스마스 캐럴」 연작이 지니는 의미라 할 수 있다. 일제시대를 거치면서 한국의 전통문화가 붕괴된 것은 대부분 역사적 사실이므로 재론의 여지는 없다. 하지만 해방 이후 이를 복원, 재생시켜야 함에도 불구하고 전통 문화의 붕괴가 복구되지 못한 사실을 최인훈은 문제삼고 있는 것이다. 대부분의 한국인들은 일제시대의 전통 문화에 대한 억압과 말살로 인해 전통문화가 붕괴된 것으로 알고 있었다. 그러나 일제에 의한 파괴와 더불어 우리 자신에 의한 서구 문화 추종이 전통 문화의 해체로 이어졌음을 자각하는 한국인은 거의 드물었다. 특히 지식인들에 의한 파괴는 간접적인 것이었어도 그 영향력은 컸다. 이에 대해 최인훈은 외국인의 입을 빌어 한국의 지식인들의 서구 추종이 초래한 해악을 비판적 시각에서 서술한다.

최인훈은 한국의 문화적 상황을 정체성을 상실한 혼돈 상태로 보고 있으며 우의적이고 풍자적 서술을 하면서도 작품의 심층에서는 정치·사회적 관점, 종교·철학적 관점 등 다양한 관점과 기성세대와 젊은 세대, 외국인의 시각 등 다양한 시각을 통해서 문제를 진단하고 그 원인을 심도있게 진단하고 있다. 또한 작품의 제목을 찰스 디킨즈의 동명 소설에서 패러디한 것에서 최인훈의 의도를 발견해낼 수 있다. 찰스 디킨즈의 원작이 사랑과 평화라는 크리스마스의 진정한 의미를 찾기 위한 것처럼 서구 문화를 왜곡하여 수용하는 한국의 문화적 상황을 크리스마스 풍경을 통해 비판하고 이를 바로잡기 위한 작가의 의도가 숨겨져 있음을 알 수 있다.

〔고려대학교 국어교육과 강사〕

참 고 문 헌

김인환. 「과거와 현재」, 『문학과 지성』, 1977, 여름.

김인환. 「모순의 인식과 대응방식 : 최인훈론」, 『문예중앙』, 1982, 봄.

양윤모. 「최인훈의 소설의 '정체성 찾기'에 대한 연구」, 박사학위논문, 고려
　　　　대학교, 1999.

이남호. 「냉전상황에 대한 지적 대응 : 최인훈의 소설」, 『문학의 위족2』, 민
　　　　음사, 1991.

최봉영. 『한국 문화의 성격』, 사계절, 1997.

최인훈. 『길에 관한 명상』, 청하, 1989.

_____ . 『꿈의 거울, 우신사, 1990

_____ . 『문학과 이데올로기』, 문학과 지성사, 1980, 재판 : 1994.

_____ . 『문학을 찾아서』, 현암사, 1971.

_____ . 『유토피아의 꿈』, 문학과 지성사, 1980, 재판 : 1994.

_____ . 『크리스마스 캐럴 / 가면고』, 문학과 지성사, 1976, 재판 : 1993.

한 　 기. 「최인훈의 볼만한 소설들」, 최인훈. 『남들의 지붕 밑에서』, 청아출
　　　　판사, 1992.

한승옥. 「신화의 진액을 퍼올리는 고독한 예술가의 초상」, 『동서문학』,
　　　　1989, 8.

鄭孔采論

김태진

1

<現代文學> 1963년 12월호에 발표된 長詩 <美 八軍의 車>[1]의 차로 당시 문단의 비상한 주목을 받았던 정공채[2]는, 박두진 선생이 평가 했듯이[3] "天衣無縫 逸品"에 걸맞는 시인이다.

그의 시는 리듬과 정서가 어우러진 합창이다. 그가 입을 열면 세상이 춤을 추고 그가 눈짓하면 없던 의미도 의미화되어 나타난다. 그러기에 우리는 그를 이 시대의 진정한 詩人이라고 말한다. 그러나 그 시인은 언제나 외롭기만 하다. 왜냐하면 그는 항상 일반인들은 잘 이해하지 못

---

1) 이 시는 작품번호가 31번까지 붙여져 있고, 모두 1500행으로 이루어진 長詩로 반미주의적 성향을 드러냈다하여 세인의 주목을 받은 작품이다.
2) 1934년 경남 하동 출생, 진주 농림 중고교, 연세대 정치외교 학과 졸업. 1958년 <현대문학> 시 추천 완료, 현대문학상, 시문학상, 한국문학협회상 등을 수상한 바 있슴. 시집으로 <정공채 시집 있습니까> <海店> <아리랑> <사람소리> 등이 있슴.
3) 정공채는 1957년과 1958년에 <鍾이 운다> <女眞> <하늘과 아들>을 발표하여 문단에 등단한다. 이때 심사위원이었던 박두진 선생이 추천사에서 그를 가리켜 天衣無縫의 詩人이라고 칭찬한 바 있다.

하는 싱징성의 이야기를 시 속에서 하고 있기 때문이다.

<미팔군의 차>만 해도 그렇다. 그 시가 反美的 성향을 드러내는 작품이라고 하여 비판을 받을 때에, 그 주변의 사람들 일부는 '정공채는 반미주의자이다.'라는 의문의 눈길을 던지기도 했었다. 그러나 그것은 폭 좁은 생각이었다. 그 이유는 그의 시 <미팔군의 차>는 반미적 성향을 드러내는 시적 기호로 위장하여 내부적으로는 민족의 주체성을 기리고 있기 때문이다.

반미가 곧 민족주체라는 등식조건이 성립한다면, 이것은 상당히 위험한 논리이다. 그것은 미국과 우리나라는 상호공존 관계이지, 결코 지배와 피지배의 관계가 아니기 때문이다. 그러기에 우리는 정공채의 시들을 유심히 들여다 보아야 한다. 그리고 그 들여다봄에서 우리는 과연 어떤 의미를 포착할 수 있는지 되새겨 봐야 한다.

2

정공채의 인생 경력을 보면, 그는 일제시대에 태어났고(1934년) 육이오, 사일구, 오일육 등을 거치면서 살아온 것을 볼 수 있다. 이른바 역사의 산 증인인 셈이다.

그런데 이러한 헤아릴 수 없는 역사의 현장 등을 지켜보면서 과연 정공채는 무슨 생각을 하였을까? 이 물음에 대한 해답은 이렇다. 정공채는 그의 등단작품인 <하늘과 아들>(1958)에서 우리 강산의 하늘과 땅, 그리고 우리민족을 끔직히 사랑하고 있음을 드러내주고 있다. 그리고 그의 대표작인 <미팔군의 차>에서도 그는 이 조국을 사랑하여 林學科의 학생이 되었음을 밝히고 있다. 그러므로 그는 비틀려지는 역사적 현

실을 보면서 아파했었으리라고 생각된다. 그리고 그는 정신의 한쪽 켠
에서는 꿈을 키우고 있었으리라고 추측된다. 그 꿈의 세계는 그가 바라
보는 유토피아의 세계였을 것이다. 그러기에 우리는 그의 현실에 대한
시적 표현을 쳐다 보아야 한다.

> 날라리 세상에 비가 내린다
> 그 시월에 찬비가 줄기차게 내린다
> <시월의 비.1>에서

그는 세상이 올바르지 않기에 '날라리 세상'이라고 비판한다. '날라
리'라 함은 正道와 常識을 벗어난 경우가 많다는 것을 의미하는데, 뭔
가 개운치 않은 세상일을 정공채가 이같은 용어로 비난한 것이라고 할
수 있다. 그러나 이러한 비판에도 불구하고 그가 세상과 대응하는 자세
는 의외적이다.

> 세상만사 뜻대로 될 때가 있더냐
> 내리는 비 어쩌랴 내릴 때면 내려라.
> － <시월의 비.1>에서

세상일 될대로 돼봐라하는 식의 목소리가 여기에서는 농후하다. 원래
비판하는 목소리가 제법 굵은데, 웬일로 그 대응자세는 체념적이다. 이
러한 체념은 세상일에 지쳐서 오는 것일 수 있다. 그러나 정공채의 자
세는 그리 만만치 않은 자세이다. 그것은 체념자체가 더 멀리, 더 높이
목소리를 높히기 위한 숨고르기로 볼 수 있기 때문이다.

> 통즉도라 어줍잖은 대갈통이 달린다
> 계집끼고 잘살면 그만이더냐.
> － <시월의 비.1>에서

같은 시에서 드러나는 두 가지의 태도, 이 야누스적인 태도에 우리는 저으기 미심쩍은 생각이 든다. 그것은 그의 목소리의 실체가 어느 쪽이냐 하는 문제가 대두되기 때문이다. 그러나 정공채는 아무래도 현실에 대해 무게있는 비판을 하고 있는 것으로 보여진다. 왜냐하면, 그의 시에 자주 등장하는 '잃어버린 여자'에 대한 의식이 이 시에서도 드러나고 있기 때문이다.

정공채의 시에서 자주 발견되는 것은 상실의식이다. 무엇을 잃어버렸다는 생각, 그리고 그 상실이 남에 의해서 이루어졌다면, 그것은 상대방에 대한 적대감과 박탈감이 생기기 마련이다. 아마도 <미팔군의 차>도 그러한 의식에서 출발한 것으로 보여진다.

이같은 상실의식은 때로는 고요한 정지의 세계를 보여주기도 한다.

> 누가 추억을 묻길래
> 말없이 손 들어 미루나무 저편 높이로 머뭇대는
> 흰구름 한 조각을 가리켰다.
>   — <斷章>에서

'추억'은 '흰구름'이라는 선문답같은 내용적 구조를 가진 이 시는 정공채의 주특기인 비판의 목소리를 드러내지 않는 고요한 서정성의 작품이다.

이 시의 시적 기호인 '추억'과 '흰구름'은 어떠한 상관관계가 있을까? 이에 대한 해석은 여러개로 나누어질 수 있지만, 아마도 흘러서 사라져가는 것을 의미하는 것이 아닐까? 그 근거는 다음의 싯귀절에서 잘 나타난다.

> 오늘 이 시간 저 구름
> 내일 이맘 때
> 제자리에 마냥 있으랴.

— <斷章>에서

　시의 화자가 추억을 상징하여 가리켰던 구름이 내일은 사라지고 없으리라는 내용을 보여주는 이 싯귀는 '흰구름'의 의미가 일상적인 속성, 즉 유유히 흘러서 사라져 가는 자연적 현상과 연관되어 있음을 알게 해준다. 그러나 그의 시의식의 중심은 상실감에 있다.

> 기러기가 한줄로 서서 눈뜬 첫새벽
> 달밤을 잃어버린 잔을 든다.
> — <선술집>에서

　'달밤'은 지난 밤이다. 이러한 밤은 그냥 간 것이 아니고 잃어버린 대상으로 시의 화자에게 인식된다. 금방 지나간 밤조차 잃어버린 대상으로 인식된다면, 이 시의 화자는 참으로 강렬한 과거지향의식을 가진 것이라고 할 수 있다. 그러기에 그는 우리의 과거에 대한 기억을 껴안는 태도를 이내 보여주고 있다.

> 아까운 시절 그리운 사람 껴안고 싶은 사람
> — <사슴생각>에서

> 옛시절 그 사람은 지금 어디 살까.
> — <첫사랑>에서

　위의 시들에서 보듯이 시의 화자는 과거에 대한 기억들을 버리지 못하고 있다. '추억'을 흰구름같이 흘러가 버리는 것이라고 고요하게 대답했던 시의 화자가 과거의 기억을 붙잡고 그리워하고 있는 것이다. 그러면서 다음의 작품에서는, 화자가 그리는 이상적인 공간을 제시하고 있다.

그 속에 마을이 있고 돌담이 있고
초가가 있고
어머니가 계시고 할베가 계시고
오오랜 족보가 있고

동백나무가 빨간 꽃을 달고 있고
탐스러운 처녀꽃이 있고
돌멩이에 맨발로 걷는 돌이가 있고

늙은 느티나무가 있고
뒷동산이 있고 시냇물은 흐르고
조그마한 일에도 이야기는 늘어나고
농사가 꽃피고 열매가 있고,
— <田園>에서

시의 화자가 그리는 공간은 매우 전통적이면서도 전원적인 것이다. 그 공간은 우리의 조그마한 시골, 즉 고향의 공간이 된다. 시골의 고향 어느 곳에서나 볼 수 있는 정다운 공간, 그러면서도 소박성과 인간미가 넘치는 그런 공간, 이것이 정공채가 꿈꾸는 공간이다. 어찌보면 향수의 식이 드러난 것이라고 할 수 있다. 그러나 도시화와 거친 세파에 그 꿈은 무참히 사라지고 이제 시의 화자에게 남은 것은 상실의식이다.

간 밤의 계집같은 것도 떠나 가버리고 없다.
— <친교>에서

나와 백년의 열차를 타야할
그 여자는
그 사람이 운전하는
미8군의 차를 탔다.
— <미8군의 차>에서

  위의 시들에서 나타나 있듯이, 시의 화자가 잃어버린 것은 '여자'다. 그것도 백년해로를 해야할 여자이다. 이것은 상실의식도 문제이지만은 '한'이 서린 목소리로 귀결되고 있기에, 더욱 애처롭다. 이 애처로운 이 목소리는 사랑의 대상을 상실했다는 생각에서 나온다. 그러기에 일종의 분노감마저 느껴진다. 따라서 시의 화자가 본 세상은 항상 우울하다.

        저무는 어둠 속에
        피빛 노을아
                        ― <여진>에서

        전쟁에서도 죽음으로 조국을 지킨
        용감한 이 땅 백성들을 불쌍히 여기소서
                        ― <하늘이여>에서

        언제나 합창이 서러운 자리
        아직도 합창이 안되는 자리
                        ― <합창을 생각합니다>에서

        병사는 나비를 보나 쓰러지고 강물은
        죽음의 잠이 들어 피빛 꿈을 이루며
                        ― <미8군의 차>에서

  시의 화자가 보는 세상은 밝은 세상이 아니다. 오직 '전쟁, 죽음, 피빛노을' 등이 고개를 디미는 서러운 세상이다. 이런 서러운 세상에는 꿈이 없다. 그것도 시의 화자가 꿈꾸는 가장 이상적인 고향의 공간, 즉 향수의 전원 마을이 없는 것이다. 그러면 이러한 고향에 대한 파괴는 무엇 때문에 화자 스스로가 가능했을까? 그 이유를 화자는 외부에서 찾는다.

버드나무에 말을 맨 주둔
자본이
땅 위에서 황혼 때의 꽃밭같이
꽃으로 피었다.
공주들은
주로 그 꽃만 좋아하였다.
　　　　　　　　　－ <미8군의 차>에서

　우리나라 여자인 '공주'들이 좋아한 꽃은 '자본'이었다. 즉 미팔군의 자본을 좋아하여 우리나라의 남성들을 버리고 미군들을 좇아갔다는 것이다. 따라서 시의 화자는 지금 고향파괴에 대한 주범을 미군이 아닌, 자본이라고 말하고 있는 것이다. 즉 이 사회에 만연된 황금만능주의를 비판의 대상으로 삼고 있는 것이다. 그러기에 시의 화자는, 지금 우리의 정신에 대한 새로운 개혁, 이것을 외쳐대고 있는 것이다. 세상이 아무리 자본이 설칠지라도 인간이 인간답게 사는 것은 자신의 본질을 깨닫는 것이라고 화자는 말하고 있는 것이다. 따라서 시의 화자는 황금만능주의에 물들었다가 파국적 종말을 맞는 조선여자들의 슬픈 모습을 이야기하고 만다.

외인의 품에 안겨 춤을 추는 여자
아름다운 얼굴에 웃음이 가버린 여자
　　　이래서 외인은
......
한국에 와서 춤을 추면 우울하다.
그 여자도
결국은 내 사랑 패잔병
한국의 남자가 그립다.
비극의 눈을 가진 조선의 여자
그래서
한국의 춤은 우울하다.

— <미8군의 차>에서

　웃음이 사라진 얼굴과 비극의 눈을 가진 여자가 '조선의 여자'이다. 이른 바 자본의 희생자인 셈이다. 이 시에서 보면 자본에 의한 희생자는 한국의 남자도 있다. 또 외국인도 그 부류에 속한다. 즉 이 한반도에 있는 모든 사람들이 자본에 의한 희생자인 셈이다. 이것은 정공채 시가 반미성향을 드러낸 것이 아니라는 중요한 증거이다. 그것은 미국인으로 대표될 수 있는 '外人'이 敵이 아닌, 우울한 춤을 추어야만 하는 '同情的인 존재'로 서술되고 있기 때문이다. 그러기에 이 시는 황금만능주의에 물들은 우리의 정신상태를 꼬집은 작품이라고 할 수 있는 것이다. 따라서 작품번호 1에서 31번까지 붙어 있고 모두 1500행이나 되는 이 시는 우리 현대사의 맹점을 지적하는 민족의 서사시적 작품이라고 할 수 있다.

3.

　분명 세상을 살다 보면 우리는 잃는 것이 많다. 그러나 반드시 잃지 말아야 할 것도 있다. 그 중에 우리의 正體感, 이것을 우리가 상실해서는 안된다. 그러나 현실에서 보면, 자신의 현실에 떠밀려 자기 자신이 누구인가를 잃어버리고 파멸해가는 부류가 많다. 이른 바 주체성이 상실된 인간, 즉 존재의 흔들림 속에 젖어드는 인간들인 것이다. 그들은 인생의 종착역쯤에 가서 항상 '자기인생은 잘못된 것'이라고 외치게 마련이다. 정공채 시에 나타난 '비극적인 눈을 가진 여자'처럼 말이다. 따라서 정공채 시에서는 우리가 인생의 올바른 삶의 태도를 배워야 한다. 더 나아가 민족의 올바른 나아갈 길을 그의 시에서는 읽어야 한다.

아무리 자본(돈)이 좋기로서니 자신의 고향과 조국을 저버리는 행위, 더 나아가 자신의 정신세계를 파국으로 이끄는 행위를 해서는 안되는 것이다. 이러한 저버림의 행위는 반드시 후회가 따르고, 또 자신 뿐만 아니라 주위 사람들에게 폐해를 끼치게 마련이다. 그러니 정공채의 시는 자신의 이상적 공간인 고향 해체를 우리에게 보여 주면서, 진정한 한국인으로서 '우리'를 되찾아야 한다는 주장을 강력하게 전파하는 우리민족의 담론임을 알 수가 있는 것이다.[4]

[홍익대학교 국어국문학과 강사]

참고문헌은 각주로 대신함.

---

4) 본 고의 텍스트는 <사람소리>(平野, 1989)임을 밝혀 둔다.

도(道)와 생태적 상상력*

김영석

1. 시적 관점 또는 생태적 관점

환경 문제, 생태 문제가 중요한 시대적 의제로 떠오르고 인류의 초미의 관심사로 광범위하게 확산되기 시작한 것은 1990년대 초엽부터이다. 이 무렵부터 문학적 담론에서, 특히 시적 담론에서 생태적 상상력은 새로운 창조력과 방법론을 열어 보이면서 여러 수준의 논의의 중심부에 자리잡기 시작했다. 그 결과 환경시, 생태시, 생명시, 녹색 문학, 문학 생태학 등의 용어가 이제는 낯설지 않게 관용되게끔 되었다.

생태시, 생명시 등의 갈래 명칭에 대한 정확한 개념과 분류의 기준 등은 논자에 따라 상이한 진폭을 보여주면서 아직도 논의와 모색의 과

---

* 이 논문은 1999년 배재대학교 인문과학 연구소의 연구비 지원을 받고 이루어진 것임.

정에 있기 때문에 지금 그것에 대한 범위를 선명하게 확정한다는 것은 좀 무리인 듯싶다. 어떤 이는 생태적 세계관이나 시적 세계관이 근본적으로 일원론적 세계를 지향하고 있으므로 시적 세계관은 근본적으로 생태적 상상력을 바탕으로 하고 있음을 인정하지만, 생태시는 어디까지나 오늘날 생태적 위기에 대한 현실적 인식을 전제해야만 성립되는 것이라고 말한다. 또 한편으로 어떤 이는 이와 같은 전제 없이 자연과의 조화와 교감, 그리고 생명의 고양을 표현하고 있는 전통적인 서정시도 그 한 갈래로 들기도 한다.[1]

생태시 분류에 대한 이와 같은 여러 논의에서 우리가 확인할 수 있는 것은 어떤 경우에도 생태적 상상력이 시적 상상력에 포괄되는 관계에 있다는 점이다. 생태학이라든가 생태 문제가 발생한 것은 역사적으로 최근의 일이기도 하려니와 시적 상상력이야말로 발생론적으로나 본질적으로 보다 심오하고 철저하게 생태적이라는 점 때문에 더욱 그렇다. 시적 상상력과 생태적 상상력, 또는 시적 세계관과 생태적 세계관의 이와 같은 긴밀한 포괄적 관계는, 칼 G. 헌들과 스튜어트 C. 브라운이 자연과 환경을 보호하고 생태 위기를 극복하기 위하여 세 가지 담론이 필요하다고 말하면서 규제적 담론, 과학적 담론, 시적 담론 등을 제시한 데에서도 아주 분명하게 드러난다.[2] 그리고 이 세 가지 담론 중에서도 그 영향력으로 보나 생태의식을 불러일으킴으로써 자연을 보호하고 환경을 지키는 데에 시적 담론이 여타의 담론보다 훨씬 근본적이라고 말하는 데에서 시적 관점과 생태적 관점의 불가분의 관계는 다시 한번 분명하게 확인된다.

오늘날의 생태적 위기를 극복하기 위하여 무엇보다도 시적 담론이 가장 중요하다고 말하는 것은 시적 세계관과 생태적 세계관의 일치 관

---

1) 신덕룡, 『환경위기와 생태학적 상상력』(실천문학사, 1999), 145-149쪽 참조.
2) 김욱동, 『문학생태학을 위하여』(민음사, 1998), 29쪽.

계를 지시하는 범위를 넘어서 지금까지 문명을 이끌어 온 세계관 또는
패러다임의 전환을 함축적으로 요구하는 것이라고도 볼 수 있다. 다시
말하면 생태적 위기를 극복하기 위하여, 시적 세계가 변함없이 암시하
고 있는 <잃어버린 낙원>으로서의 세계에 대한 지향, 즉 하나의 전체로
융화된 일원적 세계관으로 전환되어야 함을 말하고 있는 것이다.

　이와 같은 패러다임의 전환에 관련하여 그동안 많은 논자들은 동양
사상을 주목해 왔다. 특히 도(道)의 개념과 그 사상이 드러내고 있는 실
재에 대한 인식과 세계관이 새로운 문명을 위한 하나의 대안으로서 논
의되어 왔다. 이러한 탐색과 논의의 배경을 전제할 때, 결국 시인은 생
태학자요 도인이라고 말하거나, 서구에서 들어온 기술 시학을 극복하고
<도의 시학> 또는 생명의 시학을 세워야 한다고 주장하는 것은 매우
적절하고 설득력 있는 것으로 판단된다.3) 바로 이 지점에서 시적 관점
과 생태적 관점, 그리고 도의 사상은 상호 포괄적인 관계 또는 유기적
관계로 만나게 된다.

　시적 관점과 생태적 관점, 그리고 도의 사상이 상호 포괄되는 지점은
한 마디로 말해서 실재에 대한 인식이라고 말할 수 있다. 세계관, 가치
관, 상상력 등은 궁극적으로 실재에 대한 인식을 그 기반으로 삼고 있
기 때문이다. 이런 점에서 오늘날의 생태적 위기와 관련된 많은 문제들
을 단일한 위기의 여러 측면이라고 진단하고 있는 F. 카프라의 다음과
같은 발언은 긴요하게 참조된다.

　　궁극적으로 이러한 문제들은 단일한 위기의 여러 다른 측면으로 파악
　되어야만 한다. 단일한 위기란 바로 인식의 위기이다. 그것은 우리들
　대부분이, 그리고 특히 우리의 대규모 사회기구들이 낡고 고루한 세계
　관의 여러 개념들에 찬동하고 있으며, 오늘날 전지구가 하나로 상호연

---

3) 김종철, 『시적 인간과 생태적 인간』(삼인, 1999), 110쪽. 123-124쪽.

결된 인구과밀의 세계를 다루는 데 실재에 대한 전혀 부적합한 인식을 받아들이고 있기 때문이다.

 바로 거기에 우리 시대가 안고 있는 주요한 문제들을 풀 수 있는 해결책이 있다. 그 중 일부는 아주 간단하다. 그러나 그 해결책들은 우리의 인식, 우리의 사고 그리고 우리가 갖고 있는 가치의 급격한 전환을 요구한다.[4]

실재에 대한 인식의 위기가 바로 생태적 위기이다. 여기에서 "낡고 고루한 세계관"은 실재를 분리 고립된 원자적인 것으로 바라보는 이른바 기계론적 세계관을 말한다. 실재에 대한 부적합한 인식을 토대로 하고 있는 낡고 고루한 세계관으로부터 실재를 하나의 유기적 전체로 바라보는 심층 생태학적 세계관으로 전환되어야 함을 위의 글은 역설하고 있다.

 다시 한번 말하거니와 시적 관점과 생태적 관점, 그리고 도의 사상은 실재에 대한 인식에서 상호 포괄된다. 그런데 생태적 위기 또는 인식의 위기를 극복하기 위하여 그동안 도의 사상에 주목해 왔음에도 불구하고, 그에 대한 원론적인 수준의 언급만 있었을 뿐, 도의 개념과 사상이 드러내고 있는 실재에 대한 인식과 그 세계관에 대하여 좀더 구체적으로 논의한 사례는 아직 나오지 않은 것이 사실이다. 바로 여기에서 생태적 위기를 극복하고 아울러 서구에서 들어온 기술 시학의 부정적인 여러 문제들을 넘어서기 위하여 도의 사상이 드러내고 있는 실재의 인식에 대한 여러 측면들을 좀더 구체적으로 살펴볼 필요성이 요청된다. 바꾸어 말하자면 도의 탐색은 결국 생태적 관점 또는 생태적 세계관과 시적 관점 또는 시적 세계관에 대한 해명과 직결된다고 볼 수 있는 것이다.

 이런 점에서 이 글은 우선 생태적 관점 또는 생태적 세계관과 관련

---

4) 프리초프 카프라, 김용정 역, 『생명의 그물』(범양사 출판부, 1998), 18쪽.

된 매우 한정적인 범위에서 도의 사상을 탐색하고 아울러 그 시적 관련을 간략하게 살펴보고자 하는 데에 목적이 있다.5) 도에 대한 해명은 여러 가지 통로가 있겠지만, 동양 사상을 대표하는 유가와 도가의 두 학파가 사실은 역학(易學)이라는 하나의 학파에 불과하다는 점에서, 그리고 역학에서 비롯된 태극론이 유불선 삼교의 회통적 산물로서 좀더 정교하게 철학적으로 다듬어졌다는 점에서, 이 글에서는 태극론을 중심으로 논의를 전개하고자 한다.

2. 전일성과 전동성

오늘날 전지구적인 생태 위기를 초래한 가장 근본적 원인은 17세기의 과학 혁명이 정초한 개념적 틀이라고 할 수 있다. 이 개념적 틀은 흔히 기계론적, 환원론적, 원자론적 세계관이라고 부르는 것인데, 바로 이러한 세계관이 오늘날 산업 자본주의 문명의 토대가 되었다.

과학에서 질(質)을 무시한 정량화(定量化)와 측정을 불변의 법칙으로 제시한 갈릴레이를 비롯하여 분석적 사고의 방법을 창안한 데카르트를 거쳐 뉴턴의 기계론인 대종합(grand synthesis)에 이르러 완성되는 기계론적 세계관은 세계를 분리된 사물들의 집적으로 바라본다. 이러한 관점은 기본적으로 정신과 물질의 구분을 전제한 다음, 생물을 포함하는 물질적 우주 전체를 작은 부분들의 집합체인 하나의 세계 기계(world machine)라는 도구적 가치로 바라보는 것이다. 그리고 그러한 관점을 유지하는 한 인간은 필연적으로 자연의 바깥쪽 또는 그보다 우위에 놓인

---

5) 도와 시학의 관계에 대한 본격적인 논의와 탐색은, 김영석, 『도의 시학』(민음사, 1999)을 참조할 것.

중심적 존재가 되기 마련이다. 이른바 인간 중심주의라는 생태적 불모
성으로 귀결되고 마는 것이다.

실재를 아주 잘게 나누어진 부분으로 인식한다는 것은 온통 이 세계
를 생명이나 정신과는 아무 관련이 없는 죽음의 파편으로 바라본다는
뜻이고, 나아가서 그러한 죽음의 세계 안에 존재하면서 그 죽음의 세계
와 교섭할 수밖에 없는 인간 또한 불가피하게 파편화되고 물질화 될
수밖에 없다는 뜻이다. 정신병 학자인 R. D. 레잉은 이 점을 다음과 같
이 말하고 있다.

> 이 갈릴레이의 프로그램은 우리에게 죽은 세계를 가져다 주었다. 그
> 와 함께 시각, 소리, 맛, 촉감 그리고 냄새도 사라져 버렸다. 미학적, 윤
> 리적, 감수성, 가치, 질, 의식 그리고 정신이 이미 사라졌기 때문이다.
> 이러한 경험들은 과학적 담론의 영역 바깥으로 내던져졌다. 지난 400년
> 동안 갈릴레이의 뻔뻔스러운 프로그램보다 더 우리 세계를 크게 변화
> 시킨 것은 아무것도 없었다. 우리는 세계를 실제로 파괴시키기 전에 이
> 미 이론상으로 파괴시켰던 것이다.[6]

실재에 대한 이와 같은 왜곡된 인식으로부터 역학적 체계로서의 우
주관, 한낱 기계일 뿐인 인체관, 적자 생존의 투쟁 장소로서의 사회관,
경제 성장과 기술 발전으로 무제한의 물질적 진보가 이루어질 것이라
는 신념, 여성은 남성에 예속되는 것이 자연 법칙이라고 보는 여성관
등등 결국 오늘날 생태적 위기를 불러 온 수많은 부정적 가치들이 파
생되었다. 사회 생태학의 용어로 바꾸어 말한다면 그러한 왜곡된 인식
이 제국주의, 자본주의, 인종차별주의 등으로 대표되는, 사회 조직의 반
생태학적 본성인 지배자 체계(dominator system)를 고착시켰다.

이러한 인식의 위기로부터 이 세계를 서로 분리된 부분들의 집합이

---

6) 프리초프 카프라, 앞의 책, 36쪽에서 재인용.

아니라 하나로 통합되어 있는 전체로 보는 전체론적 세계관으로의 전환이 불가피하게 요구될 수밖에 없는데, 이러한 문화적 패러다임의 전환은 유기체설 생물학자들이 생물 속에서 환원 불가능한 전체성과 만나게 되고, 양자 물리학자들이 원자적 현상들 속에서, 게슈탈트 심리학자들이 인식에서, 생태학자들이 동물과 식물 집단 속에서 똑같은 전체성과 마주친 사건들에 상응하는 것이다.

생태적 관점 또는 생태적 세계관이란 결국 전체론적 세계관을 이르는 말이다. 이것을 좀더 구체적으로 요약한다면 다음과 같다. 첫째, 유기적 또는 전일적 패러다임을 형이상학적 기초로 삼는다. 둘째, 모든 존재는 상호 의존적 연관성을 지니면서 하나의 그물망을 이루고 있다. 셋째, 우주는 역동적으로 살아 움직이면서 지속적인 변화의 과정 속에 있다. 넷째, 이항 대립적이거나 이원론적인 배타적 사고를 거부한다. 다섯째, 다양성 속의 통일성과 통일성 속의 다양성을 지향하면서 모든 존재는 평등하다고 믿는다. 여기에서 넷째와 다섯째의 내용은 셋째까지의 내용에서 자연히 연역되는 것들이고, 둘째 항목의 내용은 첫째 항목의 내용에서 부연된 것이라고 볼 수 있다. 결국 생태적 관점이란 크게 보아서 실재의 세계를 전일적인 것, 상호 의존적인 것으로 바라보면서 공간적인 구조 중심이 아니라 시간적인 생명의 지속적 변화 과정으로 이해한다는 것을 뜻한다. 다시 말하면 실재의 세계를 전일성, 상호 의존성, 생명의 변화 과정을 통해서 바라보는 것이 생태주의의 기본 정신이다.

위에서 개략적으로 요약해 본 생태적 관점을 전제하면서 그 기본 정신이 도의 개념에서 어떻게 나타나는지 살펴보기로 한다. 널리 알려진 바와 같이 동양 사상에서는 전통적으로 천도와 인도를 엄격히 분리하여 구분하지 않고 하나의 체계 속에서 다루어 왔다. 도가 사상이 주로 천도에 기울어 있고 유가 사상이 맹자와 순자를 거치면서 인도로 기울어진 것은 사실이지만, 송대의 신유학에서 모든 동양 사상의 최고 본원이라 할 수 있는 『주역』의 천인합일 사상으로 다시 돌아가 천도론과 인성론을 하나의 체계 속에 연결시킨 것을 보더라도, 큰 줄기를 이루면서 연면히 이어 온 천도와 인도의 상의 호근적(相依互根的) 사상의 전통을 쉽게 엿볼 수 있다.

천도와 인도, 또는 천도론과 인성론을 불가분리의 것으로 본다는 것은 바꾸어 말해서 자연 또는 우주와 인간을 독립적으로 분리하여 볼 수 없다는 것이고 나아가서는 주체와 객체, 물질과 정신을 엄격히 나누어 볼 수 없다는 뜻이기도 하다. 이러한 뜻이 성즉리(性卽理)라는 말 속에 아주 간명하게 표현되어 있거니와 바로 이와 같은 인식의 토대 위에서 도의 개념이 드러내고 있는 일여적(一如的) 세계관이 형성된다.[7]

서양의 기계론적 관점과는 대조적으로 자연과 인간을 그리고 감각에 비치는 모든 사물과 현상을 일여적인 것으로 바라본다는 것은 그것들이 다 같이 궁극적인 실재 또는 본체의 상이한 양상 내지 현시에 불과하다는 말과 같다. 맨 처음으로 이와 같은 궁극적 실재에 대하여 『주역』은 다음과 같이 기록하고 있다.

> 이러므로 역(易)에 태극이 있으니 이것이 양의(兩儀)를 낳고 양의는 사상(四象)을 낳고 사상은 팔괘(八卦)를 낳는다. 팔괘가 길흉을 정해 놓으니 길흉을 따라 천하의 대업이 이루어진다.[8]

역(易)이란 생생지위역(生生之謂易), 즉 잠시도 멈추지 않고 생성 변화하는 그 과정 자체를 말한다. 인간을 포함한 이 우주를 공간적으로

---

7) <일여적>이라는 말은 <일원적>이라는 말과 흡사한 듯하면서도 일원론이나 이원론 등이 지닌 결정론적 의미와 근본적으로 구별된다. 그것은 둘이면서 동시에 하나이고, 이것이면서 동시에 저것이기도 하다는 생성론적 의미와 관점을 가리키는 것이다. 자세한 것은 김영석의 앞의 책, 176쪽 이하를 참조할 것.
8) 「계사전」 상.

분리 고정되는 구조로만 보지 않고 동시에 시간적인 생성과 변화의 과
정 자체로 파악하고 있다. 부단한 생성의 과정인 이 우주에 맨 처음 태
극이 있어서 그로부터 음양과 사상이 생기고 마침내는 천하의 대업, 즉
천지 만물의 생성과 변화가 있게 되었다는 뜻이다. 요컨대 천도와 인도
의 궁극적 실재 또는 인간을 포함한 우주의 본체는 태극이라는 말이다.
천지 만물이 모두 태극이라고 하는 동일한 근원에서 비롯된다. 다시 말
하면 천지 만물이라는 다자(多者)는 태극이라는 일자(一者)에서 나온다.
그래서 「계사전」은 이렇게 쓰고 있다.

> 천하의 움직임은 바로 일자다.9)

여기서 천하의 움직임은 천지 만물의 생성이고 일자는 바로 태극이
다. 천하의 움직임이 일자라고 하는 것은 일자의 움직임과 천지 만물의
움직임이 하나라는 뜻이고, 나아가서 일자와 천지 만물은 분리될 수 없
는 하나의 전체라는 뜻이다. 그러나 천지 만물과 구별하여 일지를 내세
운 만큼 그것들은 하나이면서 분명히 상대적으로 구별되는 것이라고
볼 수밖에 없다. 태극이 음양 이기로 분화된 뒤에 그 음양 이기의 모임
과 흩어짐에 따라 만물이 비롯되었으므로 음양으로 분화되기 이전의
일자인 태극은 미분적인 것이다. 시공적(時空的)으로 분화되어 생성 변
화하는 것은 지각할 수 있는 것이지만 시공적으로 미분된 것은 감각을
초월한 것이어서 도무지 알 수가 없는 것이다.

미분성(未分性)의 일자인 태극은 초월적이고 분유성(分有性)의 다자인
천지 만물은 현상적이다. 「계사전」에서는 태극의 이 초월적 미분성 또
는 형이상성을 바로 도(道)라 하고, 현상적인 형이하의 존재를 기(器)라
고 하여 그것들을 일단 구별하고 있다.10) 태극의 이 초월적 미분성이

---

9) 위의 글, 하.

바로 전일성(全一性)이다. 그런데 이 전일성은 단순하지가 않다. 왜냐하면 태극으로부터 음양이 분화되어 나오면서 비로소 생성 변화의 움직임이 비롯되었다고 한다면, 태극은 본래 음양 이기라는 만물의 시원적 바탕을 미분의 상태로 지니고 있는 가발성(可發性) 또는 가동성(可動性)이라고 보아야 하기 때문이다. 그래서 태극의 이러한 본질을 일이이(一而二), 즉 하나이면서 둘이고, 무이유(無而有), 즉 없음이면서 있음이고, 부동이동(不動而動), 즉 움직임이 없는 움직임이라고 한다. 노자가 도를 유현(幽玄)하다고 말하고, 태극을 불교의 진공묘유에 비교하는 것은 바로 이런 까닭에서다.[11]

그러나 태극의 개념은 이 전일성만으로 충족되지 않는다. 이미 앞에서 "천하의 움직임은 바로 일자다." 라는 말에서, 그리고 그 일자의 본질이 하나이면서 둘이라는 점에서 충분히 암시되고 있는 바와 같이 태극은 초월적이면서 동시에 내재적이다. 하나이면서 둘이라고 할 때, 하나는 초월적인 전일성을 가리키는 것이지만 둘은 벌써 내재적인 것을 가리키는 것이기 때문이다. 태극, 즉 도는 바로 초월적 내재성에 의해서 완성되는 개념이다. 이와 같은 초월적 내재성이 시공적으로 실현되면 이른바 전동성(全同性)이 된다. 다시 말하면 전일성과 전동성 또는 일자와 다자는 표리의 관계로 일여적인 것이다. 형이상자를 도라 하고 형이하자를 기라 하면서도 한편으로는 기 역시 도요 도 역시 기일 뿐이라고 말하는 까닭이 바로 여기에 있다.[12] 바꾸어 말한다면 일자는 다자

---

10) 위의 글, 상.

11) 김만중, 『서포만필』(통문관, 1971), 485쪽. "불교의 경전이 비록 번잡하나 그 요점은 진공묘유라는 네 글자를 벗어나지 않는다. 당의 선승 규봉종밀은 말하기를, 진공이라는 것은 있음의 없음과 다르지 않고, 묘유라고 하는 것은 없음의 있음과 다르지 않다고 하였다. 이 말은 주자가 이야기한 무극이태극(無極而太極)이라는 말과 자못 흡사한 것이다."

12) 이율곡, 「성학집요서」, 『율곡전서』 권 2(성대 대동문화연구원, 1978), 456쪽.

속에 포함되고 다자는 일자 속에 포함되어 불가분리의 전체를 이룬다
는 뜻이다.

도의 개념이 드러내고 있는 실재에 대한 인식은 이와 같이 유기적이
고 순환적인 전체성 위에 성립되고 있다. 전일성만이 아니라 전동성이
라는 개념에 의해서 도는 보다 철저하고 심원한 전체론적 세계관 또는
상호 의존적인 존재의 그물망을 보여줄 뿐만 아니라, 그 가동성에 의해
서 부단히 생성 변화하는 우주의 과정을 분명히 드러내고 있는 것이다.

태극의 초월적 내재성에서 비롯되는 전동성의 개념을 좀더 분명히
하기 위해서 태극의 분화 과정을 다시 한번 살펴보자. 태극으로부터 음
양 이기로, 음양 이기에서 사상으로, 사상에서 팔괘로, 팔괘에서 64괘로
점차 분화하는 원리가 만물이 생성되는 과정이다. 맨 먼저 일자인 태극
으로부터 음양 이기가 생성되어 나오는 것이므로 태극은 본래 미분된
음양을 지니고 있었다고 볼 수 있다. 다시 말하면 음이면서 양이고 양
이면서 음이며, 없음이면서 있음이고 있음이면서 없음인 태극의 비분적
전일성으로부터 음양 이기가 분화되어 나온다. 그런데 각기 음양 이기
로부터 사상으로 분화되는 과정을 보면 음이 다시 음양 이기로 분화되
고 양도 또한 음양 이기로 분화된다. 이와 같은 방식의 분화는 계속된
다. 바꾸어 말해서 음과 양은 서로 완전히 배타적인 관계가 아니라 각
기 자신 속에 대립자를 포괄하고 있기 때문에 본질적으로 동일성을 지
닌 상관적 관계에 있다.

음과 양이 각기 음양 이기를 낳는 이치는 태극이 음양 이기를 낳는
이치와 같은 것이다. 그러므로 음양이 아무리 분화된다고 하더라도 태
극의 이치는 변함이 없다. 다시 말해서 일자인 태극이 아무리 미세하게
음양 이기로 분화된다고 하더라도 결국은 음의 현상 속에 양을 지닌
음일 뿐이고, 양의 현상 속에 음을 지닌 양일 뿐이므로, 형기(形氣)에
의하여 서로 현상만 다를 뿐 본질적으로는 하나의 태극이라고 할 수밖

172

에 없다.

이율곡은 이와 같은 태극과 음양의 관계를 이일분수(理一分殊) 또는 이통기국(理通氣局)이라고 말한다. 즉 이는 하나이지만 그 이가 기를 탈 때는 온갖 대립자로 나누어진다는 뜻이요, 이(理)는 막힘 없이 온갖 대립자를 관통하지만 기는 대립적 형기에 의해서 국한된다는 말이다. 그러므로 다종다양한 대립자 속에 결코 이가 없을 수는 없다.13) 이일분수의 이치를 율곡은 알기 쉽게 다시 다음과 같이 비유를 들어 설명하고 있다.

> 물은 그릇을 따라서 모가 나고 둥글며, 허공은 병을 따라서 작고 커진다. 그대여, 두 갈래에 미혹되지 말고 성(性)이 정(情)이 되는 것을 묵묵히 체험하소서.14)

<물>은 태극의 상징이다. 이 <물>이 음양 이기에 의해서 벌어지는 온갖 형태와 현상 속에 담겨서 무한히 분수(分殊)한다는 말이다. 여기서부터 태극이 지닌 전동성의 역설이 비롯된다. 즉 분수된 사물 속에 담겨 있는 태극의 내재성으로 말미암아 사물들은 각기 다르면서 동시에 같다고 하는 역설적 동일성이 이루어지기 때문이다. 다시 말하면 천지에도 하나의 태극이 있고 만물에도 역시 그 하나의 태극이 구유되어 있으므로 만리(萬理)가 통회(統會)된다.15)

---

13) 이율곡, 「답성호원」, 『율곡전서』 권 1, 194, 208쪽. "이의 본연은 순수한 선일 뿐이다. 그러나 기를 탈 때는 온갖 방면으로 한결같지 않아서 아주 맑고 깨끗한 사물로부터 매우 지저분하고 더러운 곳까지 이르지 않는 곳이 없으니 결코 이가 없는 곳은 없다." "이는 무형이고 기는 유형이다. 이는 무위이며 기는 유위이다. 무형 무위하여 유형 유위의 주가 된 것은 이요, 유형 유위하여 무형 무위의 그릇이 된 것은 기이다. 이는 무형이요 기는 유형이므로 이는 통하고 기는 국한된다."
14) 위의 글, 207쪽.

<물>에 비유되는 일자인 태극이 종적인 변화의 시간축을 따라서 분화되어도 음양을 낳는 태극의 이치는 변함이 없다. 즉 <그릇>에 따라 변화하더라도 본질인 <물>은 변함없이 동일성을 유지한다. 이것이 바로 관통 원리(貫通原理)다. 그런데 형기에 따라 변별되면서 횡적인 공간축으로 벌어진 개별자들은 일단 공간적으로 변별되고 대립된다. 대립자는 분명히 다른 것들이다. 그러나 서로 다른 형기의 <그릇>은 본질인 <물> 자체의 현상적 다양성을 나타내는 것일 뿐 그것이 독립적으로 실재하는 것은 아니다. 현상은 서로 다르지만 본체는 하나다. 현상적으로 변별되면서도 본체가 하나라면 공간적인 대립자들도 결국은 동일성의 서로 다른 표현일 뿐이다. 이것이 바로 방통 원리(旁通原理)다. 관통되면 방통되기 마련이다.

모든 사물은 시간적으로 변화하는 동시에 공간적으로 변별되는 것이다. 존재는 시공간적이다. 따라서 천하의 온갖 사상(事象)이 관통되고 방통되는 것이므로 우주 만물은 서로 다르면서 같다고 하는 전동성을 지니게 된다. 무수한 사물과, 사물의 관계에 따라서 나타나는 전동성의 역설은 천차 만별로 나타나기 때문에 그것을 다 꼽을 수는 없는 일이다. 그러나 대략 그 원리만을 본다면, 초월성즉내재성, 현상즉본체, 일자즉다자, 상별즉상동(相別卽相同), 시즉종(始卽終), 유즉무(有卽無) 등으로 요약된다.16)

---

15) 『성리대전』(경문사 영인, 1981), 445-446쪽. "태극은 단지 천지 만물의 이다. 천지로 말하면 천지 중에 태극이 있고, 만물로 말하면 만물 중에도 각기 태극이 있는 것이다. 아직 천지가 생기기 이전에 필경 이 이가 먼저 있었을 것이니, 움직임이 있어 양을 낳는 것도 오직 이 이요, 고요히 움직이지 않아서 음을 낳는 것도 오직 이 이일 뿐이다.── 만물은 각기 하나의 이를 갖추고 있으니 만물은 하나의 근원에서 같이 나온 것이다. 이른바 만물이 비롯한 하나의 근원은 태극이다. 태극이란 것은 곧 만리가 통회한 것을 이름이다."

16) 이 전동성의 개념은 화엄철학의 이른바 주변함용관(周偏含容觀)과 비교된다.

지금까지 도의 개념이 드러내고 있는 실재에 대한 인식과 그 세계관을 간략히 요약해 보았다. 이미 앞에서 생태주의의 기본 정신으로 항목화한 다섯 가지의 내용뿐만 아니라 그로부터 유추되는 전체론적 패러다임의 심오한 여러 관념들을 도의 전일성과 전동성은 유루없이 아주 잘 보여주고 있다.

다시 말하면 우주의 만물이 전일성과 전동성에 의해서 하나의 그물망과 같이 유기적으로 연결되어 있으므로 근본적으로 배타적인 이원론적 사고가 틈입할 여지가 없을 뿐만 아니라 모든 존재는 상호 의존적이며 평등하다. 또 전동성은 일자 속에 다자가 포함되어 있고 다자 속에 일자가 포함되어 있다는 뜻이므로 다양성 속의 통일성과 통일성 속의 다양성을 아주 전형적으로 드러내고 있다. 그리고 무엇보다도 생생지위역이라는 말이 극명하게 보여주는 바와 같이 생생지리(生生之理)를 통해서 생명의 지속적인 흐름 또는 우주 만물의 생성과 변화의 과정을 바라보고 있다는 점이 주목된다. 이것은 무기물까지도 하나의 거대한 생명의 그물을 짜고 있는 씨줄이나 날줄과 같은 것으로 본다는 뜻에 다름아니다. 생명 운동이 있다면 거기에는 반드시 정신 운동이 있다는 뜻이므로 이 점은 도의 인식 또는 도의 전일적 세계관을 이해하는 데 있어서 놓칠 수 없는 가장 핵심적인 요점이라 할 수 있다.[17]

일(一) 속의 일(一)과 일 속의 일체를 함용이라 하고, 일체 속의 일과 일체 속의 일체를 주변이라 하는데, 이 양자가 동시에 상호 포괄적임을 파악하여 원융무애한 동일성의 세계관을 표현한 것이 바로 이 주변함용관이다. 서경보, 『불교철학개론』(명문당, 1978), 110쪽 참조.

17) 역학(易學)에서는 음양이 합실(合實)하여 운동이 일어나면 생명 운동과 정신 운동이 시작된 것이라고 인정한다. 따라서 우주 만물은 다 같이 태극으로부터 비롯한 생명과 정신을 지니고 있다. 그러나 사람과 동물을 제외한 나머지 사물들은 그 운동이 매우 불완전하여 정신이 아주 극미하기 때문에 다만 기립지물(氣立之物)이라고 말할 뿐이다. 김영석, 앞의 책, 272쪽 이하 참조.

3. 생명 또는 정신의 율려

태극이 초월적 내재성을 지니고 있다는 것은 다른 말로 하면 일(一)이면서 동시에 일체이기도 하다는 뜻이다. 일이 일체로 생성되기 위해서는 먼저 일 속에 일체로 생성될 수 있는 가발성과 가동성을 지녀야 하고 일체가 시공 속에 현실화되기 위해서는 구체적인 운동이 있어야만 한다. 태극의 운동을 「계사전」에서는 "한 번 은 음이 되고 한 번은 양이 되는 것을 도라 한다."라고 하여 그것이 다름아닌 음양 이기의 운동임을 말하고 있다.

이제 태극의 전일성과 전동성이 음양 이기의 운동을 통해서 어떻게 구체적으로 나타나고 있는지 음양 오행의 생성을 중심으로 살펴보기로 한다. 그리고 이미 앞에서도 말한 바와 같이 천도와 인도, 또는 천도론과 인성론이 하나의 체계인 만큼 태극의 음양 운동이 어떻게 정신의 산물인 시와도 관련이 되는지 아울러 함께 보고자 한다.

음양 오행의 생성 원리를 상수학적 수리와 결합하여 처음으로 설명한 것은 「계사전」에 보인다. 그리고 이 설명을 좀더 구체적으로 하도(河圖)와 연결하여 설명하기 시작한 것은 그 뒤의 일이다.

> 천수(天數)는 1이요 지수(地數)는 2다. 천수는 3이요 지수는 4다. 천수는 5요 지수는 6이다. 천수는 7이요 지수는 8이다. 천수는 9요 지수는 10이다. 천수가 다섯이요 지수도 다섯이다. 다섯 자리를 서로 얻어서 각각 합하게 되니 천수가 25요 지수가 30이다. 천수와 지수가 모두 55이니 이것이 변화를 이루고 귀신이 오고 가는 까닭이다.[18]

천지의 기는 각각 다섯을 가지고 있다. 오행의 순서는, 1은 수(水)로서

---

18) 「계사전」 상.

천수이고, 2는 화(火)로서 지수이고, 3은 목(木)으로서 천수이고, 4는 금(金)으로서 지수이고, 5는 토(土)로서 천수이다. 이 다섯은 음에 짝이 없고 양에도 짝이 없으니 합해야 한다. 즉 지수 6은 천수 1의 짝이고, 천수 7은 지수 2와 짝하고, 지수 8은 천수 3과 짝하고, 천수 9는 지수 4와 짝하고, 지수 10은 천수 5와 짝한다.[19)]

위의 인용문은 음양 이기가 어떻게 나타나고 교합되어 오행을 이루게 되는지, 그리고 그 오행이 어떤 원리로 운동을 하면서 생성 변화를 이루는지 상수학적 수리를 통해서 명료하게 보여주고 있다. 하도의 상수에 기대어 위의 인용문의 뜻을 좀더 자세히 보충하면서 설명하면 다음과 같다.

천수는 홀수로서 양이고 지수는 짝수로서 음이다. 음양 이기를 낳은 것은 태극이므로 이치로 따진다면 0은 태극에 해당된다. 모든 수는 바로 이 0에서 나와 0으로 돌아간다. 생성하고자 하는 태극의 가동성이 일단 실현되면 그것이 1이라고 하는 양기가 된다. 그러나 양기거나 음기거나 간에 기는 홀로 나타날 수도 없고 존재할 수도 없다. 일단 나타나면 음과 양으로 나타나기 마련이다. 따라서 1이라는 양기가 나타남과 동시에 1의 그림자와 같은 짝인 음기 2도 함께 실현된다. 이 1과 2가 음양의 기본 수다. 양기는 음양의 순환 법칙에 따라 자신의 반대성에 이끌려 아래로 내려가서, 먼저 만물의 궁극적 바탕이라 할 수 있는 음성 수(水)의 상(象)이 되니 1이라 하고, 바탕이 생기면 그 바탕에 생명의 불이 붙어야 하므로 음기는 같은 원리에 따라 위로 올라가서 양성 화(火)의 형(形)이 되니 2라 한다. 1과 2는 음양의 성정을 나타내고 수화는 음양의 기질을 나타낸다.

음양은 각기 홀로 움직이지 못하지만, 음과 양이 상하의 위치에 서로

---

19) 『정현역주』

자리잡게 되면 자연히 음양이 합실(合實)하여 운동을 일으키게 된다. 음양이 합실하여 운동이 일어나면 수의 내부에 있던 1양이 만물의 근원적인 종자가 되어 생장하게 되는데, 그것이 양성 목(木)과 양수 3의 상이다. 목은 성정과 기질이 모두 양성으로서 생장의 힘이 아주 강력하다. 그러나 무한히 양기를 발산하면서 생장하려는 3목도 그 생장의 힘을 일정하게 억압하는 힘이 요구되는 것이므로, 그 반대성을 지닌 음성 금(金)의 형이 필연적으로 생겨날 수밖에 없으니 그것을 음수 4라고 한다. 금은 성정과 기질이 모두 음성으로서 움직이는 양기를 수렴하고 단단하게 고정시켜 굳히려는 힘, 즉 수렴 견고(收斂堅固)하는 힘이 아주 강력하므로 목의 생장력을 적절히 조절할 수 있게 된다. 수와 화가 상하에서 서로 마주보고 작용하듯이 이제는 목과 금도 좌우에서 서로 마주보고 작용을 하게 된다.

3양은, 1양이 홀로 움직일 수 없으므로 2라는 음형(陰形)의 제한과 억압을 받으면서 자라난 상태를 표상한 것에 불과하다. 그리고 1이 2의 억압을 밀어내면서 자라나게 되면, 2의 음형도 따라서 늘어나게 되는데, 그 늘어난 음형이 바로 4이다. 그러므로 1과 3이 서로 다른 것이 아니라 하나의 양이고, 2와 4가 결코 다른 것이 아니라 하나의 음이다. 그러나 하나의 음은 화와 금의 형으로 분리되어 있고, 하나의 양은 수와 목의 상으로 분리되어 있다. 음과 양이 분리되고 형과 상이 분리되면 완전한 생성 운동을 할 수가 없다. 1과 3의 양수는 각기 음수의 짝을 찾아야 하고 형을 구비해야 하며, 2와 4의 음수는 각기 양수의 짝을 찾아야 하고 상을 구비해야만 한다. 그래서 음양과 형상을 하나로 단합하기 위해 중성 토(土)가 생겨나니 그것이 양수 5의 상이다. 5토는 양수 1, 3과 음수 2, 4가 모두 포함되어 있기 때문에 음양이 합실한 것이고, 금목수화토의 오기가 생장과 수렴을 마치고 하나의 전체로 통일되어 합실한 것이니 가장 완전한 합실체라 할 수 있다. 그러므로 목금화수가 동서남북 사방에 위치하는 것과는 달리 5토는 그 사방의 중앙에 위치하게 된다. 또 5토는 음양과 오기를 하나의 전체로 통합하는 인력과 단합력을 지니면서 완전한 음양 합실체가 되었으므로 음양 오행 운동의 중심이자 그 운동의 근원이 된다. 그리고 5토의 기질과 성정은 음양과 오기를 다 구비했기 때문에 화순하고 불편 부당하며 공평 무사한 중화의 기운을 나타낸다.

그러나 지금까지 설명한 1, 2, 3, 4, 5의 이른바 생수(生數)로 오행의 실리(實理)는 갖추었지만 생생 불식하는 오행 운동의 바탕이 다 마련된 것은 아니다. 아직도 오행은 각기 음양수 중 한 가지밖에 가지고 있지 못하다. 오행 모두가 음양이 합실해야만 각기 생성 변화의 운동을 할 수 있을 뿐만 아니라, 5토를 중심으로 무궁한 우주 운동의 절주(節奏), 즉 율려(律呂)를 지속할 수 있게 된다. 그래서 1수가 5토를 얻어서 6이 되고, 2화가 5토를 얻어서 7이 되고, 3목이 5토를 얻어서 8이 되고, 4금이 5토를 얻어서 9가 되고, 5토가 5토를 얻어서 10이 되니, 비로소 6, 7, 8, 9, 10의 성수(成數)를 얻어 오행이 각기 음양을 갖추게 되고 오행의 기질과 성정을 모두 갖추게 된다. 이제 수화목금은 음양이 합실해졌으므로 생성 변화의 운동을 스스로 할 수 있게 되고, 각기 5토가 지닌 단합의 인력을 중심에 가지고 있기 때문에 자신의 성정과 기질 안에서 1로부터 10에 이르는 생성 변화의 음양 운동을 하면서, 1에서 10에 이르는 보다 큰 단위의 5, 10토의 음양 운동의 영향을 받게 된다.

오행의 운동은 결국 음양의 운동이다. 왜냐하면 목화는 하나의 양이고 금수는 하나의 음이기 때문이다. 목은 동방의 봄에 해당하고 화는 남방의 여름에 해당하며, 금은 서방의 가을에 해당하고 수는 북방의 겨울에 해당하며, 토는 중앙의 사계에 해당한다. 따라서 중앙 토의 영향을 받으면서 봄으로부터 여름까지 양기가 발전하다가 극에 이르면 가을로부터 겨울에 이르기까지 음기가 극성하게 된다. 바꾸어 말하면 한번은

양이 되고 한번은 음이 되는 음양 운동의 율려가 이어지면서 순환하게
된다. 그런데 이 율려는 좀더 들여다보면 아주 다층적이고 복합적이다.
앞에서 살펴본 바와 같이 양수로 표상되는 목과 화는 각기 그 내부에
음수를 지니고 있고, 음수로 표상되는 금과 수는 각기 그 내부에 양수
를 지니고 있기 때문에, 각 오행은 자신의 음양 운동을 지속하면서 보
다 큰 단위의 전체적인 음양 운동에 참여하고 있다.

또 다른 관점에서 오행의 운동을 살펴보면, 목생화, 화생토, 토생금,
금생수, 수생목의 상생 운동, 그리고 화극금, 금극목, 목극토, 토극수, 수
극화의 상극 운동의 교합과 상호 의존적 작용에 의해서 그 율려가 추
진되고 있음을 알 수 있다. 거기에다가 수는 화가 되고 화는 수가 되며,
목은 금이 되고 금은 목이 되는 대화 작용(對化作用)에 의해서 그 율려
의 순환 운동이 정교하게 추진되고 있음을 볼 수 있다. 또 여기서 주목
되는 것은 각 오행의 어떤 것도 자신의 고립적인 순수성을 유지하면서
존재할 수 없다는 사실이다. 양은 음을 내장하고 음은 양을 내장하고
있듯이 그것들은 모두 혼성적(混成的)이다. 목을 예로 든다면, 목은 자
신을 낳은 수, 자신이 낳은 화, 대화 작용으로 영향을 끼치는 금, 목극
토라는 상극 작용을 통하여 생명 운동의 동력을 얻어 오는 토 등 여타
오행의 성정과 기질을 모두 분유하여 내장하고 있다. 따라서 음양 오행
의 운동에 의해서 만물이 생성 변화되는 것이므로 모든 존재는 다층적
이고 복합적인 율려 운동의 과정 속에서 근원적으로 혼성적이며 상호
의존적인 것일 수밖에 없다.

음양의 율려가 바로 생명 운동이고 정신 운동이다. 다시 말하면 우주
는 율려 운동을 통해서 거대한 하나의 우주 생명이 되고 우주 정신이
된다. 이와 같은 음양 오행의 생성과 그 운동에 의해서 천지 만물이 생
성된 것이라고 한다면 그야말로 천지 만물은 일여적으로 연결되면서
호한하기 그지없는 하나의 생명과 정신의 그물망을 형성한다. 여기서

다시 한번 도의 전일성과 전동성이 드러내는 아주 철저하고 근원적인 전체론적 인식 또는 전일적 세계관을 확인할 수 있다.

이제 위에서 살펴본 음양 운동이 어떻게 시의 생성과 관련되는지 개괄해 보기로 한다. 이미 앞에서 이야기한 바와 같이 태극의 심원함은 없음의 있음이라는 본질, 즉 적연부동(寂然不動)하다가 감이수통(感而遂通)하여 생성 변화하는 가발성 또는 가동성에 있다. 생성 변화하고자 하는 이 가발성과 가동성을 무소불유한 태극은 본래 그 혼론(混淪)한 도리의 핵심 속에 씨앗처럼 지니고 있는데 그것을 <뜻(志)>이라고 한다.20) 이 <뜻>을 천지의 마음과 사람의 마음에 비유한 다음의 인용문을 보자.

> 하나의 양이 아래에서 생겨남은 이것이 곧 천지가 만물을 생겨나게 하는 마음이다. 옛 선비들은 모두 고요함으로써 천지의 마음을 보았으니, 대개 움직임의 실마리가 곧 천지의 마음임을 알지 못한 것이다. 도를 알지 못하면 누가 능히 이를 알 수 있겠는가?21)

> 천지의 마음은 만물을 생성하는 도이다. 이 마음이 있으면 여기에 형태를 갖추어 생성하게 된다. 측은히 여기는 마음은 사람의 생성하는 도이다.22)

첫 번째의 인용문은 복괘(復卦)에 대한 설명이다. 천지의 마음은 만물을 생성하려고 하는 의지이다. 옛 선비들이 모두 <고요함>으로써 천지의 마음을 보았다는 것은 천지의 마음이 가동성을 지니고 있는 고요함이라는 것을 잘 알지 못했다는 뜻이다. 두 번째의 인용문은 천지의 마음과 사람의 마음을 나란히 비교하고 있다. 사람의 마음도 천지의 마

---

20)「계사전」상.
21)『근사록』(경문사 영인, 1981), 140-141쪽.
22) 위의 책, 158쪽.

음과 같이 생성하는 도를 그 바탕으로 지니고 있다. 여기서 "측은히 여
기는 마음"은 인(仁)을 말하는 것인데, 인이란 만물과 하나로 통하는 도
리를 뜻하는 것이다. 이 도리에 의해서 사람은 천지 만물을 자기와 한
몸으로 여기게 된다. 천지 만물을 자기와 한 몸으로 여기는 자기 일체
성의 원리가 있기 때문에 사람의 마음이 만물을 접하게 되면 자연히
감응이 생겨나기 마련이다.[23] 요약하건대 천지의 마음이 만물을 생성하
는 것과 같이 사람의 마음은 천지 만물과 감응하여 그 천지 만물에 대
한 온갖 사유와 감정과 상상을 생성하게 된다.

　　천지의 마음과 사람의 마음은 다 같이 생성하는 도를 지니고 있다.
그렇다면 그 생성은 어떻게 이루어지는가.

> 　희로애락이 아직 나타나지 않은 것을 중(中)이라 한다. 중이란 아직
> 고요하여 움직이지 않는 것을 말한다. 그러므로 천하의 대본이라고 한
> 다. 나타나서 모두 절도에 맞는 것을 화(和)라 이른다. 화란 사물에 감
> 발하여 마침내 통하는 것을 말한다. 그러므로 천하의 달도(達道)라고
> 한다.[24]

　　여기서 중(中)은 천지의 마음과 사람의 마음의 본체인 태극을 말한다.
이 태극이 그저 고요하기만 하고 가발성이라고 하는 <뜻>이 없다면 아
무것도 생성할 수가 없고 아무것도 나타날 수가 없을 것이다. 그런데
그것이 있어서 생성과 변화가 생기고, 생성과 변화는 절도에 맞게 이루
어지므로 그것을 화(和)라 하고, 화가 있으므로 질서 정연하게 움직이는

---

23) 위의 책, 145-146쪽. "의서에 손이 마비되는 것을 불인(不仁)이라고 한다. 이
　　것은 가장 잘 형용한 말이다. 인이란 천지 만물을 나와 한 몸으로 삼으니
　　내가 아닌 것이 없다. 만물이 나임을 알게 되면 인은 어디에든지 이르지 않
　　는 바가 없다. 만약 이 만물이 내 속에 있지 아니하면 저절로 자기와 관계
　　가 없게 된다. 마치 손과 발이 불인하여 이미 기가 통하지 않으면 그것들이
　　모두 내 몸의 것이 되지 않는 것과 같다."

24) 위의 책, 136쪽.

그 길을 하나로 통하는 달도라고 할 수 있다.

천지의 마음과 사람의 마음이 생성하는 움직임은 아무렇게나 이루어지는 것이 아니라 절도에 맞게 하나로 통하는 길을 따라서 이루어진다. 그 하나는 경우에 따라서 여러 가지 이름으로 불려지지만 결국은 하나의 태극일 뿐이다.[25] 그러므로 천지와 사람의 마음은 태극의 운동, 즉 음양의 율려 운동에 따라서 반드시 그렇게 좇지 않을 수 없는 길을 걷게 된다. 적연부동하던 태극이 한번 움직여서 음양 이기로 분화하기 시작하면 마침내 천지 만물의 생성과 변화를 이루어 놓고 만다. 마찬가지로 희로애락이 아직 생기지 않아 적연부동하던 마음이 일단 사물의 미묘하고 순수한 기(氣)의 움직임, 즉 상(象)을 느끼게 되면 감응이 생기고, 감응이 생겨서 움직임이 있게 되면 다시 또 감(感)을 낳고, 감은 또 응(應)을 낳아 끝없이 움직이면서 마침내 그 조화로 온갖 감정과 사유와 상상을 낳게 된다.[26]

만일 생성과 변화의 흐름 속에 있는 사물의 상(象)이 없고 다만 정적으로 고정된 사물의 상(相)만 있다면, 사람은 그것을 마치 거울과 같은 시각을 통해 기계적으로 볼 뿐 마음으로는 아무것도 느낄 수가 없다. 마음이 아무것도 느낄 수가 없으면 마음이 움직일 수가 없고, 마음이 움직이지 않으면 감정도 생각도 상상도 생겨날 수가 없다. 왜냐하면 천지 만물은 음양의 율려라는 정연한 도를 따라서 움직이는 것이고, 그 움직임을 느끼게 되면 사람의 마음도 그 도를 따라서 움직이게 되는

---

25) 위의 책, 156쪽. "하늘에 있어서는 명(命)이 되고, 사물에 있어서는 이(理)가 되고 사람에 있어서는 성(性)이 되고, 몸의 주재가 되면 심(心)이 되는데 실지로는 하나이다."

26) 위의 책, 141쪽. "감이 있으면 반드시 응이 있다. 무릇 움직임이 있으면 모두 감이 되고 감하면 반드시 응이 있다. 응하는 바는 다시 감이 되고 감한 바에는 다시 응이 있으니, 그것이 움직임과 감응이 그치지 않는 까닭이다. 도를 아는 사람은 이러한 감통의 이치를 묵묵히 알아야 한다."

것이기 때문이다.

천지의 마음과 사람의 마음은 다 같이 생성하려는 <뜻>을 가지고 있고, 그 <뜻>은 음양 이기로 분화되어 만물을 생성하거나, 음양의 이치에 의해서 감정과 생각과 상상을 생성하고, 그렇게 생성되는 것들은 결국 인간의 언행이 되어서 나타나게 된다. 이렇게 볼 때 시라고 하는 것도 역시 음양 운동의 원리와 절도가 필연적으로 있을 수밖에 없다고 보아야 한다. 그래서 김만중은 천지와 사람의 마음과 시의 관계를 이렇게 말하고 있다.

> 사람의 마음이 입에서 나온 것이 말이고, 말이 절주(節奏)가 있으면 가(歌), 시(詩), 문(文), 부(賦)가 된다. 사방의 말은 비록 같지 않으나 진실로 말을 잘할 줄 아는 자가 각기 그 말로써 절주하면 모두 천지를 감동시키고 귀신과 통할 수 있다.27)

여기서 절주라는 말은 도를 따라서 움직이는 절도, 즉 율려를 뜻한다. 인간의 말이 절주를 얻으면 시가 되고, 그 절주로 인하여 좋은 시는 천지와 귀신을 감동시킬 수 있다고 김만중은 말하고 있다. 절주란 결국 음양 운동의 질서 정연한 길, 즉 도에 불과하기 때문에 시가 그 도를 따라서 생성되면 천지의 도와 자연히 합일하게 되는 것이므로 천지와 귀신을 감동시킬 수 있다는 것은 정한 이치라 할 수 있다. 감동이란 어떤 것의 상(象)을 느끼게 되면, 그 상의 움직임과 하나가 되어 마음이 같이 움직이는 것을 뜻하기 때문이다.

그런데 여기서 말하는 귀신이란 무엇인가.

> 귀신은 두 가지 기의 양능(良能)이다.…… 만물이 처음 생겨나면 기가 날로 무성하게 자란다. 만물이 생겨서 이미 가득차게 되면 기가 날로

---

27) 김만중, 『서포만필』(통문관, 1971), 653쪽.

되돌아가서 흩어져 없어진다. 기가 자라나게 됨을 신(神)이라 하니 그
것은 신(伸)의 뜻이고, 기가 되돌아감은 귀(鬼)라 하니 그것은 돌아간다
는 귀(歸)의 뜻이다.[28]

귀신은 조화(造化)의 자취이다.[29]

귀신은 두 가지의 기, 즉 음양의 움직임을 이르는 말이다. 천지 만물
은 귀신의 조화가 아닌 것이 없다. 생성 변화하는 온갖 생성자는 음양
이기일 뿐이고, 생성 변화하는 한, 음양 운동의 법칙, 즉 귀신의 원리에
따라 생성 변화할 수밖에 없다. 천지의 마음과 사람의 마음이 생성하려
는 <뜻>은 결국 귀신 운동에 의해서 실현된다.

만물은 천지의 마음의 귀신 운동이 생성해 낸 조화의 산물이고 시는
사람의 마음의 귀신 운동이 생성해 낸 조화의 산물이다. 시적 사유는
심상 사고이며, 심상 사고는 상상이고, 상상은 귀신의 조화이며, 귀신의
조화는 음양 이기의 운동이다. 시는 결국 생성의 궁극적 본체인 태극의
작용, 즉 음양 이기의 조화에 의해서 생성된 하나의 생성자에 불과하다
고 볼 수 있다.

4. 맺는말

지금까지 시적 관점과 생태적 관점 그리고 도의 관점이 어떻게 긴밀
한 관계로 상호 포괄되고 있는지 살펴보았다. 도의 전일성과 전동성의
개념은 아주 철저하고 심오한 차원에서 생태적 세계관 또는 전체론적

---

28) 위의 책, 160쪽.
29) 위의 책, 139쪽.

세계관을 보여주고 있다. 그리고 무엇보다도 주목되는 점은 도의 관점에서는 우주 자체를 하나의 생명 또는 정신의 운동 과정으로 바라본다는 사실이다. 이 점이 기계론적 환원주의가 이원론적 관점에서 주관과 객관, 물질과 정신을 분리하고 세계를 부분들의 계층적 구조의 집합으로 보는 것과 근본적으로 다르다. 다시 말하면 도의 사상에서는 세계를 부분의 집합이 아니라 하나의 전체로 바라보고, 구조가 아니라 과정을 중시하고, 객관적 지식의 추구가 아니라 인식론적 관계를 중시하고, 부분들의 계층적 위계 질서가 아니라 일여적으로 평등하게 연결된 그물망을 중시한다.

생명은 특성은 무엇보다도 자기 조직화(self-organization)의 본성에 있다. 생명체는 외부에서 조립하는 것이 아니다. 음양 오행의 생성과 그 운동에서 보았듯이 우주 만물은 스스로 율려하며 보다 큰 단위의 율려에 동참하면서 자기 조직화의 과정을 걷는다. 우주는 하나의 생명과 정신의 거대한 그물망을 이루고 있다. 그 거대한 그물망은 일여적으로 연결되어 있을 뿐만 아니라 근본적으로 상호 혼성적이기도 하다. 어떤 존재도 고립적으로 자신의 배타적인 순수성을 주장할 수가 없다.

시 역시 사람의 마음의 귀신 운동이 생성한 것에 불과하다. 따라서 그것이 율려를 잘 드러내게 되면 천지를 감동시킨다. 시가 귀신 운동의 산물인 이상 그것은 결국 하나의 우주 생명 또는 우주 정신의 표현이라고 할 수밖에 없다. 또 율려 운동에 의해서 생성되는 모든 존재가 근본적으로 일여적이며 혼성적이라고 한다면 시 역시 그렇다고 보아야만 한다. 다시 말하면 시에서 언어의 기호론적 의미의 순수성은 처음부터 매우 제한적일 뿐만 아니라 위태롭게 오염될 가능성으로 존재한다. 기호론적 의미는 조립하고 조작하는 기술에 지배되고, 기술이 관여하는 한 그것은 부분의 집합 구조가 지니는 기계적 기능에 불과하다. 그러나 시가 생명 운동인 율려에 의해서 생성된다면 그 의미는 기상론적(氣象

論的)이다. 기상은 직관에 의해서 이해되는 기의 순수한 움직임을 말하는 것이므로 근본적으로 혼성적일 뿐만 아니라 바로 생명과 정신 운동 자체를 뜻한다. 요컨대 시의 기호론적 의미의 순수성은 혼성적인 기상론적 의미에 의해서 처음부터 침투되고 오염되어 있다.

위와 같은 전제에서 볼 때 시적 자아는 생태적 자아임과 동시에 나아가서 우주적 자아로 고양된다. 시의 세계는 바로 이와 같은 우주적 자아가 드러내는 전일성의 세계를 지향한다. 그리고 시의 화법은 도의 전일성과 전동성이 빚어내는 역설적 화법이다. 바로 이 점이 동양의 <도의 시학>과 서양의 기술 시학이 미묘하게 다른 길을 걷게 되는 지점이다.

〔배재대학교 국어국문학과 교수〕

* 참고문헌은 각주로 대신함.

謹齋 安軸(1282-1348) 論

한창훈

1. 序論

謹齋 安軸(1282-1348)은 고려후기 대표적인 '新興 士大夫'의 한사람이다. 그는 일찍이 국문학사에서도 景幾體歌인 <관동별곡> <죽계별곡> 2수와 이외 다수의 漢詩를 남긴 작가로서 주목되었다. 그러나 지금까지의 연구성과를 일별해 보면, 그와 그의 작품에 대한 구체적이고 포괄적인 작가론적 차원의 접근은 그다지 활발하지 않았음을 쉽게 알 수 있다.[1] 그리고 그동안의 작가론은 그가 남긴 문학작품 중에서 편의적으로 漢詩나 景幾體歌 가운데 어느 한 부분만을 집중적으로 다루는 문제점

---

1) 그동안 안축에 대한 작가론은 이수봉, 김동욱 등에 의하여 이루어졌다. 특히 김동욱은 그의 박사 논문의 테마로 안축을 선택했으며(『謹齋 安軸과 그 詩·歌의 연구』, 성균관대 박사 논문, 1987), 이후 그 관련내용을 추가하여 단행본을 출간하기도 했다. 자세한 목록은 뒤의 참고문헌란을 보기 바란다.

188

을 공통적으로 지니고 있는 것으로 보인다. 그러나 그 내용과 성격에서 상당한 이질성을 보이는 이들을 작가론적 차원에서 포괄적으로 다루지 않고 부분적으로 접근하는 연구 태도는 별로 바람직하지 않다고 여겨진다.

본고는 이런 문제 의식에서 출발하여, 그동안 별로 주목되지 못했던 謹齋 安軸(1282-1348)의 生涯, 思想, 漢詩, 景幾體歌 등의 포괄적 재검토와 새로운 시각의 고찰을 통해 그의 문학 세계를 다각적으로 이해하는 데 도움을 주고자 한다.

2. 時代的 背景과 生涯

한국사에서 14세기는 흔히 元 간섭기라고 일컬어지는 충렬왕(1275-1308), 충선왕(1298,1308-13), 충숙왕(1313-39), 충혜왕(1330-8, 1339- 44), 충목왕(1344-8), 충정왕(1349-51)의 약 80여 년간의 기간과 이후 공민왕(1351-74), 우왕(1174-88), 창왕(1388-89), 공양왕(1389-92)의 이른바 고려 후기로 양분해 볼 수 있다. 정치사적으로 볼 때, 강화를 계기로 고려와 元이 새로운 관계에 놓이게 되면서, 정치세력도 상당한 변화가 있었던 것으로 보인다. 현재 한국사학계는 14세기의 정치 지배세력으로 '權門勢族'과 '新興 士大夫'에 주목하여, 양자의 대립과 갈등 과정을 통하여 당시 정치사를 설명하고 있는 것으로 파악된다.2)

이제는 널리 알려져 있는, 이우성3)에 의해 처음으로 지적된 소위 '新

---

2) 14세기 고려사회성격연구반, 『14세기 고려의 정치와 사회』(민음사, 1994) 참조.
3) 「고려조의 '吏'에 대하여」, 『역사학보』 23집 (역사학회, 1964) 이후 『한국중세사회연구』 (일조각, 1991)에 재수록.

興 士大夫'의 가장 큰 특징은 그 세력 기반을 향촌에 두고, 과거를 통해 중앙 정계에 입문하는 것이다. 이들은 농민과 가까운 관계를 가지며, 행정 실무를 담당하는 기능인이어서 사물이나 사실을 중요시 했다. 문학적인 교양과 학식을 갖추어 중앙 정계로 진출했을 때에는 그러한 사고 방식을 살려 '能文能吏' 임을 자랑하고, 고려 전기의 '門閥貴族'이나 당시의 '權門勢族'과 맞서는 거점을 마련했다고 하겠다. 이런 논의는 사실 고려후기의 실제적 현상에 대한 구체적 연구를 통해 귀납적으로 이루어진 것이라기 보다는, 宋代 士大夫들의 성격을 준거틀로 해서 고려 사회에 적용하고 해석한 혐의가 짙다. 따라서 이 부분에 대해서도 더욱 세밀한 사례 연구가 있어야 하겠지만, 현단계에서 보았을 때도 이 이론의 효용가치는 일단 분명히 존재하는 것으로 생각된다.

 이러한 '新興 士大夫'의 성립은 충선, 충목, 공민왕에 걸쳐 이루어지는 權門勢族에 대항하는 의미의 개혁 정책과 긴밀한 관련을 가지고 있다고 보이는데, 이는 權門勢族의 세력 확대에 위협을 느낀 왕권이 그들과는 계층적 성격이 다른 지방 향리층 자제로 관직에 진출한 세력을 등용하면서 이루어진 것으로 보인다. 한편, 사상사적 측면을 고려하더라도 이런 시각을 뒷받침 할 수 있다. 원래 고려시대 유학은 九經三史가 강조되어 원칙적으로는 經學主義가 표방되고 있었다. 그러나 현실적으로는 科擧制와 연관하여 詩文主義가 널리 유행하고 있었다. 따라서 고려시대 儒者들의 일반적 지식이란 주로 文學的 敎養을 의미하고 있었다. 이러한 고려시대의 詩文主義에 대하여 고려후기의 性理學 진흥 운동은 經書 특히 四書를 중시하는 新興 士大夫에 의해서 전개되었던 것이다.4) 이규보·진화·임춘·이인로·최자 등이 유교에 대한 소양이 없는 것은 아니지만 經學보다는 文學에 심취하고, 유학자이면서 동시에

---

4) 박충석, 『한국정치사상사』 (삼영사, 1982)와 허흥식, 『고려과거제도사연구』 (일조각, 1981) 참조.

190

도·불에 심취하는 이유도 이런 배경에서 이해되어야 한다.[5]

　여기서 우리가 주목하는 安軸은 '新興 士大夫'의 전형적인 인물이라 할 만하다. 안축은 충렬왕 8년 安碩의 둘째 아들로 태어났다. 아버지인 碩은 과거에 급제하였으나 벼슬을 하지 않고, 縣吏로서 은거하면서 향촌의 토착 세력으로 남았다. 이러한 家門을 배경으로 한 그는 학문에 힘쓰고 문장을 다듬어 登制하여 金州司錄을 시작으로 환로길에 나선다. 安軸의 家門인 순흥 안씨는 이처럼 지방의 향리로 있다가, 고려후기에 이르러 출사하는 전형적인 '新興 士大夫' 집안임을 알 수 있다. 安軸 이외에도 형제들인 安輔·安輯이 다 과거에 급제하였으며, 특히 軸과 輔는 元의 制科에도 합격하였다.[6] 安軸은 1324년에 元의 制科에 급제하였는데, 당시 元에서는 朱子 性理學을 官學으로 장려하면서, 과거 또한 정주가 주석한 유교 경전을 교범으로 삼아 시행하고 있었다. 그러므로 元의 과거에 합격하였다는 것은 그의 학문 토대가 유학중에서도 특히 性理學임을 입증해주는 예라고 할 수 있다.[7]

　한편, 그가 당대 개혁을 지향하는 왕권과 밀접한 상호관계에 있었음은 다음의 ≪高麗史 列傳≫과 ≪高麗史節要≫의 언급을 통해서도 쉽게 짐작할 수 있다.

　　이 때에 충숙왕이 元에 억류되었다. 안축이 신하들에게 이르기를 '임금에게 근심이 있으면 신하가 곤욕을 당하고 임금이 곤욕을 당하면 신하는 죽는 법이다.'라고 하고 곧 元에 상서하여 왕은 죄가 없다는 것을 밝혔다. 왕이 이것을 기특히 여겨 벼슬을 건너 뛰여 成均樂正으로 임명

---

5) 한영우, 「고려시대 유가사상 이해의 문제점」, 『한국의 문화전통』 (을유문화사, 1988)

6) 『국역 高麗史 列傳』 22권 등의 기록을 통해 우리는 이들 순흥 안씨의 활동을 비교적 자세히 살필 수 있다.

7) 고혜령, 『14세기 고려 사대부의 성리학 수용과 가정 이곡』 (이화여대 박사 논문, 1992)

하였다.[8]

安軸은 金州司錄를 시작으로 司憲糾正·成均樂正·右司諫大夫를 거쳐 忠惠王 때에는 왕명으로 江原道存撫使로 파견된다. 이때 ≪關東瓦注≫라는 기행 漢詩集과 ≪景幾體歌≫인 <관동별곡>을 지었다. 이후에 判典校知典法事·監察大夫 등의 관직을 역임하고, 충목왕 이후에는 監春秋館事가 되어서, ≪編年綱目≫을 增修하였고 ≪三朝實錄≫ 편수에 참여하였다. 말년에 구체적으로 67세때 致士의 뜻을 밝히고 은거하며, <죽계별곡>을 지었다.[9] 그리고 이후, 조선조 중종때에는 풍기군수인 周世鵬이 紹修書院에 그를 추향하기도 했다.

이처럼 그의 생애는 과거를 통해 입신하고 시종 관인으로서의 일생을 이었으며, 화려한 공직자의 그것에서 이탈되지 않았다. 그의 漢詩는 물론이고, ≪景幾體歌≫에서도 이런 그의 생애적 특징이 잘 드러나 있는 것으로 보인다.

3. 思想的 背景 : 認識論과 自然觀을 중심으로

국문학 작가의 하나로 安軸을 다룰 때 우리가 특히 주목할 수 있는 것은 그의 사상사적 배경이다. 앞 절에서 간략하게 살핀 것처럼 그는 우리나라의 性理學 수용 시기에 중요한 역할을 하고 있는 사람으로[10], 이는 그의 문학을 이해하는데 한 디딤돌이 된다. 이 점이 특히 중요한 것은, 무인집권기 문인 관료들 이를테면 이규보·진화·임춘·이인로·

---

8) 『국역 고려사』 9권 p.497와 『국역 고려사절요』 3권 p.395. 참조.
9) 김동욱, 『고려후기 사대부 문학 연구』 (상명여대 출판부, 1991)
10) 변동명, 『고려후기 성리학 수용 연구』 (일조각, 1995)의 내용을 참고할 것.

192

최자 등에게서는 性理學에의 접촉이나 관심을 찾아보기가 힘들며, 그러한 면에서 이들과 性理學을 수용한 '新興 士大夫' 사이에는 사상적인 차이가 분명히 존재한다는 사실이다.

구체적 예를 찾아보면, 安軸이 충목왕때 왕의 비호 아래 당대의 權門勢族을 견제하는 개혁 정책에 참여했으며, 우리나라에 처음으로 性理學을 들여온 것으로 알려진 安珦과 同鄕과 同姓의 관계에 있다는 점도 주목되어야 한다. 그리고 안축은 한때 儒를 배척하던 권세가 강윤충에 의해 강제로 퇴직당하는 수모를 겪었는데, 이때 儒는 성리학을 수용한 儒로 보아야 할 것이다.11) "詩書로써 禮義를 가르치고 本然之性을 확충"시킨다는 언급 등도 이를 뒷받침 한다.12) 한편 性理學의 수용 문제와 직접 관련되지는 않지만, 性理學 수용에 직접적으로 관계되어 있다고 여겨지는 사람들 중의 상당수가 당시의 權門勢族들과 갈등 관계에 있었다는 사실도 주목되어야 한다. 안향·박충좌·최해·이제현 등이 그런 이들이며, 안축의 경우 양민을 노비로 삼아 탈점하려던 불법 행위를 묵인하지 않아 당시 충숙왕의 측근이던 申靑과 갈등을 빚었다.

고려시대에 性理學을 수용한 계층은 대개 삼남 지방에 본관을 둔 과거급제자로서, 주로 武人政權이 붕괴된 이후에 부각되기 시작하였다. 이들은 핵심적 권력에까지 접근하지는 못했던 것으로 보이며, 경제적 처지는 中小地主를 축으로 大地主가 일부 가담하는 형태로 이해된다. 이처럼 性理學 수용계층이 지니는 특징은, 종래 우리가 '新興 士大夫'라고 이해하는 부류의 속성과 거의 일치하고 있음을 알 수 있다. 鄕吏의 후예로서 과거급제자를 주축으로 한 中小地主 계층 출신이었다는 공통된 특성을 가진 이들은, 결국 동일한 부류의 사람들이었다.

---

11) 변동명, 『고려후기 성리학 수용 연구』(일조각, 1995) 참조.
12) 「制策」, 『謹齋集』 참조 : 변동명, 『고려후기 성리학 수용 연구』(일조각, 1995)에서 재인용.

安軸의 思想史的 背景도 이에서 멀지 않다. 그는 '실제적인 것을 존중하면서 초월적 상상력의 매개없이 그것을 도덕적, 심미적 완성으로 이끌어 올리고자 했던 사상과 태도에 근거를 두고 있는'[13] 性理學者라 할 수 있는데, 다음의 기록들은 이런 태도를 분명히 확인시켜주는 자료로 보인다.

　① 대개 천하의 사물이 무릇 형상이 있는 것은 모두 이치가 있으니, 크게는 산수에서부터 작게는 돌멩이와 나무토막에 이르기까지 그렇지 않은 것이 없다. 노니는 사람들이 이런 사물을 보고 흥을 붙이고 이로 인하여 즐거움을 삼는다. … 대개 형상이 기이한 것은 겉으로 드러나는 데 있어서 눈을 즐겁게 하고, 이치가 묘한 것은 은미한데 있어서 마음으로만 얻을 수 있는 것이다. 눈으로 기이한 형상을 구경하는 것은 어리석은 사람과 지혜 있는 사람이 모두 같아 그 한쪽만 보고, 마음으로 묘한 이치를 얻는 것은 군자만이 그러하여 그 전일한 것을 즐긴다. 공자께서 이르기를, 어진 자는 산을 좋아하고 지혜로운 자는 물을 좋아한다 하셨는데, 이는 기이한 것을 즐겨 그 치우침을 보는 것을 이름이 아니요, 대개 묘한 것을 얻어 그 온선한 것을 즐기는 것을 이름이다.[14]

그는 이 글에서 형상의 기이한 것과 理의 묘한 것을 나누고 사물을 볼 때 그 理의 묘한 것을 보는 것이 군자의 길이라 여기고 있다. 사물의 형상보다 理에 주목하는 태도는 道를 중시하는 詩觀과 통한다고 볼 수 있다. 그러나 그가 사물을 보고 興을 붙이고 즐거움을 삼는다고 말

---

13) 김흥규, 「장르론의 전망과 경기체가」, 『백영 정병욱 선생 화갑기념 논총』 (신구문화사, 1982)
14) 「江陵府鏡浦臺記」, 『謹齋集』, 『고려명현집』 2권 (성균관대 대동문화연구원, 1973) "天下之物　凡有形者皆有理　大而山水小而至於拳石寸木　莫不皆然　人之遊者　覽是物而寓興　因以爲樂焉 … 夫形之奇者　在乎顯　而目所翫　理之妙者　隱乎微　而心所得　目翫奇形者　愚智皆同　而見其偏　心得妙理者　君子爲然　而樂其全也　孔子曰　仁者樂山　智者樂水　此非謂翫其奇而見其偏　盖得其妙而樂其全也."

한 것을 보면, 이를 통해 느끼는 興과 樂도 아울러 중요시 했음을 알 수 있다.

　② 사람의 마음이 한가운데에만 있고 외부가 접촉하지 않으면 허령해 움직이지 않고, 그 근본이 안정되었다가 어떤 사물이 있어서 나와 접촉한 다음에야 가운데에서 움직여 밖에 나타나는 것이다. … 무릇 사물이 나에게 접촉되는 것으로는 올바르게 나를 격동시키는 것도 있고, 바르지 못하여 나를 요동시키는 것도 있다. 오직 성인은 사물을 응하는데 있어 도가 있어서 그 바른 것을 잃지 않으나, 일반 사람들은 사물로 인한 변화가 있어서 향하는 길이 달라진다. 그러므로 옛적의 군자가 그 마음을 바르게 하고자 하는 자는 항상 일용하는 가운데서 사물에 접하는 것을 삼가고, 눈에 보이는 것은 더욱 스스로 가렸던 것이다.15)

이 글은 일반인과 군자가 사물을 보고서 취하는 태도가 다름을 나타내고 있다. 군자는 눈에 보이는 것을 가려서 택하면서도 거기서 바른 것만 받아들인다는 것이다. 사람의 마음은 外物과 접촉하지 않으면 겉으로 드러나지 않고, 접촉한 이후에야 바깥에 드러난다고 전제하고, 사물에 접하여 나타나는 바는 사람에 따라 다르다는 것을 강조한 내용으로 이해된다.

여기서 잠시 우리는 그의 ≪景幾體歌≫ 작품에서 이런 사물에 대한 관심이 ‘自然’으로 확장되는 것에 주목할 필요가 있다. 安軸의 ≪경기체가≫ 이전의 작품들에 보이는 문인들의 ‘風流’의 공간이 宮中을 중심으로 한다면, 安軸의 경우는 ‘自然’이라는 광활한 공간을 배경으로 이루어지는 질박하면서도 호기로운 ‘風流’의 양상이 표출되는 것이다.

---

15) 「臨瀛公館墨竹屛記」, 『謹齋集』, 『고려명현집』 2권 (성균관대 대동문화연구원, 1973) “人心之在乎中 而不接於外 則虛靈不動 而安其本 有事物交於我然後 有以動於中 而發於外 … 凡物之交於我者 有正而激我者 有不正而撓我者 惟聖人 應物有道 而不失其正 衆人則 因物有遷 而趨向異道 故古之君子 欲正其心者 常於日用之間 愼其接物 而至於目之所翫 則尤自擇焉.”

선유담, 영랑호, 신청동 안으로
푸른 연잎 자라는 모래톱, 푸르게 빛나는 묏부리, 십리에 서린 안개
바람 향내는 향긋, 눈부시게 파란 유리 물결에
아, 배 띄우는 모습 그 어떠합니까!
순채국과 농어회, 은실처럼 가늘고 눈같이 희게 써네
아, 양락이 맛지단들 이보다 더하리오![16)

오십천, 죽서루, 서촌 팔경
취운루, 월송정, 십리의 푸른 솔
옥저 불고, 가야금 타며, 청아한 노래 부르고 우아한 춤추며
아, 정다운 손님을 맞고 보내는 모습 그 어떠합니까!
망사정 위에서 창파 만리 보노라면
아, 갈매기새도 반가워라![17)

(관동별곡 8연)

<관동별곡> 5연의 전대절에서는 배경이 되는 自然의 모습 특히 경치를 묘사하고, 그것을 벗하는 인물이 등장한다. 작자로 여겨지는 이 인물은 아름다운 물위로 배를 띠우며 경치를 감상하는 것이다. 작자의 감흥은 역시 가요의 후소절에서 나타난다. 張翰이 고향인 강동의 순채국과 농어회 생각이 나서 고향으로 돌아간 故事를 들며, 순채국에 실같이 저며놓은 농어회가 양젖과는 비교가 안될만큼 훌륭하다고 감탄한다. <관동별곡> 8연에서는 지방의 아름다운 풍경을 오십천, 죽서루, 서촌 팔경식으로 늘여서 보여준다. 그리고 월송정에 십 리로 뻗은 푸른 소나무 숲과 망사정 위에서 물결치는 너른 바다 위로 날아가는 갈매기들의 경물이 묘사되어 있다.

---

16) 仙遊潭 永郎湖 神淸洞裏 / 綠荷洲 靑瑤嶂 風烟十里 / 香冉冉 翠森森 琉璃水
　　面 / 爲 泛舟景幾何如 / 蓴羹鱸膾 銀絲雪縷 / 爲 羊酪豈勿參爲里古.
17) 五十川 竹西樓 西村八景 / 翠雲樓 越松亭 十里靑松 / 吹玉邃 弄瑤琴 淸歌緩
　　舞 / 爲 迎送佳賓 景幾何如 / 望佺亭上 滄波萬里 / 爲 鷗伊鳥 藩甲豆斜羅.

<관동별곡>에서는 自然이 시적 소재로 부상하기는 하지만, 이후 조선시대 士大夫들의 江湖詩歌가 보여주는 바, 고도의 시적 친밀감과 주객합일의 일체감을 보여주지는 못한다. 청정한 '江湖自然'과 혼탁한 '政治現實'의 이분법적 구도도 찾아볼 수 없다. 대체로 현실적인 관점에서 自然을 대하고 있는 것으로 여겨진다. '현실적으로 받아들이는 自然'이라는 표현이 어울릴 것 같기도 하다. 이런 관점에서 보면, 安軸은 自然 속에서 자신과의 일체감을 찾거나, 自然의 질서있는 모습에서 道의 원리를 찾아내는 道學者의 자세를 보이지도 않는다. 그런데 여기서 유의해야 할 점은 安軸이 바라보는 自然은 비록 '현실적으로 받아들이는 自然'이지만, 항상 인간과의 관계 속에서만 존재할 수 있는 현실적 공간으로서의 自然이라는 점이다.

③ 관동의 산수가 기이하고 수려한데 양양이 그 가운데에 들어가 있으니, 그 영영한 정신과 청적한 기운이 반드시 헛되게 축적함이 없을 터인데도, 백여 년 동안에 기이한 것을 품은 재덕있는 선비가 이 고을에 나서, 인륜을 상서롭게 한 자가 있다는 말을 들어보지 못하였으니 이것은 산수의 기운에 징험이 없어서이며, 고을 사람들의 성품이 착하지 않은 것이 아니다. … 대개 땅의 기운이 그 쇠한 것이 오래면 그 왕성하는 것이 빠르고, 그 축적한 것이 멀면 그 발하는 것이 성하나니, 이제부터 집에는 재주와 학문하는 손자가 있고, 마을에는 어질고 후한 풍속이 있을 것이니, 그러고나면 산수의 수치를 씻을 수 있다는 내 말이 틀리지 않을 것이다.[18]

윗 글은 그의 이런 自然觀을 이해하는데 유효하다. 그는 좋은 山水

---

18) 「襄陽新學記」, 『謹齋集』, 『고려명현집』 2집 (성균관대 대동문화연구원, 1973) "關之東奇秀 而襄陽居其中 其英靈之精 淸淑之氣 必無虛蓄 而於百餘年間 有奇才德之士 出是邑 而瑞人倫者 此非山水氣 無驗 而邑人之性不善 … 夫地之氣 其衰也久 則其旺也暴 其蓄也遠 則其發也盛 自今家 有才學之孫 里有人厚之俗然後 有而雪 山水之恥 而知余言之不失也."

즉 自然은 징험이 있다고 하여, 關東 특히 襄陽의 수려한 自然은 재덕
을 겸비한 선비를 탄생시킬 것이라고 믿고 있다. 풍수지리적 입장을 보
여주는 이런 언급이 성립 가능한 것은, 山水 즉 自然의 징험이 그것을
보고 있는 사람에게 나타난다는 것을 믿고 있기 때문이다. 여기에 이르
면 그가 보는 自然이란 '觀照의 對象'이나 '주객합일의 대상으로서의 自
然'은 아니지만, 인격의 수양이나 인간의 생활과 밀접한 관련하에 있는
현실적인 것임을 짐작할 수 있다.

　이 글과 <관동별곡>이 보여주는 自然觀은 아마도 작자의 현실적 처
지와 사상사적 배경과 무관하지 않은 듯 하다. 지방 향리 출신으로, 性
理學을 기반으로 과거를 통해 정계에 진출하고, 강한 관료적 의식을 지
녔던 '新興 士大夫'로서의 작자의 위치가 이런 自然觀을 낳게 했을 것
이다.

4. 漢詩의 작품세계 : 〈關東瓦注〉 소재 漢詩를 중심으로

　≪謹齋集≫에 실려 전하는 <關東瓦注>는 安軸이 1328년(충숙왕 15년)
江陵道를 다스리는 책임 관원 存撫使가 되어, 관동 지방을 다니며 보고
느낀 바를 적은 일종의 기행문집이라 할 수 있다. 여기에 실려 있는 대
부분의 詩는 당시 관동 지방의 피폐한 사회상과 이를 보고 느끼는 작
자의 심정을 잘 드러내고 있다.19) 이런 <關東瓦注>의 성격을 이제현은
그 序文에서 다음과 같이 이야기 한다.

---

19) 이 부분의 논술은 특히 김종진, 「<關東瓦注> 소재 漢詩의 연구」, 『동국대학
　　교 경주대학 논문집』 2집 (동국대, 1983) 과 김동욱, 『고려후기 사대부 문학
　　의 연구』 (상명여대 출판부, 1991)에 크게 힘입었다.

> 학사가 강릉도를 존무함에 그가 지은 시와 글을 모와 이름짓기를 <關
> 東瓦注>라 하였다. 음풍농월과 사물의 모습을 본따 그린 것 또한 옛 사
> 람에 비해 조금도 손색이 없고, 의분을 느껴 지은 것으로 풍속의 잘잘
> 못과 민생의 기쁨과 근심에 관련된 것이 열에 아홉인데 그것을 읽으면
> 사람으로 하여금 슬퍼지게 한다. 아! 누가 우리 임금님 앞에서 그것을
> 읽을 수가 있으리오.[20]

이제현의 序文이 지적하는 것처럼, <關東瓦注>는 황폐화 된 農村을
돌아다니면서, 그 참혹한 현실을 고발하고 책임을 다하지 못하는 官吏
들을 비판하는 현실비판 의식이 강한 작품들이 대종을 이룬다. 그리고
이런 참혹한 農村에 存撫使로 부임하는 자신의 자책과 그리고 그 책임
감을 노래하는 詩들도 많이 보인다.[21] 이제 아래에서 이런 내용의 작품
을 좀더 구체적으로 살펴보기로 한다.

(1) 황폐한 현실에 대한 고발과 비판의식

安軸이 江陵道를 다스리는 책임 관원 存撫使가 되어, 관동 지방을 다
니며 보고 제일 심각하게 느낀 바는 農民들의 유망인 것으로 보인다.
그는 여러곳에서 이에 대한 안타까움을 표현하고 있다.

地瘠山危少廣平　　　땅은 척박하고 산은 험준하여 평평한 땅 얼마 안되니

---

20) 「關東瓦注序」, 『謹齋集』, 『고려명현집』 2집 (성균관대 대동문화연구원, 1973)
　　"當之學士存撫江陵道　集其所爲詩若文　名之曰關東瓦注吟風弄月慕寫物象　固亦
　　無護於前人矣　其感憤之作　關乎風俗之得失民之休戚者　十篇而九　讀之使人慘然
　　嗚呼　孰能誦之吾君之前乎."

21) 국역 『高麗史』와 『高麗史節要』를 보면, 그는 자신의 생애를 돌이켜 말할때
　　항상 '네번이나 법관이 되었는데, 무릇 백성들 가운데 강제로 눌리어 억울하
　　게 노예가 된자는 반드시 良民으로 되돌아가게 처리해 주었다'고 하였는데,
　　이런 언급도 그의 현실비판 의식과 관인으로서의 책임감을 드러내는 언급으
　　로 이해되어야 할 것이다.

此間何事可安生   이곳에서 어찌 생활을 편안히 할 수 있으리오.
居民不忍離鄕土   그래도 주민들은 차마 고향의 땅을 떠나지 못하니
料得流亡非本情   流亡이란 본래의 마음이 아님을 알겠노라

　이 시에서 작자는 유망의 근본 원인이 農民들에게 있지 않음을 통찰한다. 아무리 농토가 좁고 척박하더라도 차마 고향을 못버리는 것이 농민의 마음인 것이다. 그러면 이런 유망의 원인은 무엇인가? 이는 작가와 정치적 입장을 달리했던 고려후기 '權門勢族'의 토지 겸병과 이에 따른 일선 관리들의 과도한 징수에서 찾을 수 있으리라 본다.

是時秋禾臥風雨   마침 가을 비가 비바람에 쓰러지건만,
畏吏督納忘私營   아전들의 재촉이 무서워 내 농사는 거들떠 보지도
　　　　　　　　　　못하네.
歸來對妻苦悲泣   돌아와 아내를 마주보고 쓰러움에 슬피 흐느끼니,
已有弃土流亡情   이미 고향을 버리고 정처없이 떠날 마음 생기네.

　이 시의 화자는 나라에 바치는 貢物인 山蔘을 캐기 위해, 자신의 농사는 돌볼 겨를도 없이 온 산골짜기를 헤매야 하는 이다. 결국 이들은 부부가 서로 마주 보고 울면서 이미 고향을 버리는 유망의 마음을 가지게 되는 것이다. 특히 關東地方은 경치가 좋은 관계로 예로부터 이곳을 찾는 사신이나 관리의 수탈이 끊이지 않았는데, 다음의 詩는 당시 이곳을 찾는 사신과 빈객 그리고 이들을 맞는 지방 아전과 농민의 사실적으로 보여주고 있어, 이를 통해 우리는 작자의 현실인식과 그 비판의 심정을 읽을 수 있다.

使賓競來訪   사신과 빈객이 다투어 찾아오니,
傍邑慣送迎   변방 고을은 이제 이들을 맞고 보내는데 익숙해 있네.
奔走移供帳   바삐 옮겨 다니며 휘장을 치고,
亭下吏呀咻   정자 아래서 아전들은 왁자지껄 떠드네.

樽前仙妓唱　술동이 앞에 선녀같은 기생들은 노래를 부르건만,
民今失農業　백성들은 금년 농사를 그르쳤다오.

　사신과 빈객이 이곳을 찾는 이유가 무엇이든 지방의 관아에서는 이들을 위해 행락의 자리를 제공하기에 분주하다. 여기서 특히 흥미로운 것은 아전의 모습이다. 농민들에게는 그렇게 무서운 존재이던 衙前들이 이 시에서는 사빈을 위해 휘장을 치며 그들이 노는 정자 앞에서 한낱 분주하기만한 존재이다. 정자 위의 사신, 술동이 앞에서 노래부르는 기생, 그 아래서 심부름하기에 바쁜 아전, 그리고 한편에서는 한숨을 쉬는 농민의 형상이 關東地方의 승경을 배경으로 당시의 시대상을 한폭의 그림처럼 우리에게 보여주고 있다.

(2) 官人으로서의 자책과 자괴감

　存撫使의 임무는 글자 그대로 백성을 불쌍히 여기고 위무하는 것이다. 그러나 현실적으로 백성들의 고통을 덜어주지 못하는 자신의 미약한 처지를 깨달은 安軸은, 여러편의 漢詩에서 자신이 느끼는 자책과 자괴감을 드러내고 있다.

忽驚職是憂民寄　문득 나의 직책에 근심어린 백성들이 의지함을 알고
　　　　　　　　놀라니,
還愧身無濟世才　도리어 내가 세상을 구제할 능력이 없음을 부끄러이
　　　　　　　　여기노라.

願天罪我躬　원컨대 하늘이시여 저의 몸을 죄 주시고,
哀聽生民泣　불쌍히 여겨 백성들의 흐느낌을 늘어 주소서.

才疎無術救斯民　재주가 없어 백성들을 구제하지 못하니,
衆責紛紛在此身　뭇 책임은 어지럽게 이 한 몸에 있네.

　　여기에 제시된 언급들을 가감없이 받아들인다면, 우리는 이 시들에서 안축이 존무사라는 자신의 직책을 결코 자랑스럽고 득의한 것으로 여기지 않음을 알 수 있다. 이는 뒤 절에서 살펴볼 ≪景幾體歌≫ 특히 <관동별곡>이 보여주는 작품세계와는 아주 이질적이다. 도리어 작자는 자책과 자괴감을 느끼고 있는 것처럼 보인다. 존무사로서 현실에 부딪쳤을 때, 그가 할 수 있는 일은 아무 것도 없었다. 그래서 그는 임기가 끝나 개경으로 돌아오는 길에서 다음과 같은 詩를 짓지 않을 수 없었다.

杖節入關口	부절을 갖고 관문을 들어섰는데,
還從此路歸	다시 이 길로 돌아가게 되었네.
朔風吹列戟	삭풍은 늘어선 창에 불고,
落葉滿征衣	떨어지는 나뭇잎은 나그네 옷에 가득하다.
未救民間病	백성들의 병을 고치지 못하였으니,
寧教國體肥	어찌 나라의 근본을 살찌웠다 하리오.
縱傾東海水	비록 동해의 바닷물을 기우린다 하더라도,
難洗二年非	이년 동안의 잘못을 씻기는 어려우리라.

　　이 시의 결구에서 그는 지난 이년간의 자신의 행위를 잘못으로 표현하고 있다. 그리고 과장된 표현이기는 하지만 동해의 바닷물로도 자신의 잘못을 씻기는 어렵다고 하고 있다. 이처럼 그를 자책하도록 혹은 자괴감을 느끼도록 하는 것은 무엇인가? 그것은 백성들이 고생하는 당대의 현실, 그리고 이런 현실을 치유해야 한다는 '新興 士大夫'로서의 책임감, 그리고 그 책임을 다하지 못했다는 즉 자신에게 부여된 士大夫로서의 소명을 저버린데 대한 일종의 양심적 자책이라 할 수 있겠다. 安軸에게 있어서 이런 자괴감은 비단 강릉도 존무사의 임기 동안만이 아니라, 그의 생애를 통하여 지속되었던 것으로 보인다. 그리고 그의 왕에 대한 충성심이나, '新興 士大夫'로서의 자기 인식이 투철함을 고려한

다면, 백성의 편에 선다는 그의 의식은 곧 당대 '權門勢族'에 대한 반발을 보여주는 것이라 평가할 수도 있을 것이다.

5. 景幾體歌의 구조와 작품세계 :
〈관동별곡〉〈죽계별곡〉에 나타난 風流의 양상과 그 성격

현재 알 수 있는 자료로 파악하면, <한림별곡>이 나온지 한세기 가량 지나서 安軸이 <관동별곡><죽계별곡>을 지었다. 이 작품들이 <한림별곡>처럼 가창되는 연행환경을 가졌음은 확실하지만[22], 그 출전이 안축의 개인 문집인 ≪謹齋集≫임을 먼저 검토해 볼 만하다. 안축의 ≪경기체가≫는 우선 명실상부한 '新興 士大夫'가 새로운 사고방식을 표현한 명백한 자료라는 점에서 주목된다. 이는 같은 고려시대의 ≪경기체가≫이지만 <한림별곡>과 뚜렷이 구분되는 점이다.

여기서는 이런 점들을 전제로 삼고, 이들의 작품 구조와 특성을 특히 작품에 드러나는 '風流'의 양상과 그 성격에 주목하여 고찰해보고자 한다.

(1) '객관적 정경'과 '주관적 감흥'의 반복 구조

<관동별곡>은 1328년(충숙왕 15년)부터 그 다음해까지 江陵道를 다스리는 책임 관원 存撫使가 되어 나갔을 때 지은 것이다. 따라서, 이 노래는 앞절에서 살핀 <關東瓦注> 소재의 漢詩 작품들의 창작시기와 동일

---

22) "謹齋先生 存撫之日 遊此湖 作一絶云 … 又作<關東別曲> 今聞其歌 誦其詩 凄然有感故云" (李穀, 「永郞湖次安謹齋詩韻跋」, 『稼亭集』 권19), "金判官處以其父死於異國 傷痛得狂疾 … 判官畫則多睡少醒 醒則自唱<關東別曲> 拂袖而舞歌 舞畢則大聲而哭" (성현, 『용재총화』 권3)

한 시점의 것이라 할 수 있다.

<죽계별곡>은 언제 지었는지 확실하지 않으나, 작품의 배경이 되는 작가의 고향 순흥이 순흥부로 승격이 되고, 거기에 충목왕의 胎가 안장되는 일이 안축이 세상을 떠나던 해인 1348년(충목왕 4년)에 있었던 것을 증거로 해서, 그 해가 창작연대라는 견해가 유력하다. 그렇다면 이 노래는 안축이 자기 일생을 마무리하면서 지었다고 볼 수 있다. 이들 노래는 '객관적 정경과 주관적 감흥의 반복 구조'로 되어 있다. 이와 비슷한 유형의 입론이 이미 나와 있고[23], 이런 성격이 다른 갈래와 변별되는 ≪경기체가≫의 일반적 특징으로 규정되기도 하지만, 安軸의 작품에서는 특히 그 성격이 강하게 나타난다.

≪경기체가≫에 있어서 작품 밖의 현실이 객관적 실재의 세계인데 비하여, 작품 내적 세계는 그것을 일정한 주관성을 통해 선택, 여과하고 재구성한 세계라 할 수 있다. 이와 같은 주관성은 사물의 객관적 실재를 여실하게 파악하게 하고자 함에도 불가피하게 개입한 것이 아니라, ≪경기체가≫의 갈래적 속성이 원천적으로 요구하는 원리로 나타난다. 이렇게 해서 얻어지는 이 폐쇄적 공간은 작자에게 자신이 속한 삶의 균정성, 탁월성을 확인시켜 주면서 드높은 감흥을 불러 일으키며, 그런 뜻에서 ≪경기체가≫는 작자의 감흥과 관념의 틀 안에서 현실 세계의 총체를 일정하게 분할, 폐쇄하는 심미적·이념적 지각의 양식이다. 따라서 ≪경기체가≫의 갈래적 특성은 실제적인 것을 존중하면서 초월적 상상력의 매개없이 그것을 도덕적, 심미적 완성으로 이끌어 올리고자

---

23) 조동일, 「경기체가의 장르적 성격」, 『한국문학의 갈래 이론』 (집문당, 1992)에 나타난 '개별적인 것을 포괄하고, 포괄한 것을 다시 장면화하는 원리'라는 논법이 그렇고, 신영명, 「경기체가의 갈래적 성격과 안축의 자연관」, 『사대부 시가의 연구』 (국학자료원, 1996)에 보이는 '사물의 나열적 전시'와 '주관의 수렴적 찬양'이라는 언급이 그러하다.

204

했던 사상과 태도에 근거를 두고 있다고 할 수 있다.[24]

이런 태도는 특히 安軸의 작품에 두드러지게 나타난다. 즉 <한림별곡>에서는 4행과 6행에서만 화자의 감흥이 나타나고 다른 행에서는 철저히 외부 세계의 사물을 나열하고 있었는데, <관동별곡>은 여정에 따른 외부 정경의 순차적 묘사 즉 공간적 질서를 존중하는 형태로 변화하였고, 서정성이 더 강화되었다. <죽계별곡>은 죽계라는 공간에서 느끼는 흥취를 보여주는데, 여기서 사계절의 변화에 따르는 즉 시간적 질서 의식을 보여준다.

'객관적 정경'과 '주관적 감흥'의 갈림점은 ≪경기체가≫에 공통적으로 보이는 '爲'가 위치한 곳이다. '爲' 이전의 내용이 대체로 객관적으로 보여지는 정경임에 비하여, '爲' 이후는 여기서 느끼는 주관적 감흥이 나타난다는 뜻이다.

> 바다는 천겹이고, 산은 만겹인 관동지방으로
> 푸른 휘장, 붉은 장막에 둘러싸인 병마의 영주가 되어
> 옥띠 매고 일산 받고, 검은 창과 붉은 깃발을 내세우고 모래사장으로
> 아, 순찰하는 그 모습 어떠합니까!
> 이 지방의 백성들 의를 기리는 풍속을 쫓네
> 아, 임금의 교화 중흥하는 모습 그 어떠합니까![25]

이 연은 <관동별곡>의 서장이 되면서, 작자가 이 노래를 짓게된 의식을 분명히 보여주는 것이다. 산수와 구체적 지명인 關東이 배경에 제시되고, 여기에 존무사가 되어 부임하는 작자의 위세당당함을 묘사한다. 특히 가요의 후소절에서 이 지방의 백성들이 義를 본받아 새로운 기풍

---

24) 김홍규, 「장르론의 전망과 경기체가」, 『백영 정병욱 선생 화갑기념 논총』 (신구문화사, 1982)

25) 海千重 山萬疊 關東別境 / 碧油幢 紅蓮幕 兵馬營主 / 玉帶傾盖 黑槊紅旗 鳴沙路 / 爲 巡察 景幾何如 / 朔方民物 慕義趨風 / 爲 王化中興 景幾何如.

을 일으켜 임금의 덕화를 떨치고자 한다고 표현한 것은 왕권을 등에
업고 '權門勢族'에 대항하는 '新興 士大夫'로서의 작자의 감흥을 절실히
표현하고 있는 것으로 이해할 수 있다. 그리고 이는 앞절에서 살핀 漢
詩에 나타나는 현실인식과는 판이한 양상을 보인다.

> 숙수사의 누각, 복전사의 누대, 승림사의 정자
> 초암동, 욱금계, 취원루 위에서
> 반쯤은 취하고 반쯤은 깨어, 붉고 하얀 꽃 피는, 비 내리는 산속을
> 아, 흥이 나서 노니는 모습 그 어떠합니까!
> 풍류로운 술꾼들 떼를 지어서
> 아, 손잡고 노니는 모습 그 어떠합니까!26)
>
> (죽계별곡 2연)

  여기서 가요의 전대절은 구체적인 공간을 보여주고, 그 공간에서 醉
興에 젖어 있는 시적 자아의 모습을 보여준다. 가요의 후소절은 이런
모습에서 느끼는 감흥을 표현한다. 전대절에 보이는 醉興의 모습이 예
로부터 중국에 전하여 오는 高陽池의 술꾼들이나 春申君의 문객들처럼
흥에 겨워 손을 잡고 서로 쫓아 노니는 광경과 비슷함에 착안하여, 이
를 연결시켜 감흥을 표현한 것이다. 이처럼 ≪경기체가≫에 공통적으로
나타나는 객관적 성격과 주관적 성격의 결합 양상은 가요의 갈래적 성
격을 규정하는데 많은 혼란을 가지고 왔다.27) 하지만 이런 혼란이야말
로 ≪경기체가≫가 가지는 특징적 양상으로, '수렴된 객관적 세계상에
대한 시적 자아의 주관적 감정을 홍기해내는 정서 표현의 한 특징적

---

26) 宿水樓 福田臺 僧林亭子 / 草庵洞 郁錦溪 聚遠樓上 / 半醉半醒 紅白花開 山
   雨裏良 / 爲 遊興 景幾何如 / 高陽酒徒 珠履三千 / 爲 携手相遊 景幾何如.
27) 필자의 경우 ≪경기체가≫의 후소절에 보이는 '주관적 감흥'에 주목하여, 그
   갈래적 성격을 서정으로 보는 입장에 있지만, 수많은 이설이 얽혀 있는 현
   시점에서는 단정적으로 말하기 어렵다고 여긴다. 이에 대해서는 기회가 있
   을 때 상론하고자 한다.

206

기능'을 보여주는 것에 다름 아니다.28)

(2) 작품에 나타난 '風流'의 양상과 그 성격

安軸의 ≪경기체가≫에는 작자 혹은 작자 주위인들의 '風流'를 보여
주는 장면이 많이 제시된다. 연구사적 고찰을 통해 보면, 기존 연구에서
'風流'에 대한 관심과 언급은 찾기가 힘들다. 그러나 필자가 보기에 그
의 작품에서 일차적으로 주목되어야 하는 것은 바로 이 '風流'의 모습
과 그 의미인 것 같다.

사실 '風流'라는 말은 단순한 바람과 물의 흐름이 아니라, 사람과의
관계속에서 파악되어야 하는 自然이기 때문에, 매우 복합적인 의미를
가지고 있다. 즉 '風流'란 자연을 가까이 하는 것, 멋이 있는 것, 음악을
아는 것, 예술에 대한 조예, 여유, 자유분방함, 즐거운 것 등 많은 뜻을
내포하는 말이다.29) '風流'라는 말은 ≪삼국사기≫ 진흥왕조에 화랑 제
도의 설치에 관한 기록에서 처음 보인다. 화랑의 습속이 '風流' 혹은
'風月主'로 불려진 것은 중국의 신선 취미의 '風流', '風月主人' 등의 말
에서 온 것으로 추측되며, 이런 추측은 산수 명승지에 巡遊했던 중국의
시객 문인, 이른바 謫仙류의 風流를 산수에 붙여 즐긴 화랑에다 도입했
다는 내용을 담고 있다.

고려시대의 예술은, 宮中 및 王을 중심으로 하는 풍류상이 주류를 이
룬다는 점에서 다른 시기와 구분된다. 이 때에 예술활동의 주무대가 되
는 宮中은 '풍류방'과 비슷하다. 여기서 향유되는 예술은 주로 귀족적이
고, 高雅하며, 일상의 현실성을 떠나 遊興·享樂을 지향한다.30)

<한림별곡>에는 이런 환경에서 문인 관료들이 즐기는 '風流'가 생생

---

28) 성기옥, 「경기체가」, 『국문학신강』 (새문사, 1985)
29) 최종민, 「風流」, 『한국민족문화대백과사전』 23권 (한국정신문화연구원, 1992)
30) 신은경, 「풍류방 예술과 풍류 집단」, 『문학과 사회 집단』 (집문당, 1995)

하게 그려져 있다. 푸른 버들과 대나무가 심어져 있는 정자에서, 당대 최고의 문장가들이 모여 시를 짓고, 중국 고전을 읽으며, 온갖 좋은 술을 마시는 모습이 이어진다. 이에 자신을 신선처럼 여기고 있을 때, 기생들이 들어오고, 음악이 연주된다. 그야말로 문인들이 즐길 수 있는 최고 수준의 '風流'라 할 수 있다.

　<한림별곡>과 동시대에 생성된 <자하동>은 고려말기 侍中 채홍철이 지은 가요인데, 그는 자하동에 살면서 집 이름을 '中和'라고 하고, 매일 같이 元老들을 모와서 극도로 즐기고야 끝내고 했다. 그 내용은 술을 취토록 권하고, 당악을 연주하여 元老들의 노고를 위로하는 것이다. '인생에는 술항아리 앞보다 더 좋은 것이 없고, 인생 백년을 보내는데 술만한 것이 없으니 술잔이 돌아가거든 남기지 말라'라고 하는 점을 보면, 여기서는 詩書의 '風流' 보다는 琴酒의 '風流'가 더욱 강조되고 있다고 할 수 있겠다.

　이런 <한림별곡>과 <자하동>의 예를 통해 알 수 있지만, 宮中 혹은 이와 유사한 공간을 배경으로 하는, 그리고 문인 관료들이나 權門勢族들이 즐기는 '風流'의 내용은 이 후 '新興 士大夫'들이나, 조선 건국 이후의 '士大夫' 들이 누리는 '風流'와는 그 성격이 다소 다르다.

　宮中이나 이와 유사한 곳을 벗어난 공간에서 특히 '自然'을 배경으로 하여 文人들이 남긴 詩文에는 생활속에서 詩·書·琴·酒를 즐겼다는 내용이 많다. 또한 좋은 경치를 찾아다니며 自然을 즐기는 것을 매우 중시하고 있음을 알 수 있다. 文人들은 좋은 자연 경관 속에서 노니는 것을 소위 '風流'라고 하여 생활의 주요한 영역으로 삼았던 것이다. 이처럼 '風流'는 文人들의 생활 문화로서 음악, 시, 그림 등을 하나로 연결지을 수 있게 하는 바탕을 제공한 셈이다.

　여기서 '風流'와 관련지어, 安軸의 ≪경기체가≫ 내용을 구체적으로 다시 살펴보자.

설악 동쪽, 낙산 서쪽, 양양의 풍경
강선정, 상운정, 남북으로 마주 섰고
자색 봉황 타고, 붉은 난새 탄, 아름다운 신선 같은 사람들이
아, 다투어 주현을 켜는 모습 그 어떠합니까!
풍류로운 술꾼들, 습욱의 지관같은 좋은 경치 속에서
아, 사철 놀아 보세![31)

(관동별곡 6연)

오십천, 죽서루, 서촌 팔경
취운루, 월송정, 십리의 푸른 솔
옥저 불고, 가야금 타며, 청아한 노래 부르고 우아한 춤추며
아, 정다운 손님을 맞고 보내는 모습 그 어떠합니까!
망사정 위에서 창파 만리 보노라면
아, 갈매기새도 반가워라![32)

(관동별곡 8연)

붉은 살구꽃 어지러이 날리고, 향긋한 풀 우거질 때 술잔을 기울이고
녹음 무성하고, 화려한 누각 고요하면 거문고 위로 부는 여름의 훈풍
노란 국화 빨간 단풍이 온 산을 수놓은 듯하고, 기러기 날아간 뒤에
아, 눈빛 달빛 어우러지는 모습 그 어떠합니까!
좋은 세상에 길이 태평을 누리면서
아, 사철을 놀아 봅시다.[33)

(죽계별곡 5연)

작품에 따라 조금의 충차는 있을 수 있으나, 위의 작품들에서 볼 수

---

31) 雪嶽東 洛山西 襄陽風景 / 降仙亭 祥雲亭 南北相望 / 騎紫鳳 駕紅鸞 佳麗神
仙 / 爲 爭弄朱絃 景幾何如 / 高陽酒徒 習家池舘 / 爲 四節 遊伊沙伊多.
32) 五十川 竹西樓 西村八景 / 翠雲樓 越松亭 十里靑松 / 吹玉邃 弄瑤琴 淸歌緩
舞 / 爲 迎送佳賓 景幾何如 / 望傞亭上 滄波萬里 / 爲 鷗伊鳥 藩甲豆斜羅.
33) 紅杏紛紛 芳草萋萋 樽前永日 / 綠樹陰陰 畫閣沈沈 琴上薰風 / 黃國丹楓 錦繡
春山 鴻飛後良 / 爲 雪月交光 景幾何如 / 中興聖代 / 長樂太平 / 爲 四節遊是
沙伊多.

있는 것처럼, 安軸의 ≪경기체가≫에 나타나는 '風流'의 모습은 <한림별곡>이나 <자하동>에서 보이는 것과는 그 성격이 다소 다르다. 그 성격을 규정지어 본다면, <한림별곡>이나 <자하동>에서 보이는 떠들석한 '風流'와는 다르게, 조용히 즐기는 즉 질박하면서도 호기로운 '風流'의 모습이라 할 수 있다. 다시 말하면, 술마시며 노니는 자리에서 自然과 거기서 느끼는 興趣를 음률과 함께 노래로 부르는 그런 정경으로 볼 수가 있다는 것이다.

특히 다음의 내용과 모습을 보면 그 성격의 변화가 더욱 분명히 드러나리라 여겨진다.

> 강은 십리, 절벽은 천층, 거울같이 맑은 물을 에워쌌네
> 풍암, 수혈 지나 비룡산에 올라서서
> 좋은 술 기울이고 용빙봉에서 불어오는 시원한 여름바람 쐬며
> 아, 더위를 피하는 이 모습 어떠합니까!
> 중국의 주씨와 진씨가 더불어 무릉의 풍물 대대로 전하듯
> 아, 좋은 풍속을 자손 대대로 전하는 모습 그 어떠합니까![34]
>
> (관동별곡 9연)

전대절에서 아름다운 自然 정경에서 술마시며, 더위를 식히는 질박한 '風流'의 모습을 잘 보여준다. 그런데 특히 필자가 주목하는 것은 후소절이다. 단순히 즐기고 노는 '風流'의 모습이 이어지는 것이 아니라, 좋은 풍속을 대대로 전하는 혹은 그렇게 되기를 희구하는 작자의 소망이 그 '風流'의 현장에 투영되어 나타난다는 것이다. 다음의 예는 그런 변모의 단초를 더욱 뚜렷하게 보여주는 것으로 이해된다.

> 눈부신 봉황이 나는 듯, 옥룡이 서리어 있는 듯, 푸른 산 소나무 숲

---

34) 江十里 壁千層 屛圍鏡澈 / 倚風巖 臨水穴 飛龍頂上 / 傾綠蟻 聳氷峯 六月淸風 / 爲 避署 景幾何如 / 朱陣家世 武陵風物 / 爲 傳子傳孫 景幾何如.

210

> 지필봉, 연묵지를 모두 갖춘 향교
> 육경에 마음 담고, 천고를 궁구하는 공자의 제자들
> 아, 봄에 시 읊고 여름에 거문고 타는 모습 그 어떠합니까!
> 매년 삼월 긴 공부 시작할 때
> 아, 떠들석하게 새 벗 맞는 모습 그 어떠합니까![35]
>
> (죽계별곡 3연)

여기서 그는 고향의 鄕校에서 학문을 도야하는 자제들의 모습을 통하여 고향에 대한 자부심과 '新興 士大夫'로서의 기개를 잘 드러내고 있다. 학문과 음률로 心身을 가다듬고, 후배를 맞이함에 있어 그 배우고 익힌 것이 절도있는 행동으로 나타나는 '風流'의 모습에서 '新興 士大夫'의 당당한 패기와 호기가 자신을 대상화하고 있는 시적 자아에게 감흥을 주는 것이다.

이런 '風流'의 세계는 물론 이후 조선시대 士大夫들의 작품에서 보이는 '절제로 얻은 자유의 세계'이거나 '현실을 초월하여 즐기는 관념속의 風流'는 아니다. 하지만 <한림별곡>이나 <자하동>의 '風流'와는 엄밀히 구분되는 것으로, 이후 道學者의 입장에 선 조선시대 士大夫들의 '風流'를 예비하는 성격의 것이었음을 여기서 강조하는 것이 무리한 논법이라 여기지는 않는다.[36]

---

35) 彩鳳飛 玉龍盤 碧山松麓 / 紙筆峯 硯墨池 齊隱鄕校 / 心趣六經 志窮千古 夫子門徒 / 爲 春誦夏絃 景幾何如 / 年年三月 長程路良 / 爲 呵喝迎新 景幾何如.

36) ≪景幾體歌≫는 오랜 생명력을 가진 문학 갈래이다. 때문에 문학 담당층이나 시대의 변모에 따라 다기한 변화 양상을 보여준다고 할 수 있다. 필자는 그 변모의 모습을 보여주는 기준의 하나로 소위 '풍류'라는 미의식을 들 수 있다고 생각한다. 이에 대한 자세한 논증 과정은 졸고, 「≪景幾體歌≫의 형성과 변모를 파악하는 하나의 시각 : 작가층과 작품에 나타난 '풍류'의 성격 변모를 중심으로」, 『백록어문』 14집 (백록어문학회, 1998)을 참고할 것.

6. 結 論

지금까지 우리는 고려후기 '新興 士大夫'를 대표할 수 있는 安軸의 생애와 그 문학세계를 그가 처한 정치 상황과 특히 性理學이라는 思想 史的 背景에 주목하여 살펴 보았다. 漢詩 혹은 景幾體歌, 어느 한쪽에 치우쳤던 기존의 연구태도를 반성하면서, 이들을 모두 한데 포함하여 고찰한 결과, 이제 우리는 또다른 의문에 다다르게 되었다.

국문학사에서는 그동안 안축의 ≪景幾體歌≫를 논하면서, '新興 士大 夫들의 득의한, 참신한, 발랄한, 생활 의욕이 넘치는'(이명구), '자랑스러운 현실을 구가하고 득의에 찬 모습과 호방한 감흥을 노래한 것'(김학성) 등이라는 언급을 자연스럽게 받아 들였다. 그리고 이런 언급이 자연스럽게 받아들여진 데에는 安軸을 포함한 ≪景幾體歌≫의 작자들이 士大夫라는 사실이 당연히 전제되었다.

그러나, 안축의 漢詩에 대한 고찰은 이와는 전혀 다른 결론을 이끌어 내었다. 즉 ≪景幾體歌≫인 <關東別曲>이 창작되던 바로 그 시기에 지어진 <關東瓦注> 漢詩들에 보이는 현실인식은 '新興 士大夫'로서의 득의한, 호방한 자기과시와는 그 거리가 전혀 멀다는 것이다. 오히려 이와 상반되는 내용이라 할 수 있는 현실의 고발과 비판, 그리고 자책과 자괴감이 漢詩의 성격을 규정하고 있다. 이런 이질성을 효과적으로 설명할 수 있는 이론틀[37]은 과연 무엇인가?

현재까지의 연구로 이에 대해 무엇이라 뚜렷하게 대답하기는 어렵다.

[37) 가령, 김종진은 景幾體歌에 드러난 士大夫 의식을 의심하는 식으로, 김동욱은 앞의 책에서 이런 불일치를 '景幾體歌는 긴장을 풀려는 문학이고, 漢詩는 긴장을 하자는 문학이다.'라는 식으로 설명하였다. 그러나 이런 언급들이 과연 사실과 부합하는가에 대해서는 의문이 없지 않다.

그러나 여기서 다소의 가설 제시가 가능하다면, 우선 이 문제를 풀기 위해서는 문학 갈래에 대한 접근이 필요하다고 생각된다. 한국 고전문학 특히 시가문학 연구에 있어서 漢詩와 國文詩歌의 이원적 존재와 그 상호 보완의 문제에 대한 관심은 오래 되었다고 할 수 있다. 詩와 歌가 가지고 있는 그 본질상의 공유점과 차이점의 문제가 바로 그것이다. 安軸의 문학이 보여주는 그 이질적 정서의 표출 양상은 오히려 이런 문제 해결의 실마리를 제공해줄 수도 있다고 보인다.

〔고려대학교 국어국문학과 강사〕

참 고 문 헌

1. 자 료

『謹齋集』,『고려명현집』2권, 성대 대동문화연구원, 1973.
이종찬 역주,『원감국사가송/근재집/익재집/급암집』, 고려대 민족문화연구소,
　　　1993.
임기중 역주,『경기체가 연구』, 태학사, 1997.
『국역 고려사(북한본)』, 여강출판사, 1991.(원본은 평양 사회과학원 출판사,
　　　1963)
『국역 고려사절요』, 민족문화추진회, 1968.

2. 관련 논저

14세기 고려사회성격연구반,『14세기 고려의 정치와 사회』, 민음사, 1994.
한국고전문학회 편,『문학과 사회집단』, 집문당, 1995.
고혜령,『14세기 고려 사대부의 성리학 수용과 가정 이곡』, 이화여대 박사
　　　논문, 1992.
김동욱,『고려후기 사대부 문학의 연구』, 상명여대 출판부, 1991.
김시업,『고려후기 사대부 문학의 성격』, 성균관대 박사 논문, 1989.
김종진,「<關東瓦注> 소재 漢詩의 연구」,『동국대학교 경주대학 논문집』2
　　　집, 동국대, 1983.
김창규,「근재 시가고」,『논문집』2, 영주 경상전문대, 1979.
　　　「죽계별곡 평석고」,『국어교육연구』12호, 경북대 국어교육연구회,
　　　1980.
　　　「근재 관동별곡 평석고」,『국어교육론지』8호, 대구교육대학, 1981.
김학성,『한국 고전시가의 연구』, 원광대 출판국, 1980.
김흥규,「장르론의 전망과 경기체가」,『백영 정병욱 선생 화갑기념논총』, 신
　　　구문화사, 1982.
박경주,『경기체가 연구』, 이회, 1996.
박용운,『고려시대사』, 일지사, 1987.
박충석,『한국정치사상사』, 삼영사, 1982.
변동명,『고려후기 성리학 수용 연구』, 일조각, 1995.

성기옥, 「경기체가」, 『국문학신강』, 새문사, 1985.
신영명, 「경기체가의 갈래적 성격과 안축의 자연관」, 『사대부 시가의 연구』, 국학자료원, 1996.
신은경, 「동아시아의 놀이 예술문화의 원형으로서의 풍류」, 『우석어문』 9집, 우석대 국어국문학연구회, 1994.
이명구, 『고려가요의 연구』, 신아사, 1974.
이수봉, 「안축론」, 『한국문학작가론 Ⅱ』, 형설출판사, 1991.
이우성, 『한국중세사회연구』, 일조각, 1991.
조동일, 「경기체가의 장르적 성격」, 『한국문학의 갈래 이론』, 집문당, 1992.
조동일, 『한국문학통사』 2권, 지식산업사, 1993.
한영우, 『한국의 문화전통』, 을유문화사, 1988.
한창훈, 「<경기체가>의 형성과 변모를 파악하는 하나의 시각 : 작가층과 작품에 나타난 '풍류'의 성격 변모를 중심으로」, 『백록어문』 14집, 백록어문학회, 1998.
허흥식, 『고려 과거제도사 연구』, 일조각, 1981.

고등학교 한문 교과서 한시 단원의 고찰(Ⅱ)
- 작자 소개와 작품 감상 -

이창희

```
┌──────────────── <목차> ────────────────┐
│                                              │
│  1. 머리말                      <子夜吳歌>     │
│  2. 작자 소개와 작품 감상        2) 두보와 <江村>, <春望>  │
│    1) 이백과 <登金陵鳳凰臺>,    4. 맺는말       │
│                                              │
└──────────────────────────────────────┘
```

1. 머리말

  본고는 고등학교 한문 교과서 한시 단원의 고찰을 통해서 한시 단원에 소개된 작자 소개와 작품 내용과의 연계가 원만하게 이루어져 있는가를 살펴보고, 이를 바탕으로 주요 한시 작가의 작품을 감상해 보는데에 있다. 나아가서는 학생들의 한시 학습을 위한 보다 효과적인 방안을 모색하고, 올바른 감상을 위하여 교과서에서 충분한 자료나 정보를 제공해주고 있는가를 살펴보고자 한다.

  문학 작품은 작자의 사상과 감정을 담아놓은 그릇이다. 때문에 작자가 살아간 궤적을 살핌으로써 그가 어떠한 사상과 감정을 가지고 있는가를 알아야 한다. 또 작자의 사상과 감정은 당대의 사회역사적 환경이라는 토대에서 만들어지는 것이기 때문에 작품 역시 그 시대의 사회역사적 상황에서 자유로울 수 없다. 이는 문학 작품을 온전하게 이해하고 감상하기 위해서는 작자가 가지고 있는 삶의 양상 및 작자가 살아갔던 그 시대에 대한 충분한 이해가 전제되어야 한다는 의미이다.

그렇기 때문에 한문 교과서에서는 분명하게 한시를 제대로 감상하기 위해서는 먼저 한시를 지은 작자에 대한 기본적인 지식을 가지고 있어야 한다고 밝히고 있는 것이다.

그렇다면 현행 한문 교과서들에서는 이러한 점을 잘 반영하고 있으며, 이를 통해 학생들이 충분히 작품을 이해하고 감상할 수 있게 하고 있는가에 대하여 살펴보기로 하자. 이런 작업은 한문 교과서 내에 학습 자료가 제대로 준비되어 제시되고 있는가에 대한 비판적 검토일뿐만 아니라 나아가서는 학습 목표를 달성하기 위한 한 방안의 제시라고도 할 수 있을 것이다.

2. 작자 소개와 작품 감상

고등학교 한문을 통해서 학생들이 한시 작품을 충분히 이해하고 제대로 감상하기 위해서는 해당 작품에 대한 관련 정보가 교과서에 제공되어야 할 것이다. 그런 정보 중에서 작자에 대한 자료는 해당 작품을 올바로 이해하는 데에 있어서 매우 중요한 자료이며, 따라서 작자 소개란에 실려있는 전기적 사항은 작품의 감상과 긴밀하게 연결되어 있어야 한다.

한시 작품의 이해와 감상에 있어서 작자에 대한 정확한 정보는 그 중요성을 아무리 강조해도 지나치지 않을 것이다. 특히 짧은 형식이라는 외형적 구속에 절대적으로 묶여있는 한시는 작자의 감정을 아주 심하게 축약하거나 최대한 절제하여 간결하게 표현해내야 하기 때문에 산문보다 독자가 이해하기에 더욱 어려운 점이 있다. 심지어는 그 작품에 대한 사전 이해가 없다거나 관련 내용을 참고하기 전에는 해당 작품을 제대로 감상하기 어려울 뿐만아니라 이해하기조차 힘든 경우도 상당히 많다.

이런 점 때문에 한문 교과서에서 한시의 감상을 위한 요점을 제시할 때 작자에 대한 이해를 우선적으로 적시하고 있는 것이다. 다음 인용문은 보도록 하자.

①
• **작자(作者)에 대해 안다.**[1]
작자의 경력(經歷)은 그 인간상(人間像)을 보여 주고, 그가 처한 시대상은 작품의 배경이 되므로 작자에 대한 이해를 소홀히 해서는 안 된다.

②
한시의 감상 요령[2]
⑶ 작품의 경향 : 작자의 신분·환경에 따른 작품의 경향을 살핀다.
⑸ 시상의 전개 : 작품의 내용과 지은이의 사상을 파악한다.
⑹ 작품의 제목을 이해하고 작자의 중심 사상을 파악한다.

③
한시의 감상 요령[3]
작자의 이해
작자의 경력과 그가 처한 시대상은 작품의 배경과 관련이 깊으므로,

---

1) 『한문 Ⅰ』, 지학사. p.149.
2) 『한문 Ⅰ』, 보진재. p.91.
3) 『한문 Ⅰ』, 중앙교육진흥연구소. p.152.

작자의 경력이나 시대적 배경 등을 분석해 본다.

위 인용문에 의하면 한시의 올바른 감상을 위한 전제로 작자에 대한 이해를 들고 있음을 알 수 있다. ①의 '작자의 경력'은 무슨 벼슬을 했다는 관직명만 나열하는 것이 아니라 어떠한 삶을 살아갔는가를 뜻하는 말이며, 그 삶의 궤적은 당연히 작품과 밀접한 연관을 가지고 있어서 작품의 이해와 감상에 도움을 줄 수 있어야 한다는 의미일 것이다. ②에서 '작자의 신분·환경에 따른 작품의 경향'이라고 한 것은 작자의 신분이나 처한 환경에 따라 작품의 경향이 달라진다는 것을 전제로 하는 말이니, 작품을 알기 위해서는 반드시 작자의 생애, 특히 작품을 지을 당시의 삶의 모습을 알아야 한다는 말과 같다. ③에서 언급한 '작자의 경력과 그가 처한 시대상은 작품의 배경과 관련이 깊'다고 한 것은 ①과 같은 의미이다.

이렇게 볼 때 하나의 작품을 제대로 이해하고 감상하기 위해서는 그 작품을 지을 당시 작자의 삶의 모습을 알아야 하고 아울러 그가 살아가던 당대의 정치사회상 및 그 속에서 그가 어떠한 위치에 있었는가를 파악하고 있어야 한다는 것을 알 수 있다.

그렇다면 현행 한문 교과서에서는 작품을 이해하는 전제로서의 작자 소개에 대하여 어느 정도 관련 정보를 제공해주고 있는가를 작품과 관련하여 살펴보기로 하자.

1) 이백

다음은 한문 교과서에 실려있는 당나라 시대의 시인인 李白에 대한 작자 소개 내용이다.

① 李白(이백, 701-762) : 중국 당나라 때의 시인, 자는 태백(太白). 천성이 호방하고 술을 좋아하여 흥이 나면 곧 시를 쓸 수 있는 천

재 시인이었음.4)
② 이백(李白) : 701 - 762. 중국 唐나라 때의 시인. 자는 太白. 詩仙으로 일컬어지는 중국의 대표적 시인으로 ≪이태백시집≫30권이 있음.5)

①의 내용만 본다면 李白은 술을 좋아하는 호방한 성격을 지닌 인물이며, 또한 흥이 나면 생각을 깊이하지 않고도 바로 시를 쓸 수 있는 시적인 재능이 넘치는 시인이라는 사실을 알 수 있다. ②의 내용을 보면 30여 권이나 되는 많은 시를 지었으며 중국을 대표하는 시인으로서 詩仙으로까지 일컬어진다는 것을 알 수 있다. 그런데 이런 내용은 이백에 대한 일반적이고도 평면적인 이해에는 도움이 되겠지만 함께 실려 있는 작품인 <登金陵鳳凰臺> 시를 이해하는 데에 있어서는 조금도 도움이 되지 못한다는 점을 지적할 수 있다. 실제로 <登金陵鳳凰臺> 시를 살펴보자.

登金陵鳳凰臺6)

鳳凰臺上鳳凰遊	봉황대 위에 봉황이 놀더니
鳳去臺空江自流	봉황이 가니 누대는 비고 강은 절로 흐르네
吳宮花草埋幽徑	오궁의 화초는 어두운 길에 묻혔고
晉代衣冠成古丘	진나라 벼슬아치는 무덤을 이루었네
三山半落靑天外	삼산은 푸른 하늘 밖에 반쯤 걸렸고
二水中分白鷺洲	이수는 백로주에서 갈라져 흐르네
總爲浮雲能蔽日	온통 뜬 구름이 해를 가리니
長安不見使人愁	장안을 보지 못해 사람을 시름겹게 하네

---

4) 『한문Ⅰ』, 지학사. p.147.
5) 『한문Ⅱ』, 을유문화사. p.58.
6) 『한문Ⅰ』, 지학사. pp.144-145.

220

이 작품은 李白이 금릉에 있는 봉황대에 올라가 임금이 있는 곳을
바라보며 감회를 읊조린 시이다. 마치 해의 주변을 구름이 감싸서 해가
보이지 않는 것처럼 임금의 주변에 간신들이 많이 둘러싸서 임금이 제
대로 정사를 하지 못하고 있음을 비유하고 탄식하는 내용이다. 그래서
해당 교과서의 한시의 감상란에서 '이 시는 당시(唐詩)의 거장 이백이
봉황대에 올라 옛일을 회고하면서 자신이 간직한 연군의 정을 읊은 것
이다. 수련에서는 대에 올라 바라본 광경이요, 함련은 고인을 회고하나
보이지 않음을, 경련과 미련에서는 당시의 광경을 회고의 정에 담아 읊
고 있다. 특히, 미련에서는 비유적 표현으로 임금에 대한 사모의 정을
그리고 있다'고 하였다. 그리고 '봉화대에 봉황은 날아가고 텅빈 대 아
래 강물만 흐른다. 자연은 영원한데 인간사는 무상하다. 구름이 해를 가
리듯 조정에는 간신들이 많아 수심에 젖는다.'7)고 해설한 교과서도 있
고, '누대에 올라 옛 자취를 회상하며 시국을 걱정한 시이다. 화려했던
오나라, 진나라의 흔적은 없어졌는데, 자연은 무심히 눈앞에 펼쳐져 있
다. 그런데 간신들이 임금의 총명을 흐리게 하니, 나라의 장래가 근심됨
을 읊었다.'8)고 한 해설한 교과서도 있다. 이런 서술 내용으로 본다면
본 작품에 대한 올바른 이해의 길잡이로 연군과 우국을 들고 있다는
것을 알 수 있다.

위 작품을 올바로 감상하기 위해서는 작품을 지을 시기에 작자가 정
치적으로 어떠한 상황에 처해있는가를 소개해 주어야 할 것이다.

현종이 양귀비에 빠져 정사를 게을리 하자 안녹산의 난이 일어났고
난은 진압되었지만 현종은 황제의 위에서 물러나게 되었다. 현종을 이
어서 등극한 황제는 숙종으로, 당시 숙종의 아우 璘은 영왕이라 일컬어
지고 있었으며, 직책은 江陵府都督 南東路 및 西路 節度使였다. 이백은

---

7) 『한문 I 』, 지학사. p.150.
8) 『한문 I 』, 교학연구사. p.83.

안녹산 토벌군을 이끌고 있던 영왕의 초청에 응하여 격문을 쓰는 일에 종사하였지만, 후에 영왕이 황위를 찬탈할 야심을 가진 것을 알고는 스스로 진중을 떠나 도망치고 말았다. 그러나 반란군에 가담했다는 사실 때문에 심양에서 잡혀서 마침내 감옥에 갇혔다가 여러 사람의 동정으로 목숨을 부지하여 야랑으로 귀양가게 되었던 것이다.

이 작품은 이백이 야랑으로 유배 가던 도중 금릉을 지나면서 지은 것으로, 금릉은 지금의 남경지역으로서 역대 많은 나라들이 도읍으로 삼았던 유서가 깊은 도읍지이다. 시에 언급되고 있는 오나라와 진나라도 역시 금릉을 도읍으로 삼았던 나라들이었으며, 이 두 나라는 충신을 멀리하고 간신을 가까이했기 때문에 지금은 황폐한 흔적만 남아 길가던 이백의 마음을 더욱 쓸쓸하게 만들고 있다.

봉황은 중국 고대 전설에서 말하는 百鳥의 왕으로서 경사스러움과 상서로움을 상징하는 새이다. 봉황이 와서 논다는 것은 당대의 왕조가 흥성하고 국가가 번영한다는 말과 같고 봉황이 떠나고 봉황대만 덩그러니 남아있다는 것은 이후 이 지역을 다스리던 나라들이 쇠망하였다는 것을 암시한다. 이렇게 볼 때 이 시의 1구와 2구는 국가의 흥성함과 쇠미함을 극단적으로 대비시켜 표현한 것이라고 할 수 있다. 봉황이 떠난 다음 강물만이 절로 흐르는 모습에서 자연의 영속성과 국가의 쇠미라는 역사적 사실간의 대비도 역시 시인의 안타까움과 비애를 절실하게 드러내 보여준 부분이라고 하겠다.

오나라의 옛 궁전터는 지금은 사람의 발길이 닿지않아 풀들만이 우거져 있고, 진나라 시절에 도읍을 가득 메우던 관리들은 다 사라진 채 무덤만이 여기저기 남아 망국의 쓸쓸함과 애절함을 느끼게 하고 있다. 이렇게 3구와 4구가 지나간 역사로서의 애닯은 과거 사실이라면 5구와 6구는 시인이 봉황대에 올라서 바라보는 현재적 자연 경치를 읊조린 것으로 이 4개의 구는 시간과 공간의 대구이면서 동시에 과거와 현재의 대구가 된다. 이는 1구의 과거와 2구의 현재, 3-4구의 과거와 5-6구의 현재로 구성된 '과거-현재'의 반복 구조를 보여주고 있는데, 이렇게 쇠미한 과거를 회상하고 무심한 현재의 풍경을 보며 7,8구에서는 시인이 몸 담고 있는 당대 정치 현실에 대한 상심으로 마무리가 된다.

이백은 유배가는 도중 이처럼 유서가 깊은 도읍지인 금릉을 지나갈 때 과거에 명멸해 갔던 두 나라의 흔적들을 바라보는 한편 간신들에 둘러싸여 정사를 제대로 돌보지 않는 황제와 그로 인하여 어두워가는 조국의 현실을 애닯아 하는 심정을 표출해 내고 있는 것이다.

따라서 이 작품과 함께 실려있는 작자 소개의 내용만으로는 작자의 전기적 사실에 관련한 이러한 배경을 알 수 없기 때문에 제대로 감상하기에 매우 어렵다고 하겠다.

다음의 예를 더 보도록 하자.

③ 李白 : 중국 당나라 때의 시인. 字는 太白. 시선(詩仙)이란 칭호를 얻었음.[9]
④ 李白(이백) : 中國 唐나라 때의 시인. 字는 太白.[10]
⑤ 李白(이백) : 중국 당나라 때의 시인. 시선(詩仙)으로 일컬음.[11]

③은 이백이 당나라 때의 시인이고 그의 자가 태백이라는 사실과 후대에 시선으로 불리워지고 있다는 점을 간략하게 소개하고 있을 뿐이고 ④에서도 역시 ③과 다를 바가 없으며, ⑤는 ③과 같은 내용이다. 이렇게 볼 때 ③과 ④, ⑤에 제시된 작자 소개의 내용만으로는 <子夜吳歌>라는 작품을 제대로 감상하는 데에 조금도 도움이 되지 못한다는 점을 쉽게 확인할 수 있다. 특히 ③과 ⑤에서 '후대에 시선이라고 불리운

---

9) 『한문Ⅱ』, 한샘출판(주). p.70.
10) 『한문Ⅱ』, 금성교과서. p.101.
11) 『한문Ⅰ』, 중앙교육진흥연구소. p.148.

다'라고 했는데, 이 '詩仙'이라는 말이 내포하고 있는 '시를 짓는 신선' 또는 '천상의 신선으로서 지상으로 유배온 시인'이라는 의미로는 '전쟁터에 나간 정인을 기다리는 여인의 심정'과 조금도 연관성을 발견할 수 없다.

子夜吳歌12)

長安一片月	장안에 뜬 한 조각 달
萬戶擣衣聲	집집마다 두드리는 다듬이 소리
秋風吹不盡	가을 바람 끊임없이 불어오니
總是玉關情	모두가 옥관을 향하는 정이라
何日平胡虜	언제일까 오랑캐 평정한 다음
良人罷遠征	임이 원정을 끝내고 올 날은

이 작품은 변방으로 수자리를 떠난 정인을 그리워하는 여인의 심정을 대신 읊조린 시이다. 교과서에서 제시한 이 작품에 대한 감상도 역시 '딜빛 아래 당나라 수도 장안, 집집마다 다듬이질 하는 소리, 가을 바람은 쓸쓸히 불어 오니 아내의 마음은 온통 출정나간 남편 생각 뿐이다. 남편을 그리는 여인의 애련한 정서가 잘 나타나 있다.'13)라고 하거나, '싸움터에 나간 남편이 무사히 돌아오기를 기원하는 여인의 소망을 민요풍으로 노래하고 있다.'14), '전쟁터에 나간 남편을 그리는 여인네의 마음을 민요 형식을 빌려 노래한 것이다. 남편의 무사 귀환을 간절히 기원하는 여인의 소망이 담겨 있다.'15)라고 하여 출정나간 정인을 향한 여인의 애련함을 읊은 작품으로 해설하고 있음을 알 수 있다.

<子夜吳歌>는 춘하추동 4계절별로 읊조린 4수의 시로 이루어진 악부

---

12)『한문Ⅱ』, 한샘출판(주). p.71.
13) 위와 같은 곳.
14)『한문Ⅱ』, 금성교과서. p.103.
15)『한문Ⅰ』, 중앙교육진흥연구소. p.148.

시이고 교과서에 실린 위 작품은 가을에 해당하는 세 번째 작품이다. 또한 맑은 밤하늘을 밝히는 달을 바라보면서 情人을 그리워하는 詩想은 한시에서 많이 사용되는 수법이기도 하다. 멀리 征役을 떠난 情人을 위하여 겨울옷을 준비하기 위하여 이집저집에서 두드리는 다듬이 소리가 조용한 밤 하늘에 울려퍼지는 듯하다. 얼핏 보면 매우 낭만적인 분위기를 띠고 있는 듯하지만 전쟁에 동원된 남자들이 집집마다 있을만큼 모든 백성들이 전쟁으로 인한 이별의 고통을 겪고 있다는 것이니 이 시 역시 백성들의 근심을 대신 읊조리고 있는 작품이라고 할 수 있을 것이며 현실 문제에 관심을 기울이고 있는 이백의 시적 관심을 역시 확인할 수 있기도 하다. 특히 1구의 '밝은 달'이라는 시각적 이미지와 2구의 '다듬이 소리'라는 청각적 이미지 결합으로 얻은 공감각적 표현은 3구의 다듬이 소리를 실어다 주는 '가을 바람'과 함께 3중적으로 그리워하는 사람의 마음을 도발시켜주고 있는 시적 감흥을 북돋워주고 있는 표현이라고 할 수 있다. 즉 맑은 밤하늘의 달빛과 조용한 가운데 가을 바람에 실려오는 집집마다의 다듬이 소리는 소리 하나 하나가 모두 옥관에 나가있는 情人을 그리워하는 깊은 심정을 일깨워주고 있는 시적인 장치이다. 당이 수도인 장안 여인들의 하는 일과 情人과 함께 화평한 삶을 살아가고자 하는 간절한 바램을 읊조리고 있는 작품이다.

　　<子夜吳歌>는 唐代詩의 한 특징인 邊塞詩로 분류될 수 있는 작품이다. 邊塞詩는 당나라가 주변의 이민족들을 병합하며 영토를 확장해 나가는 과정에서 발생할 수 밖에 없는 잦은 전쟁의 참상 및 그런 전쟁을 수행하는 병사들의 괴로움, 전쟁터에 가족 친지를 떠나보내는 사람들이 갖는 이별의 고통 등을 읊조린 일단의 작품군을 일컫는 말이다. 이에 비하여 神仙은 고통받는 현실을 떠나 자신의 양생을 추구하는 사람이라는 뜻을 가진 말로 혼란스런 사회나 전쟁과는 대조적인 의미를 갖고 있다. 이렇게 볼 때 현실을 도외시하는 신선의 이미지를 갖는 시선이라

는 말을 현실의 고통을 시속에 담아 내어 백성들의 아픔을 대신 읊조
린 邊塞詩와 함께 실어놓는 것은 작품과 작자 소개 사이의 연관성을
전혀 고려하지 못하고 있는 것이라고 하겠다.

따라서 민요조인 위 작품의 감상에 도움을 줄 수 있는 작자 소개가
되기 위해서는 이백이 악부시에 능했으며 이런 악부시를 통해서 백성
들의 소리를 시화한 작품을 상당히 관심있게 지었다는 내용이 첨가되
어야 할 것이다.

이백의 고향은 중국 서쪽 변방 부근이었으며 그의 아버지는 상인이
었다. 그는 모호한 출신에서 오는 열등의식을 극복하기 위해 학문을 연
마하여 입신출세에 뜻을 두었다. 그래서 이백은 젊은 시절에 정계 진출
의 뜻을 품고 수도인 장안 부근의 종남산에서 학문을 연마하다가 42세
때인 742년 현종의 부름으로 장안에 들어가 744년까지 궁정시인으로 지
내 그의 뜻을 이룩하는 듯 하였다. 그러나 당시 환관이던 고력사와 원
만한 관계를 유지하지 못하고 그의 모함을 받았다. 결국은 장안을 떠나
이곳저곳을 유랑하게 되었으면서도 재기용에의 희망을 버리지 않았으
니, 이러한 그의 행적을 살펴 볼 때, 그의 삶에서 가장 큰 비중을 차지
하고 있는 것은 임금을 바르게 보필하고 천하를 바로잡는다는 經國濟
世의 의지였다고 할 수 있다. 그러나 혼탁한 시대를 만나 경국제세의
포부를 펼칠 기회를 얻지 못하였을 뿐만 아니라 다른 신하들의 모함으
로 인하여 결국은 포부와 이상을 접을 수 밖에 없었던 것이다.

이백의 시 속에 부귀나 봉건적 예교에 얽매이는 삶을 멸시하고, 이상
주의적인 생활을 추구하는 낙천적인 삶의 자세가 많이 발견된다. 또 일
시적으로 도가사상의 영향을 받아 구속이 없는 자유자재의 생활을 추
구하는 듯한 모습을 보여주기도 하였지만, 이는 자신의 포부와 이상이
실현될 수 없음을 깨닫고 신선을 찾아 음주하면서 우울한 마음을 달랬
던 것으로 인한 것이다. 결국 이백이 일생동안 가장 큰 가치를 둔 것은

226

유가적 경국제세였으며, 그 실현이 불가능해지자 방랑의 길을 떠났으며, 그의 작품속에 발견되는 낭만주의적 경향은 수많은 방랑과 고뇌, 방황을 통해서 얻어진 것이라는 점을 알아야 할 것이다. 그는 암담한 현실에 대하여 시를 통해 투쟁하기 위하여 자신의 희망과 이상을 격동적인 언어와 자유분방한 시어, 현란한 비유 상징 과장을 적절하게 배합하여 강렬한 격정이 넘치는 그만의 시로 형상화해 냈던 것이다. 자유를 열망하고 국가와 백성을 사랑하며 임금을 연모하며 뜨거운 마음을 호방한 풍격으로 노래하였던 것이다.

2) 두보

다음은 역시 당나라 시대의 시인으로 李白과 쌍벽을 이루는 杜甫의 작품 양상과 작자 소개 내용을 살펴보기로 하자.

江村16)
淸江一曲抱村流 맑은 강 한 굽이 마을 안고 흘러가니
長夏江村事事幽 긴 여름 강마을엔 일마다 그윽하네.
自去自來堂上燕 들보 위의 제비들은 스스로 오고 가고
相親相近水中鷗 물 속에 기러기는 서로 가깝고 친하구나.
老妻畵紙爲碁局 늙은 처는 종이 위에 금 그어서 바둑판을 만
       들고
稚子敲針作釣鉤 어린 아들 바늘 두드려 낚시바늘 만든다네.
多病所須有藥物 병 많아 필요한 것 오로지 약 뿐이니
微軀此外更何求 미천한 몸 이 밖에 다시 무엇을 구하리요.

이 작품은 두보가 안록산의 난을 피하여 식구들을 데리고 成都에 가 있을 때에 지은 <江村>이라는 칠언율시이다. 작품 내용은 병든 몸으로

---

16) 『한문Ⅱ』, 천재교육. p.122.

고향을 떠나 객지를 떠돌아 다니는 시인이 한가롭고 평화롭게 살아가는 새들의 모습을 보며 편친 않은 몸으로 객지를 전전하는 심정을 읊은 것이다. 교과서에서도 이 시의 감상에 대하여 '여름날 강 마을의 한가로운 정경을 묘사한 시로 세상사에 연연해하지 않고 자족하는 작자의 인생관이 잘 드러나 있다.'[17]거나 '강마을의 한가로운 정경을 읊은 시로, 세상사에 연연하지 않는 지은이 자신의 인생관이 잘 나타나 있다'[18]라고 하였고, 또 '여름철 한가로운 강마을의 정취.'[19], '전형적인 '先景後情'의 작품으로 두보가 오랜 방랑 생활 끝에 다소 안정을 찾고 여름날 강 마을의 생활 단면을 꾸밈없이 쉬운 어조로 묘사한 시이다. 1연과 2연에서는 여름날 강 마을의 情景과 한가한 情趣를 그렸고, 3연과 4연에서는 강 마을 사람들의 그윽하고 한가로운 情況과 자신의 기구한 處地를 나타내었다. 이 시에서 지은이는 자신이 꿈꾸던 이상향을 그려냄과 동시에 혼탁한 사회에 대한 비판을 역설적으로 표현하였다.'[20]라고 하였다.

　그런데 이 작품의 이해를 돕기 위해 함께 실려있는 작자 소개를 보면 다음과 같다.

　　① 杜甫(두보, 712-770) : 중국 당나라 때의 시인. 자는 자미(子美), 서사
　　　　시에 뛰어나고 시격(詩格)이 엄정하며 구법(句法)이 변화가 많
　　　　아 후세의 모범이 됨.[21]
　　② 杜甫(두보) : 중국 당(唐)의 시인. 시성(詩聖)으로 일컬음.[22]
　　③ 杜甫(두보) : 중국 당나라 때의 시인. 자는 子美(자미), 호는 少陵(소

---

17)『한문Ⅰ』, 중앙교육진흥연구소. p.146.
18)『한문Ⅰ』, 보진재. p.90.
19)『한문Ⅰ』, 보진재. p.90.
20)『한문Ⅱ』, 천재교육. p.122.
21)『한문Ⅰ』, 지학사. p.147.
22)『한문Ⅰ』, 중앙교육진흥연구소. p.144.

　　　　릉).23)
　　④ 두보(杜甫) : 중국 성당(盛唐) 때의 대시인. 자는 자미(子美), 호는 소
　　　　릉(少陵).24)

　①에 위하면 두보의 자는 자미이며 그의 시에 있어서 장점은 서사시에 있음을 알 수 있게 해준다. 작시 방법에 있어서 시격이 엄정하다는 것은 근체시가 지켜야 할 평측과 같은 규칙을 엄격하게 지키면서 높은 격조를 가지고 있다는 것이고, 구법에 변화가 많다는 것은 규칙을 엄격하게 지키면서도 다양한 시법을 시도하여 다채로운 작시 양상을 보여주고 있다는 것이며, 이런 점들로 인하여 후대의 많은 시인들이 두보의 시를 작시의 모범으로 삼고 있다는 사실을 알 수 있다. ②에 의하면 두보는 중국 당나라의 시인으로서 시성으로 일컬어진다는 점을 알 수 있게 해준다. ③과 ④의 서술도 역시 ①이나 ②에 비하여 나아진 내용이 없다.

　이와 같은 작자 소개 역시 위에서 살펴 본 李白의 경우에서처럼 작품을 이해하는 데에 도움을 주지 못하는 수준일뿐만 아니라 서술된 내용도 학생들로 하여금 이해하게 하는 내용이 아니라 암기할 수 밖에 없는 내용이다. 즉 ①에 서술된 '서사시에 뛰어나다'는 내용은 서사시가 무엇인가라는 설명이 수반되어야 한다. 또 이런 서술은 실제 서사시를 소개하는 지면에서나 의의를 가질 수 밖에 없는데, 작자 소개와 함께 실려있는 <江村>이라는 작품은 서사시가 아니라 서정시이다. 교과서에서는 서정시를 소개하고 감상하도록 하고 있으면서도 함께 실려있는 작자 소개에서는 서사시에 뛰어나다고 하였으니 작품 내용과 작자 소개의 괴리가 심함을 알 수 있다.

---

23)『한문Ⅰ』, 보진재. p.91.
24)『한문Ⅱ』, 천재교육. p.121.

이어진 서술에서 '시격이 엄정하며 구법이 변화가 많다'고 한 내용은 두보시에 일반적으로 갖추어진 시 작법상의 특징으로서 개별 작품을 통해서 확인하는 서술과 또 그러한 수업이 진행되어야 학생들이 쉽게 이해할 수 있게 될 것이다. 교과서에도 구체적인 예를 제시해주지 못하고 수업시간에도 제대로 분석해주지 못한다면 이런 서술 내용도 역시 학습하는 학생들의 입장에서는 이해할 수 있는 학습이 아니라 단지 외우기에 그치는 학습이 될 것이며, 이런 예가 많아질수록 학생들의 한문 학습에 대한 관심과 열의는 저하될 수 밖에 없을 것이다.

또한 ②에 서술된 '시성(詩聖)'이라는 말의 의미에 대해서도 다른 설명이 없으니 학생들로서는 이 역시 이해할 수 없는 말일 뿐만 아니라 의미도 알지 못하면서 암기해야 하는 실정이니, 이렇게 본다면 본 작품에 관한 작자 소개 역시 이백의 경우와 다를 바 없이 작품을 이해함에 있어서 전혀 도움을 주지 못하고 있다는 점을 지적할 수 있다.

그러면 작자의 전기적 사실을 염두에 두고 작품을 감상해 보도록 하자. 위에서도 인용했듯이 대부분의 교과서에서는 이 작품에 대한 감상 요령으로 강마을의 한가로운 정경을 배경으로 한 작자의 세상사에 연연해 하지 않는 삶의 모습을 제시하고 있다. 시인의 시선은 멀리 마을을 휘돌아 안고 흐르는 강물과 조용한 마을의 정경으로부터 시작하여 자유롭게 날아오고 날아가는 제비들과 한가롭게 어울려 노닐고 있는 갈매기들을 바라보면서 그렇지 못한 인간, 즉 시인 자신의 외로운 처지를 읊조리고 있다. 먼저 경치를 읊조린 다음 시인의 심정을 토로하는 先境後情의 모습을 보여주고 있는 작품으로서 둘째 구의 '事事幽'는 시 전체의 분위기를 단적으로 표현해주고 있는 시어라고 할 수 있다. 그리고 이 '事事幽'의 실제는 3구부터 6구까지의 서술에 잘 드러나 있으며, 3구와 4구에서는 자유자재로 홀연히 날아가고 홀연히 날아오는 제비와 서로 어울려 멀어지고 가까워지는 갈매기를 읊조렸고 5구와 6구에서는

230

늙은 아내와 어린 자식의 행위를 읊조리고 있다.

<江村>은 안록산의 난이 거의 진정되어가는 당 숙종 원년에 지어졌다. 이때 두보는 난을 피해 4년간의 유망생활을 하다가 성도에 도착하였는데, 성도는 안록산의 난으로 인한 전란의 피해를 거의 겪지 않은 곳이었다. 두보는 이곳에서 친구의 도움으로 조촐하나마 초옥을 짓고 잠시의 안정적인 삶을 영위할 수 있었다. 즉 이 작품의 올바른 감상을 위한 작자 소개는 이상과 같은 사실을 포함하고 있어야 할 것이지만 어느 교과서에도 이에 대한 자세한 자료 소개가 되어있지 않다.

두보에 대해서는 詩史라는 수식어를 사용하는 경우가 많다. 이는 두보의 시세계가 당대의 사회 모습을 여실하게 담아내고 있다는 말이라고 할 수 있다. 즉 당대의 백성들의 파탄된 삶의 모습과 조국의 피폐해진 모습, 난리로 인한 혼란 등을 시적 형상화를 통해 표현해 내었다는 의미로 해석할 수 있는데 <江村>을 제대로 이해하기 위해서는 당대의 어려운 사회적 실상을 먼저 이해해야 하고 나아가 두보의 개인적 피난 생활도 아울러 알려주어야 한다고 본다. 뿐만아니라 詩史라고까지 일컬어지는 두보의 시세계를 온당하게 이해하기 위해서 <江村>이라는 작품이 과연 적절한가에 대해서도 의문을 품지 않을 수가 없다. 이보다는 <春望>이 더 효과적일 수 있다고 생각된다. <江村>이 개인적인 소망을 읊조린 풍경화같은 작품이라면 다음 작품 <春望>은 전란에 빠진 당대의 시대 상황을 개인적인 정서와 교묘하게 결합시킨 뛰어난 작품이다.

春望25)
國破山河在   나라가 망하니 산천만 남아 있고,
城春草木深   성 안에 봄이 오니 초목만 무성하네.
感時花濺淚   시절에 감회가 일어 꽃이 눈물을 뿌리게 하고,

---

25) 『한문Ⅱ』, 교학연구사. pp.78-79.

恨別鳥驚心　　이별을 슬퍼하니 새도 마음을 놀라게 한다.
烽火連三月　　봉화는 석 달을 연이었으니,
家書抵萬金　　집에서 보내는 서신은 만금의 값에 해당하네.
白頭搔更短　　흰머리 긁어 더욱 짧아지니,
渾欲不勝簪　　도무지 비녀조차 이기지 못하려 하네.

이 작품은 안록산의 난이 한창일 때 피난하여 있다가 새로 즉위한 숙종을 찾아가다가 당의 수도인 장안에서 반란군에게 사로잡힌 상태에서 지은 것이다. 전반부 4구는 봄의 경치를 읊조렸고, 후반부 4구는 가족과 이별해 있는 작자의 심경을 읊조린 전형적인 선경후정의 작품이지만 전반부 4구 역시 봄의 경치만을 읊조린 것이 아니라 작자의 감회가 절실하게 들어있음을 알 수 있다.

교과서에서도 이 작품의 감상에 대하여 '난리 중에 봄을 맞아, 나라와 가족을 걱정하는 시이다. 나라가 전란에 휩싸여 근심스러운데, 봄 풍경이 작자로 하여금 더욱 감상을 금하지 못하게 한다. 백발은 짧아져 비녀조차 꽂을 수 없다고 한 것은, 어찌할 수 없는 무력감과 함께 가족과 나라에 대한 깊은 근심을 함축하고 있다'26)거나 '전란의 상처와 그 비애'27), '전란의 비극'28) 등으로 서술하고 있다. 작품의 내용으로 보아 기나긴 전란과 그로 인한 가족과의 이별을 애타는 마음으로 읊조린 것이라는 것을 알 수 있다. 이 작품의 이해를 돕기 위해 함께 서술되어 있는 작자 소개를 보면 다음과 같다.

⑤ 杜甫 : 중국 당나라 때의 시인. 자는 子美. 李白과 함께 중국 최고의
　　　　　시인으로 詩聖이라 일컬어짐.29)

---

26) 『한문Ⅰ』, 교학연구사. p.79.
27) 『한문Ⅱ』, 보진재. p.59.
28) 『한문Ⅱ』, 교학사. p.85.
29) 『한문Ⅰ』, 교학연구사. p.79.

⑥ 杜甫(두보) : 중국 당(唐)나라 때의 시인. 시성(詩聖)이라 불린다.[30]
⑦ 杜甫(두보 ; 712-770) : 당나라 때의 시인. 자는 자미(子美). 시성(詩聖)
     이라 불림.[31]

이 역시 작품의 내용과 조금도 연관이 되지않는 내용을 서술하고 있음으로 해서 작품을 이해하고 감상하는 데에 도움이 될 수 없음을 알 수 있다. 특히 세 인용문 모두 '시성(詩聖)으로 불리워진다'고 서술하고 있지만 두보가 왜 시성으로 불리워지는지에 대한 설명을 조금도 찾아 볼 수 없을 뿐만 아니라 위 작품 <春望>과의 연계성을 설명해주는 내용도 발견할 수 없다. 단지 일부 교과서에서만 '배경 : 작자가 46세때 전란으로 흩어진 가족을 만나러 갔다가 안록산의 군대에게 사로잡혀 연금되었을 때 지은 시임.'[32]이라고 하여 작품 창작의 배경으로 서술해 주고 있어 부족한 작자 소개의 내용을 보충해주고 있음은 그중 다행한 점이라고 할 수 있겠다.

이 작품은 두보의 나이 46세 때에 지어졌다. 바로 전해 6월에 안록산과 사사명이 이끄는 반란군에 의해서 당의 수도인 장안이 함락되었다. 이때 두보는 가족을 데리고 역주(鄜州)에 피난하여 있었는데 7월에 숙종이 즉위했다는 소식을 듣고 숙종에게 달려가다가 도중에 반란군들에게 붙잡혀 장안에 머물러있게 된 상태였다. 이듬해 3월에 봄은 깊었건만 도성은 황폐화되어있는 모습을 보고 감회를 이기지 못하여 본 작품을 짓게 된 것이었다.

먼저 <春望>이라는 제목에서의 '望'은 봄에 바라본다는 의미와 희망한다는 의미를 이중적으로 가지고 있는 글자이다. 아울러 봄에 바라보는 심정과 희망하는 심정은 서로 밀접한 관련을 맺고 있어서 바라보면

---

30) 『한문Ⅱ』, 보진재. p.59.
31) 『한문Ⅱ』, 교학사. p.85.
32) 『한문Ⅱ』, 교학사. p.85.

서 희망한다는 의미도 함축적으로 띠고 있는 것으로 이해된다. 이시 전편을 통해 가득히 근심스럽고 가득히 바라보고 가득히 한탄하고 가득히 원망하고 있는 한 백발노인의 형상을 쉽게 상상해 볼 수 있다.

1구와 2구는 작자가 봄에 바라다 보이는 모습을 읊조리고 있는데 도성의 모습과 자연의 모습을 극히 대조적인 모습으로 형용하고 있다. 나라의 도성은 함락되어 '삼일동안 수색하여 백성들의 재산을 빠짐없이 다 약탈하였다'[33]고 할 만큼 성곽은 무너지고 파괴되었지만 산하는 옛날 모습과 다름없이 봄을 맞이하여 도처에 초목이 무성하게 널려있는 모습을 그리고 있다. 도성에 찾아온 봄은 생명력을 가지고 있는 시어이지만 그 도성은 전란으로 말미암아 완전히 파괴되어 남아있는 물건도 없고 사람도 없이 초목만이 무성한 모습은 시인의 눈에 비친 극단적인 대조의 모습이라고 할 수 있다. 즉 1구의 파괴된 도성과 의연하게 남아있는 산의 대조적인 모습과 생명력이 충만한 봄에 사람은 보이지 않고 초목만 무성하여 오히려 쓸쓸한 모습을 보여주는 시어의 연결, 시상의 연결은 본 작품이 가지고 있는 전란의 피해를 극단적으로 보여주는 부분이라고 할 수 있으며, 동시에 시인의 눈에 비친 봄의 경치가 단순히 경치를 서술한 것이 아니라 시인의 감회가 교묘하고 적극적으로 투영된 결과이며, 나아가 1구의 破와 2구의 深은 본 작품의 핵심적 배경이 되는 글자라고 할 수 있다.

3구와 4구의 꽃과 새는 일반적으로 사람들에게 즐거움을 주는 사물들이지만 전란에 휩싸인 시대로 인한 감회와 가족과의 이별을 한탄하는 작자에게는 오히려 눈물을 흘리게 만들고 깜짝깜짝 마음을 놀라게 하고 있다. 이 부분에 대한 해석은 지금과 같이 꽃을 보거나 새소리를 들어면서 작자가 슬퍼한다는 것과, 꽃과 새를 의인화하여 꽃이 눈물을

---

33) 新唐書 권225 安祿山條, '大索三日 民間財資盡掠之'.

떨구고 새들조차도 놀란다는 것 두 가지 방법이 있지만 후자의 경우에 있어서도 꽃과 새에게까지 작자의 감정이 이입되었다는 점을 생각한다면 본 구절에 대한 감상의 범위는 다르지 않을 것이다.

5구와 6구는 전란이 계속되는 국가 현실과 가족과의 소식이 되지 않아 안타까워하는 작자의 심사를 서술하고 있다. 봉화가 계속 이어진다는 3개월은 실제 석달을 뜻하는 말이 아니라 많은 달을 의미한다. 전란이 계속되고 백성들의 삶은 도탄에 빠지고 식구들은 헤어져 생사를 점칠 수 없으니 작자 두보가 식구들을 지극히 걱정하고 단 한 줄일지라도 집안의 소식을 알고 그럼으로써 위안받고 싶어하는 강렬한 열망을 충분히 느낄 수 있게 해주는 표현이다.

7구와 8구는 멀리 보이는 숲의 고요함과 가까이 보이는 성곽의 파괴된 모습, 끊임없이 계속되는 전란의 상황과 가족과의 소식이 단절됨을 고민하고 있는 작자의 모습을 읊조리고 있다. 이 작품을 지을 당시 두보의 나이는 46세였음에도 불구하고 머리가 온통 희어졌다는 것은 그만큼 작자의 고뇌가 극에 달했다는 것을 보여주는 것이며, 머리를 긁는다는 것은 고뇌를 해소해보고자 하는 무의식적인 행위이다. 그런데 그 머리카락마저도 짧아진다고 하였으니, 국가는 망하고 도성은 파괴되었으며, 가족은 헤어지고 자신은 늙어가는 상황에서의 비애를 단적으로 보여주는 구절이라고 할 수 있겠다. 46세라는 나이에 걸맞지 않게 머리가 온통 다 희어지고 빠져버려 비녀조차도 이기지 못할 정도가 되었다고 한 것은 실제 상황과 부합하지 않는 표현이라고 할 수 있을 것이다. 하지만 요즘에도 고민을 많이 하면 머리가 쉽게 희고 평소보다 많이 빠진다고 하는 것처럼, 이 두 구는 작자의 깊은 근심을 표출해 낸 표현이라고 할 수 있겠다.

이렇게 시인의 바램도 시인을 근심스럽게 만들고 시인이 생각하는 대상도 시인으로 하여금 도리어 근심스럽게 만들고 눈에 들어오는 봄 풍경은 도리어 시인으로 하여금 근심스럽게 만드는 것을 본다면, 이 작품에서는 전란에 휩싸인 국가를 사랑하고 걱정하는 작자의 애국심과 가족간의 이별을 안타까워하는 가족애를 전편에 걸쳐서 담담하고 침착하게 서술해 나가는 모습을 발견할 수 있으며, 작자의 이러한 점을 들어 시성(詩聖)이라고 일컫는다는 점을 이해할 수 있게 될 것이다.

위에서 인용하였던 작자 소개의 내용에 비하여 다음의 서술은 비교적 많은 사실과 적절한 정보를 제공해 주고 있어서 학생들이 해당 한시 작품과 작자를 연관시켜 이해하고 감상하는 데에 비교적 많은 도움을 줄 수 있는 예라고 생각한다.

①
  이백과 두보의 비교[34]
  당시(唐詩) 작가 중에서 이백은 자유 분방한 낭만적, 귀족적, 도가적(道家的) 작가요, 두보는 피난 생활에서 민생의 고초를 몸소 겪으면서 돈후(敦厚)하고 치밀한 성품으로 평면적, 사실적, 유가적(儒家的) 시풍을 드러낸 작가로 후세에 시작(詩作)의 규범이 되었다. 그래서 이백을 시선(詩仙)이라하고 두보를 시성(詩聖)이라 한다.

②
  한시의 이해 - 이배과 두보[35]
  이백이 호방한 기상으로 즉흥적인 시를 자유분방하게 읊었다면, 두보는 꼼꼼한 성격으로 시어를 조탁하며 그 시대의 상황을 사실적으로 표현하였다. 두보는 세세한 가족애를 憂國哀民의 정신으로 승화시켰고 그의 휴머니티가 詩聖이란 칭호를 얻게 했다. 반면 이백은 하늘에서 귀양온 신선, 또는 詩仙이란 칭호를 얻었으니, 이 두 사람은 나란히 어깨를 견줄 수 있는 시인인 것이다.[36]

---

34) 『한문Ⅰ』, 지학사. p.147.
35) 『한문Ⅱ』, 한샘출판(주). p.64.
36) 『한문Ⅱ』, 한샘출판(주). p.64.

위에 소개된 이백과 두보에 대한 작자 소개에 비하여 본 예문은 발전적인 내용을 담고 있다고 보여진다. 특히 '피난 생활에서 민생의 고초를 몸소 겪으면서 돈후하고 치밀한 성품으로 평면적, 사실적 기풍을 드러냈다'고 한 부분은 함께 실려있는 <江村>에 담겨있는 시상을 제대로 감상할 수 있는 보조 자료적 기능을 어느 정도 제공해주고 있다고 생각된다.

4. 맺는말

이상으로 이백과 두보의 작품을 감상하고 함께 실려있는 작자 소개가 작품의 감상을 위해 얼마나 도움이 되는가를 살펴보았다.

한시는 서정적 자아가 세상과의 접촉에서 발생하는 감정을 고도로 축약적인 형태로 표출해내는 문학 형식이다. 따라서 일정한 한시 작품을 제대로 감상하기 위해서는 작자의 삶과 당대의 사회 정치적 배경을 총체적으로 이해하는 작업이 필수적으로 선행되어야 한다. 그럼에도 불구하고 한문 교과서에서 한시 수록 부분에 위의 여러 예문에서 확인한 것처럼 작자의 소개란에는 매우 간략한 소개를 하고 있을 뿐이다.

작자 소개에 서술된 내용이 지나치게 간결하고 또 작품의 이해와 감상에 거의 도움을 주지 못하고 있을 뿐만 아니라 위대한 시인으로서 이백과 두보를 이해하기에도 부족하다는 점을 확인할 수 있었다. 이백과 두보 뿐만아니라 교과서에 작품이 실린 작자들 거의 모두가 생몰연대와 국적·간략한 벼슬, 여기에다 작자가 남긴 문집을 소개하는 수준에서 벗어나지 못하고 있음을 확인할 수 있었다. 이러한 정보가 그 작자의 사상가 작품을 이해하는 데에 전혀 도움이 되지 못한다고 할 수는 없겠지만 보다 자세한 내용 및 작품과 관련이 있는 정보를 수록하여 해당 작품을 올바르게 이해하고 감상할 수 있도록 해야 할 것이다.

〔고려대학교 국어교육과 강사〕

참고문헌

『한문 I』. 교학사. 김용걸 · 안재철 · 김이곤. 1996. 7.
『한문 I』. 교학연구사. 김도련 · 이현식 · 김영봉. 1995. 10.
『한문 I』. 금성교과서. 최상익 · 이병혁 · 허남욱 · 김형룡. 1996. 7.
『한문 I』. 동아출판사. 정우상 · 정달영 · 배원룡. 1995. 10.
『한문 I』. 보진재. 류풍연 · 이종복. 1995. 10.
『한문 I』. 을유문화사. 이명학 · 박희병 · 장호성. 1995. 10.
『한문 I』. 재능교육. 정요일 · 박성규. 1995. 10.
『한문 I』. 중앙교육진흥연구소. 김상홍 · 최창구 · 이강렬. 1995. 10.
『한문 I』. 지학사. 박갑수 · 김진영 · 송진섭. 1996. 7.
『한문 I』. 천재교육. 이희목 · 김시업 · 박준원. 1998. 3.
『한문 I』. 한샘출판사. 이지형 · 송재소 · 이상진 · 최상근. 1995. 10.
『한문 II』. 교학사. 김용걸 · 안재철 · 김이곤. 1996. 7.
『한문 II』. 교학연구사. 김도련 · 이현식 · 김영봉. 1995. 10.
『한문 II』. 금성교과서. 최상익 · 이병혁 · 허남욱 · 김형룡. 1996. 7.
『한문 II』. 동아출판사. 정우상 · 정달영 · 배원룡. 1995. 10.
『한문 II』. 보진재. 류풍연 · 이종복. 1995. 10.
『한문 II』. 을유문화사. 이명학 · 박희병 · 장호성. 1995. 10.
『한문 II』. 재능교육. 정요일 · 박성규. 1995. 10.
『한문 II』. 중앙교육진흥연구소. 김상홍 · 최창구 · 이강렬. 1995. 10.
『한문 II』. 지학사. 박갑수 · 김진영 · 송진섭. 1996. 7.
『한문 II』. 천재교육. 이희목 · 김시업 · 박준원. 1998. 3.
『한문 II』. 한샘출판사. 이지형 · 송재소 · 이상진 · 최상근. 1995. 10.

<新唐書>
兪長江 · 侯健 主編, 『中國歷代詩歌名篇鑑賞辭典』. 農村讀物出版社. 1989.
박충록, 『이백과 그의 시』. 도서출판 태동. 1989.
안병국 편, 『唐詩槪論』. 청년사. 1996.
湯高才 主編, 『唐詩大觀』. 上海辭書出版社. 1984.

우리어문연구 14집

한국어문학의 탐구

인쇄일 조판 1쇄 1999년 12월 31일
        2쇄 2013년 11월 20일
발행일 초판 1쇄 1999년 12월 31일
        2쇄 2013년 11월 25일

지은이 우리어문학회
발행인 정 찬 용
발행처 국학자료원
등록일 1987.12.21, 제17-270호

서울시 강동구 성내동 447-11 현영빌딩 2층
Tel : 442-4623~4 Fax : 442-4625
www. kookhak.co.kr
E- mail : kookhak2001@hanmail.net
ISBN 978-89-8206-507-1
가 격 10,000원

*저자와의 협의 하에 인지는 생략합니다.